# NARRATIONE

## DE LA NASCITA ET DE LE GIOVANILI
## ET MIRABOLATI AVENTURE DI


### BERNARD


### CADETTO DEI CONTI


### DE VILLEROI
### TEMPLARE


SU LE TRACCIE DEL VERO SANTO GRAAL
PERKÈ SIA MANTENUTA LA PROMESSA RESA
ALLA BALIA MADDALENA
A. D. 1154
FATTA DA


ENRICO CARREA

PER I TIPI DELLE
EDIZIONI DI FOSSATELLO

Nota dell'autore: questo romanzo non ha pretese storiografiche. Si è voluto giocare con la Storia inserendo i personaggi in un contesto storico quanto meno verosimile.
Per quanto ovvio, quindi, ogni riferimento a fatti o persone realmente esistenti o esistiti è puramente casuale.

L'autore è contattabile all'indirizzo mail:
devilleroitemplare@gmail.com

© Enrico Carrea 2010 - ISBN 978-1-4461-8590-2

© Immagine di copertina di Cristiano Barsacchi

Stampato tramite il servizio web http://www.lulu.com
per i tipi delle Edizioni di Fossatello.
Seconda edizione gennaio 2011

*Alla memoria di mia madre Luciana*
*e di Edoardo Guglielmino, mio padre letterario*

# PICCOLA BIOGRAFIA DI BERNARD DE VILLEROI

1130 – Nascita

1145 – Muore la balia Maddalena, trentaquattrenne – Partecipa alla seconda crociata

1148 – Viene assunto da Chevallin – Periodo di crisi esistenziale – Viene cooptato da Chevallin nei Templari – Segue gli insegnamenti di Chantil

1148–1151 – Segue gli insegnamenti di Chantil.

1151 – Viene ordinato Cavaliere Templare – Si innamora di Sued, ragazza araba di ceto popolare di sedici anni.

1151 – 1154 – È addetto alla scorta delle navi genovesi

1154 – Anno del racconto

# Prologo

È il pomeriggio di un giorno d'aprile dell'anno del Signore 1154. Un lieve vento di scirocco sta spingendo una possente nave da trasporto verso il porto di Genova. L'imbarcazione, battente bandiera della repubblica genovese, proviene da Malta, e prima ancora da Cipro e Sidone, dove ha caricato sete e spezie per insaporire le tavole occidentali, merci preziose per i nobili italiani e francesi che sicuramente pagheranno fior di dobloni e zecchini per quelle rarità da poco reintrodotte sul mercato occidentale.

Ma a bordo non vi sono solo merci. La nave porta con sé anche un uomo non comune.

Quest'uomo è infatti un Cavaliere dell'ordine dei Templari, ordine già circonfuso da un alone di mistero, che si è diffuso da qualche decina di anni prendendo spunto dalla difesa del Santo Sepolcro e dalla ricerca del Graal, la santa coppa dove si dice che Gesù abbia bevuto il vino mutandolo nel suo sangue durante l'ultima cena con gli Apostoli prima di affrontare il supplizio della croce.

Bernard de Villeroi – questo il suo nome – ha, al momento del nostro racconto, ventiquattro anni ed è nel pieno della sua giovinezza di uomo d'armi e d'ingegno. Non è altissimo, ma ben proporzionato, con capelli neri solcati da qualche primo raro filo bianco, ed occhi, altrettanto neri, curiosi ed irrequieti che svelano un'intelligenza pronta e tanta curiosità. Il corpo infine appare muscoloso e ben scattante, cosa di cui non c'è di che meravigliarsi essendo egli uomo d'arme e provetto cavaliere.

Appoggiato all'alto parapetto della nave, Bernard osserva l'orizzonte e le coste frastagliate della Liguria.

Il suo pensiero corre invece dietro a ricordi che, da tempo celati negli antri più oscuri della sua memoria, riaffiorano vividi nella sua mente come pezzi disparati di un mosaico bizantino.

Quei ricordi sono portatori di una sorta di malinconia mista a nostalgia che rende l'animo del Templare più debole, come se fosse indifeso di fronte al tumulto interiore che questi sentimenti scatenano.

## Parte prima

## L'infanzia di Bernard

– Bernard, dove ti sei andato a cacciare?

Maddalena fa finta di non sapere che il piccolo Bernard, bambino di dieci anni, si è nascosto dietro la porta della camera da letto, aspettando il momento giusto per uscire urlando allo scoperto con l'intento di spaventarla.

E' un gioco che lei e il piccolo fanno solo quando il conte Philippe, padre di Bernard, e il fratello tredicenne Robert non sono a casa.

Il conte, infatti, da quando è mancata la moglie, morta nel dare alla luce proprio il secondogenito, ha instaurato nel piccolo castello dei Villeroi in Linguadoca un clima tetro.

Sembra che lui stesso in prima persona nonché tutti gli abitanti del maniero debbano scontare una colpa, quella di non essere riusciti a salvare la contessa.

Maddalena ricorda: un giorno stava lavando i panni nel grande trogolo posto nell'angolo a sud dell'ampia corte. Cantava una vecchia canzone genovese. Improvvisamente il conte l'aveva fatta convocare.

– Mi avete fatto chiamare, signor conte? – aveva chiesto lei un po' intimidita davanti all'austera figura magra ma maestosa del padrone, il viso contornato da una barba bianca folta e importante, i capelli prematuramente incanutiti che arrivavano alle spalle e gli occhi chiari, grigi ma sempre lontani quasi a cercare qualcosa oltre l'orizzonte.

– Non voglio sentire canti nella mia dimora.

– Ma, signor conte, stavo lavando i panni e cantare mi serviva per non sentire la fatica…

– Basta così. Non voglio sentire obiezioni. Il canto e il riso sono diabolici, e io non voglio che il diavolo entri nel feudo dei Villeroi. Ed ora vai pure a finire di lavare i panni.

Così dicendo il conte Philippe aveva bruscamente congedato con un gesto la povera Maddalena.


– Aaaghhh…

Con un urlo belluino, Bernard assale Maddalena dalle spalle cingendole la vita con le piccole braccia.

– Oh mamma mia, che spavento! – esclama lei fingendo una paura non provata.

Poi la donna ed il bimbo si guardano negli occhi e scoppiano entrambi in una risata liberatoria.

- Vieni, monellaccio, che ti preparo qualcosa da mangiare, che lo so bene che sei affamato.

Così, eccoli nell'ampia cucina seduti davanti al grande tavolo in legno riservato alla servitù. Il bambino sta golosamente addentando una gran fetta di pane nero di segale ed ha di fronte a sé anche un ampia scelta di frutta trafugata dalla dispensa del maniero. La giovane donna, invece, si sta quasi mangiando con gli occhi quel cucciolo d'uomo che anche se non proviene dal suo ventre è come se fosse figlio suo tanto è il latte che lui le ha succhiato dal seno.

– Maddalena – chiede il bambino - era bella la mia mamma?

Ora Bernard ha finito di mangiare e Maddalena comprende che il bambino ha un altro tipo di fame, ha bisogno di affetto, di coccole che né il padre, severo e distante, né tantomeno il fratello, troppo giovane ed infervorato di armi e cavalieri, possono dargli.

12

Maddalena si prende Bernard sulle ginocchia e, carezzandogli dolcemente il viso e la testa, gli risponde:

– Certo che era bella, Bernard. Come un sole al mattino. E, sai, aveva i capelli color del grano maturo e gli occhi azzurri come un cielo d'Aprile.

Veramente Maddalena non ha conosciuto la contessa e forse esagera un po', ma che dire ad un bambino bisognoso d'affetto materno come il piccolo Bernard?

– E mi voleva bene?

– Ma che domande... Certo che ti voleva bene. Le mamme vogliono sempre bene ai loro bambini.

– E tu, Maddalena, mi vuoi bene?

– Ma sì, piccolino mio, sei il mio unico amore – risponde lei stringendoselo forte forte al seno.

– E allora, perché non ci sposiamo?

– Pensa prima a crescere, bimbo mio, poi, quando sarai grande, ci penseremo – risponde ancora Maddalena con un sorriso.

– Io voglio proprio sposarti - insiste Bernard - così ogni sera mi potrai cantare le tue canzoni genovesi che mi piacciono tanto. Me ne canti una ora?

"Questo piccolo uomo – pensa Maddalena – mi fa fare proprio tutto quello che vuole..."

Poi la giovane si alza, prende per mano Bernard ed insieme vanno nel loro posto.

Il 'loro posto' è un angoletto del cortile, vicino al trogolo che è sempre ultimo ad essere abbandonato dalla luce del sole. Lì, già da quando Bernard ha tre anni, Maddalena è solita, alla sera quando il sole sta per tramontare, sedersi su di una sedia, prendersi il bambino sulle ginocchia e cantare, di nascosto dal conte, qualche vecchia canzone o filastrocca genovese.

Per lei quello è il momento del ricordo. In quei brevi istanti, Maddalena entra in un'altra dimensione, come se il suo animo non sia più lì, in Linguadoca, nel castello dei Villeroi, ma per

13

incanto venga trasportato lontano, come portato dal vento, e infine possa vedere le mura di Genova, il suo porto, le sue case abbarbicate sulla vicina collina.

Ormai sono più di dieci anni che la giovane manca dalla sua città natia e la nostalgia per quella città così strana e scontrosa ma per altri versi così avvolgente e penetrante, si fa di giorno in giorno più acuta, più pungente.

Ma ormai è impossibile, per lei, tornare a Genova. Le scelte son state compiute, nel bene e nel male. Maddalena sa che lì, in Linguadoca ha il suo affetto principale, e cioè proprio Bernard, che ora la sta ascoltando muto, quasi in sua divina ammirazione.

E pensare che la giovane donna è scappata di casa con l'intento di girare il mondo.

A diciassette anni, infatti, Maddalena è l'unica figlia di messer Gigetto, calzolaio in Genova. Irrequieta e curiosa, non sopporta ogni tipo di disciplina e la città ligure le sta stretta. La prospettiva di mettere su famiglia per accudire un marito e dei bambini senza aver avuto mai la possibilità di vedere un pezzetto, sia pure piccolo, di mondo oltre le mura cittadine, la fa letteralmente rabbrividire. Ai molti pretendenti che la chiedono in sposa, rifiuta ogni possibile intimità, orgogliosa e gelosa del proprio essere libera.

L'occasione per scappare le si presenta un mattino sotto la forma di un carrozzone di giocolieri che improvvisano uno spettacolo proprio nella piazza di San Lorenzo, la piazza principale della città dove, ancora da finire, si erge il duomo ivi trasferito dall'originale sede di San Siro in quanto posto all'interno delle mura, proprio vicino al "Castrum", ovvero all'insediamento più antico di Genova, e quindi più difendibile dalle incursioni saracene che hanno funestato la città nei tempi passati.

La piazza è stracolma di gente incuriosita e Maddalena è in prima fila, tutta eccitata dalla novità della situazione.

I giocolieri risultano essere in realtà un bel giovane dai capelli ondulati e gli occhi penetranti e magnetici ed un altro individuo sgraziato e dalla faccia piuttosto ottusa.

Lo spettacolo inizia e Fabien, questo il nome del bel giovane, al suono di uno strumento a corde simile al mandolino, canta una malinconica canzone che parla d'amore perduto:

*"Dolenza hai dato al mio povero cuore*
*Quando, malvagia, m'hai tosto lasciato*
*E pace più non ho e lunghe son le ore*
*Che rinfocolano in me dolore ingrato.*

*Ahimè son perduto ed il mondo è ben nero*
*Che tutto mi sembra salato e cattivo*
*E nel mio triste incubo che pure è ben vero*
*Uccido il desiderio d'essere ancor vivo."*

Maddalena si strugge a queste parole accompagnate da una musica lenta, strascicata che intenerirebbe anche i cuori più duri e qualche piccola lacrima le inumidisce gli occhi.

L'esibizione continua e Fabien è davvero bravo. È un vero giocoliere e fa volare quelle palline come se per un istante avessero le ali. Poi cammina sulle mani a testa in giù e tutta la gente applaude incantata dalle sue abilità. Alla fine dello spettacolo, dopo altri applauditissimi numeri e canzoni cantate con meravigliosa voce, il piattino delle offerte è stracolmo di ogni tipo di monete.

Pian piano la gente ha abbandonato la piazza. È rimasto il carro dei giocolieri e, in un angolo, Maddalena. Non si è accorta di essere rimasta sola e così resta in piedi, appoggiata ad una colonna di un palazzo come se fosse prigioniera dell'incantesimo creato dalla musica appena ascoltata.

Fabien la vede e si avvicina a lei:

– Madamigella, è ora di mangiare. Avrete forse il piacere di dividere con me e con il mio amico Petit Pierre il cibo che abbiamo preparato?

Maddalena si riscuote. Vede Fabien vicino e le pare ancor più bello e forte e tutto.

– Sì, grazie – dice

E poi:

– Lo sapete che cantate molto bene?

Il giovane ride e, mentre la accompagna gentilmente verso il carro, dice a sua volta:

– E voi, lo sapete che siete molto bella?

A queste parole lei, sempre tanto sostenuta ed orgogliosa, avvampa e quasi non riesce a spiccicare parola. Poi si riprende, tanto quanto basta per riuscire a sorridere e a sedersi vicino al desco.

Durante il pasto fatto di pane, legumi, formaggio e vino, Maddalena conosce Petit Pierre, un buon giovane con un'intelligenza poco sviluppata. Petit Pierre si accontenta di mangiare e basta dargli qualche boccone in più per farlo felice. In cambio del cibo e del dormire, si occupa, senza mai lamentarsi, di tutte quelle incombenze che Fabien detesta: accendere il fuoco, pulire il carro, tenere in ordine tutti gli attrezzi per lo spettacolo.

– Allora, Maddalena – chiede Fabien pieno di confidenza – ti è piaciuto lo spettacolo?

– Sì, certo – risponde lei imbarazzata – Soprattutto le canzoni. Sono struggenti. Le avete scritte voi?

– Beh, a dire il vero non tutte, ma...vorrei che ascoltassi questa, l'ho pensata proprio oggi, mentre ti guardavo

A voce bassa Fabien inizia a canticchiare guardando fisso negli occhi Maddalena:

*"Una rosa ha in me portato la primavera*
*Che il mio cuore canta splendente d'amore*
*Ma essa è appassita prima di sera*

*E inverno è tornato con grande dolore.*

*Ma poi ho pensato che la mia rosa sei tu*
*E che tu rappresenti il mio sole splendente*
*Con te al mio fianco ho bisogno di niente*
*E tosto il mio animo non soffrirà più.* "

– Vieni Maddalena, ti faccio vedere un tappeto prezioso nel carrozzone – propone Fabien alla fine della canzone.

Ignara di tutto, lei sale entusiasta, lui la segue e intanto fa cenno a Petit Pierre di non disturbare.

Nello stretto spazio del carro, i giovani si ritrovano vicini, forse troppo.

Maddalena non vede nessun tappeto e, un po' delusa si volge verso Fabien.

È questione di un attimo: lui la abbraccia e le dà un bacio sulle labbra forzandole dolcemente ad aprirsi.

La giovane vorrebbe opporsi, ma non ce la fa: un languore la prende e le toglie ogni resistenza. Senza sapere neppure come, Maddalena si trova sdraiata completamente svestita e Fabien le sta carezzando i capezzoli che, rispondendo a quello stimolo, si stanno inturgidendo sempre più.

Onde di un piacere mai provato prima, avvolgono la ragazza rendendola languida e priva di ogni volontà. Ora anche Fabien è nudo, si sdraia fra le gambe di Maddalena e la possiede dapprima lentamente poi sempre più freneticamente finchè non raggiunge l'apice del piacere.

Maddalena si ritrova a gemere e a provare un amore immenso per Fabien, l'uomo che le sta donando questa esperienza di totale appagamento dei sensi, così la giovane, nel momento supremo, urla il suo amore per Fabien:

– Ti amo, ti amo, ti amo!

Ora tutto è finito. Fabien è sdraiato vicino a Maddalena e sta giocando con i capelli di lei:

– Noi partiamo domani all'alba. Vorrei che venissi anche tu – le propone.

"Già, partire, – pensa lei – e vedere il mondo insieme all'uomo amato: un'occasione imperdibile".

Ma deve tornare a casa, non foss'altro per prendere qualche effetto personale, e affrontare il padre che di certo non gioirà a vederla partire.

– Ci sarò, Fabien, ci sarò – gli giura – dovessi smuovere il mare intero.

Poi velocemente si riveste, esce dal carro e torna a casa che il sole è già basso sull'orizzonte.


Messer Gigetto non è un uomo cattivo. Rimasto vedovo che la sua unica figlia aveva solo cinque anni, ha lavorato sodo per ripagare un vecchio debito contratto dal padre. Ha allevato la figlia come ha potuto, lasciandola spesso sola o in compagnia di qualche caritatevole vicina, essendo lui troppo impegnato a risuolare stivali e riparar tomaie. Tutto questo tempo dedicato al lavoro ha avuto due effetti negativi su di lui.

Il primo: una totale incomprensione nei confronti di Maddalena e delle sue irrequietezze. In parole povere, Gigetto non comprende tutta quell'ansia di vedere il mondo che la figlia esprime ad ogni piè sospinto.

Il secondo effetto, decisamente più grave, ha a che vedere con un amore smodato per il vino e per l'alcol in genere. Per non sentire la fatica, infatti, il calzolaio genovese si ubriaca spesso e volentieri. E la sua è una sbronza cattiva, che in quei momenti è meglio chiudersi in camera, non incontrarlo e aspettare che passi.

Quella sera Gigetto è furioso. Quando è tornato a casa, infatti, non ha trovato nessuno ad aspettarlo. La sua unica figlia chissà dov'è andata a cacciarsi, ed allora è meglio attaccarsi alla bottiglia per mettersi alle spalle tutte le brutture di questa vita.

Intanto Maddalena sta rincasando, forse già pentita del giuramento reso a Fabien.

Come partire, infatti, lasciando il padre solo? No, non è possibile. Ma, d'altra parte, come non andare con Fabien, l'uomo che lei ama e che l'ha fatta sentire per la prima volta donna?

Combattuta fra questi due contrastanti sentimenti, la giovane sale le ripide scale di casa e apre la porta d'ingresso del piccolo appartamento dove vive col padre.

– Dov'eri, sgualdrina? Ti pare questa l'ora di arrivare a casa?

Senza neppure aspettare spiegazioni, Gigetto le serra entrambi i polsi nella mano sinistra, la trascina in mezzo al locale che serve da ingresso e cucina e le appioppa due pesantissimi manrovesci su entrambe le guance.

Mezza intontita, Maddalena non ha né la forza né il tempo per reagire. Il padre infatti si è tolto la cinghia dei pantaloni, ha costretto la figlia a piegarsi su uno sgabello e, dopo averle sollevato la sottana, l'ha colpita cinque volte con la cintura a tutta forza sacramentando e bestemmiando.

– Così impari a fare la bagascia! – urla addosso a Maddalena che sta tentando di ricacciare indietro le lacrime di dolore, umiliazione e rabbia che le stanno spuntando dagli occhi.

– E ora prepara qualcosa da mangiare, che ho una fame nera – conclude Gigetto rabbioso.

Senza proferire parola, Maddalena si dà da fare ai fornelli, ma quelle cinque cinghiate hanno lasciato il segno.

Non tanto per il dolore fisico pesante ma passeggero; quanto per la mistura di umiliazione e rabbia che ha ucciso l'amore che Maddalena aveva per suo padre.

La decisione è ormai presa: lei seguirà Fabien e al diavolo papà Gigetto che, per quanto la riguarda, può anche andare a farsi impiccare dove meglio crede.

Così la ragazza mette in tavola un ottimo minestrone per il padre, e studia un piano per metterlo fuori combattimento: appena Gigetto vuota il bicchiere del vino lei, con falsa premura,

19

glielo riempie immediatamente ben sapendo che non tarderà a scolarselo nuovamente. In poco tempo Gigetto è totalmente ciucco. Ormai fa fatica ad articolare le parole, e quasi si addormenta sul tavolo della cucina.

Maddalena ha aspettato con ansia questo momento.

Si fa forza, prende il padre per le ascelle, lo corica sul letto, lo spoglia. Sa che, facendo così, Gigetto dormirà profondamente almeno fino a mattino inoltrato.

Poi, quando lo sente russare pesantemente, ritiene essere arrivato l'attimo giusto. Prepara un piccolo fardello con le cose a lei più care ed esce nella notte. Sa che deve stare attenta alle ronde degli armigeri della gendarmeria genovese, ma il tragitto per arrivare al carro di Fabien è breve e non incontra nessuno.

– Fabien, Fabien – chiama sottovoce – sono io, Maddalena…

Coi capelli scompigliati e gli occhi assonnati, Fabien emerge dal carro, vede Maddalena, la fa subitamente salire. Petit Pierre dorme alla grande e non ha sentito nulla.

I due giovani parlano fra loro sottovoce.

– Come mai qui a quest'ora – chiede lui – ti aspettavo domani mattina.

– Sono scappata di casa. Mio padre mi ha picchiata. Temevo che domani mi avrebbe chiusa in casa – spiega lei concitata.

Questo complica un po' le cose. Fabien aveva sperato in un consenso da parte del padre di lei per uscire senza problemi da Genova. Invece ora, al momento di varcare le mura cittadine, bisognerà che Maddalena si nasconda bene in modo da eludere la sorveglianza della gendarmeria.

– Ora le porte della città sono chiuse ed è impossibile uscire. Domani all'alba partiremo, ma tu dovrai nasconderti bene. Se le guardie alle porte ti scoprono, ti rimandano dritta dritta da tuo padre. Quanto a me, rischio la galera per ratto di minorenne… – le spiega lui.

Insieme cercano nel carro un possibile nascondiglio, trovandolo alla fine in un baule pieno di vestiari di scena. Maddalena si rannicchierà in quel baule e Fabien la coprirà con i vestiti in modo che gli sbirri di guardia alle porte della città, qualora aprano il baule, non la possano vedere.

Il piano è buono e non presenta problemi di sorta soprattutto se si esce dalla città di mattino presto quando messer Gigetto dorme ancora tramortito dal vino. Ma ciò purtroppo non avviene.

Infatti Fabien e Maddalena si addormentano l'uno abbracciato all'altra non rendendosi conto del tempo che passa e quando si risvegliano il sole è già alto nel cielo.

A quell'ora messer Gigetto, sveglio da un pezzo, ha prontamente denunciato all'autorità la scomparsa della figlia. C'è trambusto alle porte di Genova. Gli armigeri controllano ogni carro in uscita, cercano Maddalena.

Con nervosismo ed agitazione i due giovani si preparano. Maddalena si rannicchia nel baule. Fabien la copre con del vestiario, poi chiude il coperchio.

L'interno del baule è buio, si respira a malapena e stare lì dentro è una tortura, ma il tragitto è corto e val la pena di soffrire per scappare da Genova.

Con Fabien alla guida, infatti, il carro arriva in fretta alla porta occidentale della città, da cui si diparte la strada che attraversando il Burgus e il Campus, quartieri rurali esterni alla cinta muraria, arriva fino alla Contrada Predis per guadagnare infine la campagna aperta. Lì il carro viene fermato da una pattuglia di armigeri di guardia

Fabien ne ha riconosciuto il capo e lo apostrofa:

– Che c'è, capitan Bartolo, non vi fidate più di me?

– No, Fabien – risponde quello – di voi so che mi posso fidare, ma è scappata di casa una ragazza ed abbiamo l'ordine di perquisire tutti i carri che escono dalla città. Abbiamo il fondato sospetto di ritenere che questa ragazza voglia lasciare Genova.

– Se sperate di trovare una ragazza nel mio carro, capitan Bartolo, sbagliate di grosso. Magari ce ne fosse una. Avrei buttato a mare Petit Pierre e me la sarei tenuta: per quanto brutta, sarebbe stata sempre meglio di questo povero disgraziato. Ma vi prego, controllate, controllate pure.

Ridendo per le battute di spirito di Fabien, due degli sbirri di capitan Bartolo entrano nel carro e lo rovistano. Vedono il baule dov'è nascosta Maddalena:

– E qui dentro cosa c'è? – chiedono.

– Ah, nulla, solo vestiti di scena – risponde Fabien.

– Potete aprirlo?

La cosa si fa rischiosa. Basta un movimento od un rumore anche minimo e la giovane sarà scoperta, ma non c'è niente da fare: bisogna fare buon viso a cattivo gioco.

Sfoderando il suo migliore sorriso, Fabien si avvicina al baule:

– Ma certo, volete forse travestirvi da giullare? – chiede ironicamente sollevando il coperchio,

Maddalena da sotto ha udito tutto. Si fa ancora più piccina e sente il suo povero cuore battere all'impazzata quasi a voler uscire dalla cassa toracica. Solo un sottile strato di vestiti la nasconde agli occhi degli armigeri.

"Mio Dio – prega fra sé – mio Dio, fa' che non mi trovino…"

Nel frattempo sta arrivando un altro carro da perquisire.

– Basta così – ordina capitan Bartolo – Armando, Tonio, sull'altro carro! Qui non c'è nulla.

A quelle parole, Fabien chiude immediatamente il coperchio del baule, Tonio salta giù dal carro seguito da un perplesso Armando che, tant'è, avrebbe voluto ancora controllare il contenuto di quello strano baule.

– Andate, andate pure, Fabien. E fatemi sapere quando tornate a Genova, che voglio un po' divertirmi la prossima volta, vedendo le vostre diavolerie – lo saluta capitan Bartolo.

– Non dubitate, capitano. Appena tornerò nella vostra città, vi manderò Petit Pierre ad avvisarvi del nostro arrivo.

Poi Fabien sprona i due cavalli e il carrozzone lentamente si mette in moto.

Anche se sono ormai fuori città, Fabien aspetta di allontanarsi almeno un paio di miglia prima di cantar vittoria. Poi, in mezzo alla campagna, ferma i cavalli, apre il baule ed esclama:

– Maddalena, esci, ce l'abbiamo fatta!

La ragazza lo guarda incredula, fa per alzarsi, ma le gambe, intorpidite, la tradiscono. Allora si aggrappa al suo uomo e finalmente esce. Non sa se piangere di gioia o ridere. Sa solo che è libera, fuori da quella città troppo piccola per lei.

La libertà ha un sapore inebriante che rende euforici e Maddalena, in quei primi istanti non capisce più nulla. Abbraccia Fabien, lo bacia con frenesia, piange, ride. Poi vede Petit Pierre che se ne sta discosto, e abbraccia anche lui baciandolo in fronte, sulle guance, sulle labbra, forse i primi baci di donna mai ricevuti da Petit Pierre.

Finisce che Fabien e lei si chiudono nel carrozzone e fanno l'amore selvaggiamente per scaricare la tensione di quella mattina. Poi la dolcezza ha il sopravvento ed entrambi cercano i punti più sensibili dall'altro e la pelle freme ai baci e alle carezze che si scambiano.

Due anni dura, per Maddalena, quella vita da girovaga. Anche lei contribuisce allo spettacolo. Ha scoperto infatti di avere una bella voce e quando canta *Malattia d'amore*, una canzone scritta da lei stessa, anche i più ignoranti e rozzi si azzittiscono e si commuovono:

*"Malata d'amore io sono per te*
*Che il mondo è nero ed anche sbagliato*
*Ed il cuor mio non batte più*
*Se tu sei lontano come un sogno inventato.*

23

*O morte vieni con la falce maligna*
*E prendimi ora con fatal decisione*
*Ponendo fine a una vita penosa*
*Che più non ha senso, ed è mala e cattiva.*

*Ma se pietà ancora alberga nel tuo cuore,*
*O mio amato, sbadato e crudele,*
*Ti prego, allevia questo acuto dolore*
*E scaccia dal tuo animo la rabbia ed il fiele.*

*Una rosa tu porta a questa donna che t'ama:*
*Un poco di vita quel fior le donerà,*
*Un poco di vita più dolce e men grama*
*Che renda la morte fattor di pietà."*

Sentire quella bella e giovane ragazza che, con voce incantevole e un po' malinconica, parla di amore perduto e di morte, addolcisce anche i cuori più duri, avvezzi ad ogni tipo di violenza. Le donne, poi, si sciolgono in pianto. Ed il piattino delle offerte è sempre colmo di monete.

Per due anni, quindi, Maddalena e Fabien hanno girato la Francia col loro carrozzone portando momenti di svago sia ai ricchi mercanti delle città, sia ai servi della gleba che non possiedono nulla se non se stessi e i propri figli. Hanno raggiunto Parigi e si sono esibiti davanti alla corte del re franco. Poi sono arrivati fin sulle coste bretoni, ancora contese dai Franchi e dagli Inglesi. Infine sono tornati nel sud, prima in Provenza, poi in Linguadoca. Sono arrivati nel piccolo feudo dei Villeroi giusto tre giorni fa e adesso è ora di cena e Petit Pierre sta riattizzando il fuoco sul quale è posta una pentola fumante.

– Fabien – dice Maddalena – bisognerà riorganizzare il carrozzone.

– Perché? Così stiamo benissimo – replica stupito lui.

24

– Sì, ora sì – sorride la ragazza – ma fra qualche mese saremo almeno uno in più.

– Cooome? Vuoi dire che…

– Sì, Fabien. Stai per diventare padre.

"Maledizione, questa non ci voleva proprio…" – pensa il giovane.

Fabien non è preparato ad essere padre. I bambini non gli piacciono, li considera solo dei grandi rompiscatole sempre frignanti ed affamati. Impediscono di dormire, i bambini, e richiedono tante attenzioni. Troppe per lui. Finge una gioia non provata:

– Ma no! Ma davvero? Ma che bello! Che bel regalo che mi fai! E quando sarà che diventerai mamma?

– Beh, non so la data precisa, ma più o meno succederà tra sette mesi – risponde Maddalena mentre gli occhi le brillano di felicità.

Fabien la abbraccia, la bacia in fronte e sulle labbra, le fa festa facendola ballare intorno al fuoco, ma quelle dimostrazioni d'affetto sono fasulle ed il cuore del giocoliere è invece freddo e cattivo.

Già da quel momento Fabien ha deciso di abbandonare Maddalena al suo destino. Lui tornerà a girare il mondo accompagnato dal solo Petit Pierre.

"Peccato, perché Maddalena è bella e sicuramente, soprattutto la notte, mi mancherà. Ma il mondo è pieno di belle ragazze pronte a darsi ed è già un miracolo che io sia stato con lei per due anni" – pensa freddamente il fedifrago.

Fabien odia le scenate. Così pensa ad una buona occasione per scappare con Petit Pierre, piantando in asso la giovane.

Quella notte, mentre Maddalena dorme rannicchiata contro il suo petto, lui rimugina il da farsi. Si ricorda le parole di lei: bisognerà riorganizzare il carrozzone. E un piano inizia a prendere forma nella sua mente.

25

L'indomani Maddalena si sveglia tardi, indugia un poco sotto le coltri. È felice: non credeva che Fabien l'avrebbe presa così bene. Il suo uomo, infatti, che lei ama così tanto, ha un sacco di qualità che enumerarle tutte sarebbe cosa troppo lunga, ma ha anche il difetto di essere un poco egocentrico e tende a schivare, quando è possibile, le responsabilità. Vederlo così felice all'idea di diventare padre è stata per lei una piacevole sorpresa.

Maddalena si veste ed esce dal carrozzone. Fabien, aiutato da Petit Pierre, sta portando nei pressi delle tavole di legno.

– Fabien, Petit Pierre, cosa fate? A che servono quelle tavole? – grida rivolta ai suoi uomini.

– Ah, ti sei svegliata. Bene. Dormito bene? Queste tavole servono per ricavare una piccola cameretta per nostro figlio.

– Ma, Fabien, c'è tempo… e per un po' il bambino può dormire con noi – dice lei e le ridono gli occhi per la felicità.

– Chi ha tempo non aspetti tempo. E poi voglio che, sia pure in piccolo, nostro figlio abbia tutte le comodità possibili, come i ricchi e i nobili.– argomenta lui.

Ride, Maddalena, a quelle fantasie del suo amato..

– Ah senti, Maddalena – continua Fabien – ho prenotato una cameretta per te, per questa sera soltanto, nella taverna del paese. Sai, stasera il carrozzone sarà invivibile.

– Ma Fabien, non era necessario… il tempo è bello e posso dormire all'aperto con te – protesta lei.

– Assolutamente no, non voglio che ti strapazzi. Tu stasera dormi alla locanda.

A nulla servono le argomentazioni di lei. Fabien è irremovibile. Così quella sera Maddalena viene accompagnata alla piccola locanda del villaggio posto ai piedi di quello che pomposamente è chiamato "castello", ovvero la dimora dei Villeroi.

Fabien la guida amorevolmente fino alla camera.

– Dormi bene, amore mio. Il letto sembra meraviglioso – poi le dà un ultimo bacio sulle labbra e se ne va.

Rimasta sola Maddalena si guarda intorno. La camera è piccola ma pulita. Il letto, ben morbido, promette bene. Poi, dalla finestrella si può vedere il carrozzone poco lontano. Così le sembra di essere vicina al suo uomo. Sì, può dormire tranquilla.

Fabien aspetta che la notte sia fonda e le luci della locanda tutte spente. Sveglia Petit Pierre e gli fa cenno di non fare rumore. Poi attacca i due cavalli al carrozzone, li sprona in silenzio e, lentamente, quelli si mettono in cammino. Petit Pierre protesta: dov'è Maddalena?

– La veniamo a prendere tra tre giorni non ti preoccupare. Nelle sue condizioni non può venire con noi, sarebbe troppo pericoloso per lei e per il bimbo che ha in grembo – lo rassicura Fabien..

Nella notte, rischiarata da una bella luna piena, il carrozzone avanza trainato dai cavalli e ad ogni giro di ruota si allontana sempre di più da Maddalena.

Quando la giovane si sveglia, dopo una deliziosa dormita, il sole si è già levato ma non da molto. La prima cosa che la ragazza fa è di aprire le imposte è guardare il carrozzone per provare a salutare il suo Fabien.

Ma il carrozzone non c'è. Impossibile. Di certo Fabien l'avrà spostato. Però è strano. Perché spostarlo da quella postazione tanto comoda vicino all'acqua?

Un senso di irrequietezza si impadronisce di lei. Velocemente si veste, scende le scale, esce all'aperto, guarda in ogni dove, ma del carrozzone, così come di Fabien e di Petit Pierre, eppure l'ombra.

Un presentimento le stringe il cuore: che siano partiti senza di me? Ma non è possibile. Fabien mi ama, non mi lascerebbe mai.

Rientra nella locanda. Al bancone c'è Denise che la gestisce insieme al marito Laurent.

– Scusate Denise, sapete dov'è il mio carrozzone? Non lo vedo – chiede la giovane con voce malferma.

La donna la guarda stupita.

Poi:

– Ma son partiti a notte fonda – dice – li ho appena sentiti che attaccavano i cavalli. Non lo sapevate, madamigella?

Quelle parole sono terribili colpi di maglio per il povero cuore di Maddalena. Pallida, quasi senza forze, si aggrappa al bancone per non cadere. Denise vede che la ragazza sta male, velocemente esce dal bancone, la sorregge come può, la fa sedere su una panca. Poi chiama il marito:

– Laurent, Laurent, vieni, presto! Madamigella non si sente bene!

Intanto Maddalena è come svuotata di tutte le energie. Appoggiata allo schienale della panca non riesce nemmeno a piangere. Un misto di sensazioni fatto di amarezza, delusione, preoccupazione per la creatura che porta in grembo e per se stessa, la opprime impedendole ogni tipo di reazione.

Laurent è un uomo buono. Grande e grosso, con i capelli ispidi e la barba incolta non farebbe male a una mosca. Stava spaccando la legna quando ha sentito il richiamo della moglie. Immediatamente ha lasciato il lavoro che stava facendo e si è precipitato nella locanda.

Laurent conosce Maddalena: l'ha sentita cantare due sere prima e si è commosso che quasi piangeva a dirotto.

Si avvicina alla panca, si siede vicino alla giovane, le offre un bicchier d'acqua cingendole le spalle con un braccio.

– Che c'è, piccola? Su, dimmi, ti prego… bevi un poco, ti farà bene….

Il contatto del braccio che trasmette calore e compassione, le parole pronunciate con immensa dolcezza, la vicinanza di quell'uomo che emana bontà e carità sciolgono il duro nodo dei sentimenti dentro il cuore di Maddalena. E, senza ritegno, abbandonata sulla spalla di Laurent, la ragazza piange

28

dirottamente. Denise vorrebbe intervenire, fermare quel pianto così disperato, ma il marito le fa cenno di lasciar stare. Laurent intuisce infatti che quel pianto è liberatorio e che la ragazza sta cercando di espellere tutte le cattive emozioni che le bloccano l'animo.

Tutta la storia viene fuori a spizzichi e bocconi tra uno scoppio di pianto e l'altro:

– Fabien… come l'amo Fabien…e come faccio senza di lui ora che aspetto un bambino… Ma mi fidavo di lui, e invece…

Laurent, da queste poche parole, pronunciate tra un singhiozzo e l'altro, capisce tutto: quel farabutto ha abbandonato la sua compagna perché non voleva bebè fra i piedi.

Pensare di riacciuffarlo è impossibile: è passato troppo tempo ed ormai il maledetto sarà arrivato in un altro feudo. Piuttosto bisogna occuparsi di Maddalena che, povera figlia, ha bisogno di tutto.

Ed è proprio ciò che Laurent e Denise decidono di fare. Ambedue si sono scambiati un rapido cenno d'intesa con gli occhi e, altrettanto rapidamente, hanno preso l'unica decisione che due persone caritatevoli e buone come loro possono prendere: Maddalena sarà la loro figlia adottiva.

Loro di figli ne hanno già cinque, due già sposati, e dove si mangia in nove, c'è cibo anche per un'altra persona. Il figlio di Maddalena sarà il primo nipotino che allieterà l'ampia famiglia di cui Laurent è il capo carismatico indiscusso. D'altronde, come non voler bene a Maddalena che, anche nel momento più amaro della sua vita, emana un senso di dolcezza quasi infinita, come non voler bene a questa giovane così duramente tradita nell'amore ovvero nel sentimento più profondo che tutti noi in quanto umani abbiamo?

Per due giorni Maddalena rifiuta il cibo che amorevolmente Denise le porta riservandole i bocconi più prelibati. Con dolcezza, la donna la incita ad assaggiare almeno in parte quei bocconi preparati con tanta cura da lei. Per due giorni la giovane rifiuta, quasi a voler morire come se per lei la vita non avesse più alcun senso dopo il tradimento di Fabien.

La mattina del terzo giorno Denise ha portato latte, pane bianco, vera rarità per le mense contadine, burro, anch'esso vera prelibatezza per chi lavora la terra.

– Su, Maddalena, ti prego, assaggia almeno il pane – la esorta la donna – è veramente buono… mangia qualcosa…son due giorni che non tocchi cibo… se non per te, fallo per la creatura che porti in grembo…

"Già – pensa la giovane – il bimbo che porto dentro di me non ha colpe e neppure ha chiesto lui di nascere. No, l'ho voluto io. E poi – pensa ancora Maddalena – come rifiutare questo cibo condito dall'amore che Denise e Laurent vi pongono con tanta abbondanza?"

Sotto gli occhi sorpresi di Denise, la ragazza sbocconcella con fare svogliato una fetta di quel pane così raro e prelibato.

E d'improvviso gli stimoli del suo giovane corpo arrivano allo stomaco che reclama ciò che per due giorni gli è stato negato.

Ora Maddalena mangia con avidità il pane col burro e mai cibo le è parso più buono.

Denise, a quello spettacolo, è corsa a chiamare il marito:

– Laurent, Laurent, mangia, finalmente!

Ora anche l'uomo è nella camera di Maddalena e, con soddisfazione e contentezza, guarda la giovane finire di bere con avidità il latte bianco appena munto.

Quando la giovane ha finito, le si avvicina, l'abbraccia, le dà un bacio in fronte:

– Benvenuta nella nostra famiglia, Maddalena. Spero che con noi ti troverai bene.

Lei lo guarda incerta, quasi a non credere a ciò che ha udito.

– Volete dire che posso restare con voi? - chiede incredula – sapete che aspetto un bambino?

– E sarà il benvenuto anche lui. Per quanto ti riguarda, cara Maddalena, mangerai, dormirai ed anche lavorerai con noi.

– Non so come ringraziarvi. Senza di voi sarei stata persa.

– Il modo migliore per ringraziarci è di rimetterti presto in forma e contribuire ai lavori che vi sono da fare nella locanda.

Maddalena dovrà fare la cameriera e cantare, con la sua bellissima voce, qualche canzone per i clienti.

Non è stancante quest'impegno e Maddalena ritrova presto il sorriso anche se l'esperienza provata l'ha cambiata e l'ha fatta diventare adulta tutta d'un colpo. Ai momenti di allegria e contentezza che indubbiamente verranno nel resto della sua vita, lei non disgiungerà mai una vena di tristezza e di consapevolezza che non l'abbandonerà mai per il resto dei suoi giorni.

Mentre la giovane porta avanti la propria gravidanza senza grandi problemi, dalla dimora dei Villeroi arrivano notizie sconfortanti riguardo alla salute della contessa, anch'essa gravida.

La contessa Antoniette è una donna minuta, fragile che con la buona salute non è mai andata d'accordo. Già tre anni prima, quando ha partorito il primogenito Robert, Antoniette è stata per diversi giorni sospesa tra la vita e la morte. Solo un piccolo miracolo le ha permesso di riprendersi, anche se di allattare il piccolo non se ne è neppure parlato e si è dovuto ricorrere ad una balia.

La triste storia pare ripetersi ora con la nuova gestazione. Tutti, a castello, a cominciare dal conte Philippe, veramente innamorato della moglie, seguono con ansia l'evoluzione di quella seconda gravidanza della contessa.

Allo scadere del nono mese Antoniette partorisce un bambino un po' gracile ma sano ed urlante cui viene dato il nome di Bernard. Ma questa volta lo sforzo per la contessa è stato immenso ed esiziale.

Emorragie si susseguono ad emorragie e, tempo pochi giorni, Antoniette, sfibrata, muore.

Non c'è tempo per abbandonarsi al pianto e al lutto. Bisogna immediatamente pensare a come dar da mangiare al piccolo neonato, che altrimenti il sacrificio della contessa risulterebbe vano.

Affranto dal dolore il conte convoca la servitù:

– Sapete bene – dice – qual è il compito che vi attende. Prima di sera dovete trovare una balia per il mio piccolo Bernard. Andate subito in ogni dove, frugate anche gli angoli più reconditi e nascosti del feudo, ma scovatemela. A chi la troverà per primo darò tre monete d'oro.


Daniel, lo stalliere che si occupa anche del giardino del castello, sa già dove andare.

Si reca alla locanda in cerca di Laurent. Trovatolo, lo saluta:

– Ciao Laurent. Come stai? E come sta quella vostra ragazza genovese... Maddalena, mi pare si chiami.

– Sì, Daniel, proprio Maddalena. Cosa vuoi, ha appena partorito, ma la creaturina che ha messo al mondo, tempo un paio d'ore, ha smesso di vivere. Qui tutti siamo tristi...

– Capisco, Laurent – annuisce Daniel – ma forse da questa disgrazia se ne può cavare qualcosa di buono.

– Non capisco – fa il locandiere.

– Tu sai – prosegue lo stalliere – che due giorni fa è mancata la contessa. Orbene, ora il conte vuole una balia per il neonato, e se non si troverà a breve, anche quel piccolo morirà. Potrebbe proprio la tua Maddalena diventare la balia per il piccolo, non credi?

– Tu dici?

– Certo. Di latte ne ha?

Effettivamente, il seno di Maddalena è gonfio di latte.

Laurent riflette un poco e poi conclude che quanto prospettato da Daniel è la miglior soluzione per tutti.

Principalmente potrebbe giovare alla ragazza che al castello starebbe sicuramente meglio e potrebbe, forse, dimenticare più velocemente la morte del suo bambino. Per non parlare del conte che, con una balia come Maddalena, si vedrebbe subito risolto l'impellente problema di come nutrire il secondogenito appena nato. Ne risentirebbe un poco la locanda, priva della presenza e soprattutto della voce della ragazza a cui tutti vogliono bene, ma è un sacrificio necessario, considerati i più importanti benefici che deriverebbero dalla scelta proposta dallo stalliere..

Così Laurent e Denise parlano a Maddalena:

– Ascolta, piccola – le dice Laurent che ormai la chiama sempre con quel vezzeggiativo – sappiamo che sei triste, e lo siamo anche tutti noi, per la morte del tuo bambino. Ma c'è un altro bambino che ha molto bisogno di te.

In realtà la giovane è ancora frastornata e intristita dagli eventi degli ultimi giorni. È stanca, e decide di affidarsi completamente a Laurent, che ha imparato ad amare come un secondo padre sicuramente più buono ed affettuoso del primo.

– Ditemi pure, messer Laurent – dice con voce affranta – so che di voi mi posso fidare e che avete sempre scelto il meglio per me: che debbo fare?

– Il bimbo della contessa, che è mancata due giorni fa, rischia di morire anche lui se non si trova velocemente del latte materno. E tu, piccola mia, di latte ne hai in abbondanza.

– È vero – annuisce lei – doveva essere il nutrimento per mio figlio…

– Sì, piccola, lo so. Ma non bisogna aggiungere dolore al dolore. Il tuo latte significa la vita per il figlio del conte.

Maddalena riflette fra sé e sé. C'è del vero in quello che dice Laurent.

– Va bene – dice alla fine – sfamerò quel bambino.

Ed è andata così che, poco dopo, raccolte le poche cose a lei care, Maddalena è salita a castello. Non c'è stato tempo per le presentazioni e Bernard, ormai allo stremo, le è stato subito affidato ed ha incominciato a poppare con avidità. Immediatamente si è stabilito fra Maddalena e Bernard un rapporto intimo e quasi erotico e la giovane ha intuito che ormai, da quel momento, la sua vita sarà profondamente legata a quella di quell'esserino che le sta succhiando il latte.

Ecco com'è successo che Maddalena da dieci anni si trova nel castello dei Villeroi. In realtà avrebbe dovuto tornare alla locanda non appena svezzato Bernard, ma poi lo stesso conte Philippe si è reso conto che la presenza della giovane è senz'altro positiva per il bambino che altrimenti non avrebbe punti di riferimento femminili durante la crescita.

– Sta arrivando il conte con il contino Robert – avvisa il vecchio Daniel.

Con un sospiro Maddalena comprende che il momento dei ricordi è terminato. Anche Bernard sa che quell'attimo di dolcezza e di intimità con la sua balia è finito: tra poco il padre arriverà a castello e al bambino toccherà cenare, in un silenzio quasi assoluto, con lui, col poco amato fratello e con padre Parvelon.

Già, padre Parvelon. Dovrebbe essere il precettore dei due bambini, ma in realtà non sa niente. Ha incantato il conte col suo latino d'accatto e, con due frasi tipo *hic sunt leones* e *usque tandem Catilina abuteris patientia nostra*, è parso avere chissà quali profondità di cultura. In realtà mangia ad ufo e le sue lezioni mattutine si riducono a vani tentativi di tenere a bada le intemperanze di Robert che di studiare non ha la minima intenzione e vorrebbe solo battagliare con la spada e i cavalli.

– Su Robert, lo so che ti piace di più andare a cavallo e tirare di scherma - si affanna padre Parvelon - ma è anche importante scrivere e far di conto.

– Ma se non sapete scrivere neppure voi... – replica irriverente il ragazzo.

Non è proprio vero che il prete sia così ignorante. Il fatto è che spesso non ha nessuna voglia di perdere tempo ad insegnare il francese e la matematica.

34

– Ieri notte non ho dormito niente – annuncia sovente con voce lamentosa – ho un mal di testa che mi spacca il cranio... per favore, bambini, fate quello che più vi piace oggi, ma lasciatemi riposare.

In queste occasioni, Robert scappa verso le stalle a sellare Mistral, il suo cavallo preferito. Bernard, invece, si precipita da Maddalena.

È curioso, Bernard. Vuole sapere tutto dalla sua balia.

– Vedi Bernard – gli fa notare lei insegnandogli i vocaboli più usati dai genovesi – molte parole genovesi derivano dall'arabo: per esempio *baccan* in genovese significa 'padrone'.

– E sono arabe? – chiede il bambino

– Certo, non senti che suono hanno?

In quei due anni passati a girare la Francia con Fabien, Maddalena ha visto popoli con usanze e costumi diversi:

– Bisogna saper rispettare anche chi non la pensa come te – insegna al piccolo – perché ogni usanza diversa dalla tua è legittima, basta che non sia rivolto a fare del male o a far soffrire inutilmente uomini, donne od anche animali.

– Ma, Maddalena, padre Parvelon dice che gli ebrei sono deicidi e che perciò devono essere uccisi.

– Io non so – replica pazientemente lei – di deicidio e di cose della Chiesa, non ho studiato in qualche abbazia. So solo che ho incontrato ebrei buoni ed ebrei cattivi, cristiani buoni e cristiani cattivi. E, caro il mio piccolino, non mi pare giusto perseguitare qualcuno e magari anche ucciderlo solo perché appartiene ad una razza o ad una religione diversa dalla nostra: perseguitiamo i cattivi, coloro che fanno del male, siano essi cristiani, ebrei, arabi o pagani, ma lasciamo in pace i buoni, coloro che ci aiutano, senza badare se credono in Gesù Cristo o meno. Ma adesso basta con questi discorsi, andiamo a vedere i fiori piantati da Daniel.

Così, aiutati dal vecchio giardiniere, imparano entrambi le caratteristiche e i nomi, sia francesi che latini, dei fiori e degli alberi, ed è piacevole studiare in quel modo che pare invece un gioco:

– Questa è una rosa – spiega Daniel – attento alle spine, piccolino mio. Vuol dire amore, e, se ne regali una ad una ragazza, vuol proprio dire che le vuoi molto bene. E quelle, in mezzo al prato, sono margherite. Fioriscono in primavera e, quando le vedi, vuol dire che l'inverno è ormai passato.

Bernard assorbe tutte quelle informazioni. È sveglio, ed il carattere impulsivo proprio di Maddalena non gli manca.

Come lei, infatti, sarebbe pronto a buttarsi nel fuoco per un amico o per un ideale che ne valga la pena. La balia genovese se da un lato ne è contenta, dall'altro teme per lui gli inganni e le delusioni che il mondo adulto potrà riservargli.

"Va be' – si consola Maddalena ogni volta che fa quei pensieri – in fondo è giusto che viva le sue esperienze. Se poi saranno negative, potrà sempre trovare rifugio tra le mie braccia."

E c'è sempre Maddalena quando, qualche volta, la notte, Bernard si presenta al capezzale della balia:

– Maddalena, ho sognato l'uomo nero.

– Ah sì? E cosa faceva l'uomo nero?

– Mi portava via, lontano da te.

– Ma no… Su, sdraiati qui, vicino a me, che se arriva l'uomo nero ci penso io a mandarlo via per sempre..

Rinfrancato, il bimbo sale sul letto, si infila sotto le coperte vicino alla sua amata balia che è per lui come una madre. Un senso di sicurezza e di dolcezza lo avvolge. Ha posto un orecchio sulla camicia da notte proprio in corrispondenza del seno sinistro di Maddalena ed ora sente il battito regolare del cuore di lei. Quel ritmico suono lo calma fino a farlo addormentare felice.

Passano gli anni, per l'esattezza cinque. Ormai Bernard non ha più l'età per spaventarsi dell'uomo nero e da tempo non dorme più con la sua balia. A quindici anni è infatti un bel ragazzo, nel fiore della sua adolescenza.

Robert, il primogenito, si occupa, col conte Philippe, di tutte le incombenze del feudo quali trattare con i servi della gleba ed organizzare i campi per la rotazione delle colture. Ma se c'è da scrivere una lettera anche semplice o fare qualche conto un po' più complesso della semplice addizione, allora interviene 'l'intellettuale' Bernard. È una divisione di compiti che va benissimo ad entrambi i fratelli e che permette al più piccolo di coltivare i propri interessi culturali senza soverchie difficoltà. È vero, tre volte alla settimana Bernard deve sottoporsi a pesanti e dure lezioni di scherma impartite proprio dal conte suo padre, ma, per il resto del tempo, può dedicarsi a perfezionare la conoscenza del dialetto genovese, che ormai parla fluentemente, e ad approfondire quelle nozioni di conoscenza del mondo naturale col vecchio e fidato Daniel.

Una mattina di marzo, ancor fredda, Bernard, come al solito, si alza, si lava, si veste, va nell'ampia cucina per la colazione.

Maddalena non c'è.

"Che strano – pensa il ragazzo – Maddalena è sempre così mattiniera…"

Poi vede Parvelon:

– Padre Parvelon, avete visto Maddalena?

– Sì, figliolo. È in camera sua. Non sta bene, ma c'è Daniel con lei.

Maddalena malata? Questa è una cattiva notizia. Mai Bernard l'ha vista a letto per motivi di salute.

Preoccupato, il giovane subito corre nella stanza di lei. La trova rannicchiata a letto, le guance e la fronte arrossate dalla febbre, Daniel, smarrito, è al capezzale che non sa neppure lui cosa fare.

– Buongiorno Maddalena. Come stai? – chiede il ragazzo.

– Oh, Bernard, non è niente di grave, solo un po' di raffreddore. Ho preso freddo ieri, ma domani starò meglio, ne sono certa.

– Mhh, vediamo… – dice Bernard ponendole una mano sulla fronte.

La sente che scotta. La febbre deve essere molto alta.

– Daniel – ordina infine il giovane – vai a chiamare messer Courby, il dottore. Digli di venire il più presto possibile. Sto io con Maddalena. Vai, presto.

Nonostante la giovane età, il tono di Bernard è deciso e non ammette repliche: Daniel esegue immediatamente.

Messer Courby arriva poco dopo, che un ordine da castello è cosa da obbedire prontamente.

Osserva con attenzione la malata, le tasta il polso, fa una piccola smorfia di disappunto e poi dice:

– Tanto riposo, caldo, e, mi raccomando, datele da bere molta acqua..

Poi, seguito da Bernard e da Parvelon, giunto nel frattempo, messer Courby esce dalla camera, si ferma e si rivolge ai due:

– Dobbiamo aspettare di vedere cosa succede la prossima notte. A volte ho visto malati ridotti peggio di Maddalena recuperare la salute con un buon sonno. Altre volte, invece, li ho visti morire.

Tutto il giorno Bernard sta al capezzale di Maddalena aiutandola in tutti i modi. Le sprimaccia i cuscini, le rifà il letto, le applica sulla fronte pezzuole bagnate con acqua fresca per alleviarle il tormento della febbre, ma, soprattutto, le fa compagnia tenendole sempre le mani nelle proprie.

Anche padre Parvelon si dà da fare:

– Vai a riposarti un poco, Bernard, sei stanco. Penso io a Maddalena, non ti preoccupare. Come precettore magari non valgo granchè, ma i malati li so curare.

La giornata passa tutto sommato tranquilla, anche se la febbre non dà requie alla malata indebolendole la forte fibra.

È durante la notte che la situazione si aggrava. Una tosse cattiva squassa i polmoni di Maddalena ed il respiro si fa più affannoso.

Bernard e Parvelon si alternano al capezzale della donna, ma c'è poco da fare: la situazione precipita e non ci sono medicine o cure che possono contrastare il male.

Quando messer Courby arriva, con le prime luci del mattino, riesce solo ad allargare le braccia:

– Ahimè, ormai siamo nelle mani del Signore. Noi nulla più possiamo fare…

Le ore e i giorni passano e le condizioni di Maddalena si aggravano sempre più. Ormai la malata pare immersa in uno stato di semi incoscienza, intenta solamente a quella gravosa fatica che è divenuta per lei il respirare.

Quando, dopo cinque giorni di questo tormento, il sole sta per calare per la sesta volta da quando Maddalena si è ammalata, avviene un piccolo miracolo: la tosse si acquieta, le vie respiratorie si liberano e la donna apre gli occhi riprendendo coscienza e, sia pure parzialmente, quel brio e quella voglia di vivere che l'hanno sempre caratterizzata

– Bernard – chiama – Bernard, vieni qui, vicino a me.

Il ragazzo si avvicina, a due palmi dal viso stanco della donna.

– Dimmi, Maddalena, stai meglio? – le chiede con ansia.

– No, Bernard, non chiedere di me. So che sto per morire.

– Non devi dire così, tu guarirai, devi cantarmi ancora tante canzoni – ribatte Bernard.

– No, mio piccolo Bernard, è inutile ingannarsi. Mi spiace di lasciarti, ma non ce la faccio più.

– Oh, Maddalena – riesce solo a dire il ragazzo mentre un groppo lo prende alla gola e sente le lacrime salirgli agli occhi.

– Vieni, piccolo mio, avrei voluto vederti uomo, ma non mi si concede questo regalo. Forse chi sta su ha deciso che averti avuto come figlio sia stato già troppo per me.

Maddalena si ferma, prende fiato, poi continua:

– Sei stato l'uomo della mia vita e devo solo ringraziare il Signore che mi ha permesso di conoscerti. Ma, Bernard, per favore, c'è una cosa che devi fare per me quando non sarò più in questo mondo.

– Dimmi, farò tutto ciò che mi chiedi.

– Prendi l'anello dall'anulare della mia mano destra. Promettimi di portarlo a Genova nella chiesa di Santa Maria di Castello. Anche se ne son fuggita, ho sempre amato quella città e voglio che l'unico piccolo gioiello che ho stia per sempre lì.

Con le lacrime che gli stanno rigando il viso, Bernard le sfila l'anello dal dito.

– Ti prometto che lo farò, Maddalena, dovesse cadere il mondo.

La donna ha una parvenza di sorriso sulle labbra:

– Siamo strani, noi genovesi. Quando siamo a Genova non vediamo l'ora di andarcene, quando invece ne siamo lontani, ne sentiamo nostalgia profonda. Ma ora basta, che le forze mi vengono meno. Non scordarmi mai, piccolo mio… finchè mi ricorderai vivrò con te. Ricordi l'ultimo verso della mia canzone 'Malattia d'amore'?

– Sì, Maddalena … *'Che renda la morte fattor di pietà'*.

A fatica il ragazzo recita quel verso.

– Tu, Bernard, sei stato la rosa della mia vita. Ed ora la morte è più pietosa… addio.

Maddalena stringe stancamente le mani di Bernard, poi si abbandona sul letto e, con un piccolo gemito sommesso, esala il suo ultimo respiro.

È Padre Parvelon, entrato proprio pochi istanti prima nella stanza, che subito si rende conto della morte di Maddalena.

Con mano compassionevole le dà l'ultima benedizione. Poi si avvicina a Bernard che, impietrito dal dolore, non ha ancora realizzato che cosa è successo.

– Su, Bernard, vieni, ormai Maddalena ci guarda dal cielo. Fatti coraggio.

I giorni seguenti la morte di Maddalena, Bernard li vive come in un sogno, un sogno cattivo, un incubo maligno, e meno male che c'è padre Parvelon che si occupa delle incombenze pratiche che inevitabilmente una morte porta con sé. È lui che organizza il funerale per la balia genovese, ed è sempre lui che sta vicino all'addolorato Bernard tentando di confortarlo in tutti i modi.

– Ti ricordi, quando Maddalena mi fece quello scherzo?

– Quale scherzo, padre?

– Ma sì, mi nascose le scarpe in cantina, e per tre giorni mi toccò andare scalzo, accidenti se le aveva nascoste bene!

Il ragazzo sorride al ricordo. Effettivamente per tre giorni Parvelon era stato oggetto di battute e scherzi da parte di Bernard e del fratello Robert perché, al tempo dei fatti, lo potevi vedere aggirarsi infuriato per le stanze del castello alla vana ricerca del suo unico paio di scarpe. Alla fine quelle benedette scarpe erano miracolosamente ricomparse proprio ai piedi del letto di Parvelon.

I bei ricordi mitigano un poco il profondo dolore che Bernard sta provando. Un dolore feroce che parte dalla consapevolezza dell'assenza, dal sapere che Maddalena non c'è più. Ed è la prima volta che il giovane si confronta con il mistero della morte, è la prima volta che vede la morte così da vicino. Il ricordo della morte di Maddalena sarà sempre, anche dopo tanti anni, una ferita aperta e dolorosa nella sua coscienza.

Stare a castello senza Maddalena è cosa ardua. Il conte Philippe è sempre più taciturno e pare sempre silenziosamente rimproverare il suo secondogenito per la morte dell'amata Antoniette. Col fratello Robert non esistono interessi comuni. Robert infatti è tutto preso da quelle cose materiali che riguardano il feudo e dalle arti marziali, nulla concedendo alla cultura e alle scienze. Solo con padre Parvelon Bernard riesce a scambiare qualche parola un po' più colta:

– 'In principio era il verbo', dice la Bibbia. Cosa significa per voi, padre Parvelon?

– Mhh – bofonchia il religioso – francamente non mi sono mai posto il problema. Ma forse significa che Dio è fonte di ogni cosa.

– Oppure – lo incalza il ragazzo – che è solo con la parola che inizia tutto il mondo. Ma, padre, voi credete veramente che tutti quegli uomini come Matusalemme, siano vissuti tutti quegli anni?

– La Bibbia è libro di Dio e quindi non può mentire. Se è scritto così, vuol dire che è veramente successo.

– Ma, padre, ne siete proprio certo? Ne avete le prove scientifiche?

– Bernard, io sono un prete di campagna, non ho mica potuto studiare nell'Abbazia di Cluny, la mia famiglia non era tanto ricca né nobile da poterselo permettere. Non pretendere cose che non so e, soprattutto, non peccare di superbia tentando di dare una spiegazione a ciò che è inspiegabile.

Questa risposta mette fine ad ogni discussione, ma lascia insoddisfatto Bernard e la sua curiosità.

In questo clima passano due anni. Due anni bui, appena rischiarati dal ricordo di Maddalena, durante i quali più volte il giovane medita di andarsene dal feudo natio. Ma come lasciare il padre cui Bernard tutto sommato vuole bene? E poi, dove andare?

Una meta Bernard ce l'ha: Genova, per adempiere la promessa resa a Maddalena in punto di morte. Dopo si vedrà.

È intento a sognare il viaggio a Genova, Bernard, quando un pomeriggio, passando a cavallo insieme al fratello nella via principale del villaggio, nota molta agitazione fra i villici.

– Cosa succede? Perché tutti correte in piazza? – chiede Robert.

– È arrivato fra' Guglielmo, signor conte, e fra poco terrà una predica sul sagrato della chiesa.

La fama di fra' Guglielmo e delle sue infuocate prediche è ormai pressoché universale. Il monaco è conosciuto soprattutto per le sue invettive contro i musulmani da lui ritenuti figli di Satana in persona.

Incuriositi, anche Bernard e Robert, sempre a cavallo, si avvicinano alla piazza e si fermano alle spalle della piccola folla che si è formata intorno ad un piccolo podio in legno posto vicino al portale della chiesetta del villaggio.

Sul podio campeggia una figura ieratica, alta, magra, vestita con un informe saio marrone appena stretto alla vita da un cordone bianco. Di fra' Guglielmo si vedono le magre ed affusolate mani. Il suo viso è nascosto da una barba potente, che incute rispetto e che arriva fino al petto. Ma ciò che più attira lo sguardo degli astanti sono gli occhi. Neri, espressivi, a volte emettono bagliori magnetici che catturano tutti coloro che parlano col monaco.

Ad un cenno del frate, il brusio della folla cessa e, dopo un attimo di silenzio assoluto, fra' Guglielmo inizia a parlare:

– Fratelli, sorelle, l'inferno è vicino! La vostra carne brucerà per l'eternità nel fuoco perpetuo che mille diavoli cattivi alimenteranno ogni momento per rendere il supplizio di voi peccatori, più acerbo, e fiero, e duro. E voi ve ne state tranquilli a fare le vostre cose e i vostri negozi… Pazzi siete, e ciechi ed incoscienti! Nell'ora della vostra morte ben chiara vi sarà l'ignominia della vostra vita. In preda al rimorso più assoluto, vi torcerete le mani, digrignerete i denti, urlerete per lo spavento e il disgusto, e vi rotolerete nudi nella polvere e nel fango alfin comprendendo la vostra pazzia di avere rinnegato per sempre il vostro Padre più vero, la fonte dell'eterno amore, quel Dio che vi ha messo al mondo solo per amare e non per seguire le tentazioni del demonio.

– Ma padre – grida il maniscalco – diteci: c'è speranza di redenzione per noi oppure siamo già tutti dannati?

43

La piccola folla a quelle parole rumoreggia commentando spaventata la predica di fra' Guglielmo, ma, ad un cenno imperioso del frate, si tacita nuovamente.

– In verità, in verità, vi dico. Tutto l'occidente, la Francia, la Spagna, l'Inghilterra, l'Italia, meriterebbero di essere fulminate dall'ira di Dio per aver permesso che i luoghi sacri che videro la passione di Gesù Cristo, nostro Redentore, fossero di nuovo nelle mani dei musulmani, veri e propri figli di Satana che uccidono, sgozzano, vessano i cristiani, violentandone le donne e riducendo in schiavitù i loro figli. Il Santo Sepolcro, già una volta liberato, è tornato in mano di quegli infedeli che, disconoscendo il vero Dio rivelato dal Vangelo, sono di fatto l'armata del diavolo. Ma Iddio è misericordioso ed ha mandato in terra di Francia un uomo che si appresta ad organizzare una grande armata e a muovere guerra contro i saraceni, turpi servitori del maligno.

Qui fra' Guglielmo fa una pausa ad effetto, mentre dalla folla dei contadini si levano diverse voci:

– Chi è, dicci chi è.

– Sì, frate, di' chi è quest'uomo.

– Diccelo affinché lo si possa aiutare.

Ad un altro gesto del monaco, tutti si zittiscono nuovamente.

– Il nostro re, Luigi VII, è l'uomo che Dio ha scelto per questo compito gravoso. Egli è pio ed è illuminato dalla luce divina che proviene dal nostro massimo Creatore. Conscio della forza delle armate musulmane, ne sta approntando una possente col fior fiore della nobiltà occidentale e siamo certi che sconfiggerà i seguaci di Satana ricacciandoli nel loro inferno donde son venuti. Occorre però che ogni uomo, donna, bambino alzi le sue preci a Dio implorando la Sua misericordia e chiedendogli di seminare la confusione e la discordia nel campo musulmano affinché la vittoria arrida alle armate della Croce e possa al più presto essere stabilito su Gerusalemme un regno cristiano. Orsù dunque, vi aspetto tutti in chiesa per pregare Iddio

44

per la buona riuscita dell'impresa di re Luigi ed allontanare così da noi lo spettro dell'inferno.

Tutta la gente sospira sollevata: se basta una devozione per sottrarsi all'inferno, si pregherà senza problemi, perché, in fondo, la vita è tutta una preghiera per evitare l'inferno della fame e della miseria.

Mentre i villici entrano in massa nella chiesa, Bernard, scosso dalle parole di fra' Guglielmo, gli si avvicina, si presenta e gli chiede:

– Avreste voi piacere a venire questa sera a cenare a castello? Vorrei sapere un po' meglio la condizione dei cristiani in Palestina.

– Verrò, non dubitate, verrò, e vi racconterò ogni cosa.

Quella sera a castello fra' Guglielmo addenta con appetito la coscia di un pollo arrosto preparata proprio appositamente per lui. Poi beve tutto d'un fiato un intero calice di vino di Borgogna, rosso ed invecchiato, ed infine, ben pasciuto, inizia a parlare:

– Ahimè, in Palestina le cose vanno assai male per gli insediamenti cristiani. Sono assediati dalle orde dei seguaci di Allah e i commerci non si possono sviluppare come sarebbe auspicabile.

– Ma diteci – interloquisce Bernard – avete notizia di stragi?

– Certamente, – risponde il terribile monaco – vicino ad Antiochia c'era un piccolo villaggio cristiano, circa cinquecento anime di cui la metà di donne e bambini. Ebbene, un giorno i diavoli di Allah l'hanno cinto d'assedio. I cristiani si sono difesi come leoni, ma gli altri erano troppi e, tempo tre giorni, che non c'è stato neppure il tempo di mandare dei rinforzi, hanno preso la cittadella ed hanno sgozzato senza pietà tutti gli uomini. Hanno poi sventrato tutti i bambini sotto i sei anni. Le nostre donne, prima di essere uccise a loro volta, sono servite per soddisfare le loro più abbiette voglie. Infine i ragazzini più giovani sono stati tradotti come schiavi presso la corte del locale emiro, e le ragazze più belle, vergini, rinchiuse nell'harem come sue concubine e destinate ad essere oggetto dei desideri più abbietti dell'emiro stesso.

Bernard ascolta inorridito questa storia. Poi chiede:

– Ma padre, c'è qualcosa che si può fare per fermare tali barbari?

– Certo – risponde il frate ingollando un altro bicchier di vino, con gli occhi ormai lucidi per l'alcol – bisogna che l'occidente cristiano si mobiliti in massa, che ogni famiglia nobile dia qualcosa al nostro re Luigi VII in modo che la sconfitta dei saraceni sia completa e totale. Della vittoria non v'è da dubitare: Dio è con noi e il bene prevarrà sempre sul male. Tuttavia bisogna darsi da fare ed io stesso domani mattina partirò per il feudo qui vicino per predicare la cacciata dei musulmani da Gerusalemme.

Durante la nottata Bernard non riesce a dormire. Il pensiero della strage commessa dai maomettani e raccontata in maniera così cruda da fra' Guglielmo lo angustia impedendogli di prendere sonno. Poi, nelle prime ore del mattino, finalmente prende una decisione: andrà in Palestina, si farà crociato agli ordini di re Luigi VII e combatterà i seguaci di quel diavolo di Maometto, dando anche la vita, se necessario, per strappare a quei barbari la Terrasanta. Presa questa decisione, Bernard, ormai tranquillo, si abbandona ad un sonno ristoratore.

# In Terrasanta, in Terrasanta

Il sole che si leva ponendo fine a quella nottata così travagliata per il giovane Villeroi, vede innanzi tutto la partenza di fra' Guglielmo. Il monaco, infatti, dopo un'abbondante colazione, si è messo in viaggio seguito da una piccola torma di gente che si autoflagella per espiare tutte le colpe di questo mondo cattivo.

Bernard cerca il padre, lo trova intento a consultare scartoffie nella piccola biblioteca del castello. Gli chiede udienza.

– Ditemi Bernard, che c'è di tanto importante? – dice il conte sbrigativo.

– Signor padre, se vi aggrada, vorrei partire per la Palestina e combattere i saraceni sotto la guida di re Luigi VII.

Il conte Philippe ha un moto di sorpresa: che quel figlio fosse strano, sempre chino sui pochi libri della biblioteca, lo sapeva, ma che arrivasse a tal punto...

– Ah sì? E cosa, di grazia, vi ha convinto a fare questo passo?

– Bisogna fare qualcosa per impedire che stragi come quella raccontata ieri sera da fra' Guglielmo abbiano a ripetersi. E penso che re Luigi abbia bisogno anche della mia spada.

Forse per la prima volta il padre guarda negli occhi il suo secondogenito. Bernard è molto giovane, ma estremamente cocciuto e determinato.

"Già – pensa il conte – sicuramente il ragazzo è intelligente, forse troppo, e poco adatto alla vita del feudo. Bisognerebbe mandarlo in qualche grande abbazia come quella di Cluny, ma l'investimento sarebbe troppo oneroso e non ne varrebbe la pena. E poi, alla mia morte, che non tarderà, lo sento, tutto il feudo andrà a Robert. È il primogenito, ed è anche la persona che ci vuole per comandare i servi della gleba. Chissà, forse Bernard morirà subito, oppure non riuscirà nemmeno ad arrivare in Terrasanta... od anche forse avrà fortuna, chi può dirlo. Ma se resta qui sarà sempre un infelice e non si rassegnerà mai ad abbandonare i propri ideali."

– Va bene Bernard – dice infine il conte – ci penserò. Ora andate pure. Vi comunicherò le mie decisioni –

Non c'è bisogno di attendere molto. A pranzo il conte Philippe chiede silenzio:

– Il mio secondogenito stamane mi ha espresso la sua ferma volontà di partire per la Terrasanta e mettere la propria forza e la propria spada ai servigi di re Luigi VII e combattere i musulmani. Questo ovviamente con il mio benestare. Ebbene,. Ho riflettuto molto su questa richiesta e sui pericoli che essa comporta, ma, nonostante i rischi insiti in tale avventura, ho deciso di accordare il mio consenso a questa richiesta. Bernard porterà in alto l'onore dei Villeroi, e che Dio lo aiuti.

Le reazioni di Robert e di padre Parvelon sono fra di loro di segno opposto: felice il primo, rattristato il secondo che sa che senza Bernard gli mancheranno anche le quotidiane discussioni che sono di sollievo alle sue monotone giornate.

I preparativi per la partenza occupano poco tempo: non è il caso di portare troppa roba che sarebbe solo d'impiccio in un viaggio così lungo. Arrivato in Palestina, Bernard comprerà lì il necessario per diventare un vero crociato, vale a dire lo scudo, gli abiti propri di un crociato, la spada, le armi, che di fabbri ve ne saranno per certo alla corte di re Luigi. Il giovane sarà armato solo con un pugnaletto affilato tenuto nascosto in cinta. Il conte padre gli ha inoltre dato una borsa con cinquanta monete d'oro. E infine, in una piega dell'abito il giovane ha nascosto il piccolo anello d'oro di Maddalena.

All'alba di un fresco giorno primaverile, dopo aver ricevuto la benedizione dal padre e gli ultimi saluti dal fratello e da un commosso padre Parvelon, Bernard parte. Lui non può saperlo, ma non rivedrà mai più i suoi luoghi natii.

In questo momento il giovane è contento e già si immagina come gran re di un feudo in Terrasanta, benvoluto dai cristiani e temuto dai musulmani con i quali ha ferocemente combattuto battendoli più volte in grandiose battaglie campali. Tutti sogni di gloria ai quali il ragazzo si abbandona con indulgenza mentre a cavallo percorre la strada dal feudo dei Villeroi a Marsiglia. Nel capoluogo francese Bernard venderà il cavallo e si imbarcherà su una cocca in partenza per i porti della Palestina. Non c'è tempo infatti per giungere in Terrasanta via terra: il viaggio sarebbe troppo lungo ed arduo.

Tra il dire e il fare c'è di mezzo il mare, si dice. Vendere il cavallo a Marsiglia si rivela cosa difficilissima. Bernard conosce il valore dell'animale, ma…

Il primo stalliere, sbrigativamente, gli fa:

– Ehi, ragazzino, sei matto? Ti faccio un piacere a darti un quarto di quel che chiedi.

La storia si ripete con poche differenze per tre, quattro volte con altrettanti stallieri diversi.

Alla fine, per disperazione, Bernard vende, anzi, svende la povera bestia per pochi soldi, ma il porto è vicino e bisogna pur partire.

Senza l'ingombro del cavallo, il giovane si avvicina alle navi che si dondolano sull'acqua.

Dapprima Bernard si incanta a guardarle: sembrano tante culle sempre in movimento sul mare.

Poi si riscuote e chiede ad un uomo di età avanzata che si sta godendo il sole:

– Messere, con chi posso parlare per un imbarco su una nave di queste?

Quello strizza gli occhi diffidente poi:

– Un imbarco per dove, ragazzo?

– Per la Palestina.

– Mhh – bofonchia l'altro – per la Palestina devi parlare col Guercio. Lo trovi alla taverna dei marinai, circa cento passi da qui a destra. E buona fortuna.

Mentre Bernard s'avvia verso la taverna dei marinai, il vecchio pensa: "Eh sì, col Guercio ne hai proprio bisogno di fortuna, ma è l'unico a far rotta per Sidone."

Bernard si ferma perplesso davanti alla porta della taverna. Il locale ha un aspetto trasandato ed equivoco, ma, tant'è, se l'uomo che lo deve portare in Palestina è lì dentro, giocoforza bisogna entrare. Facendosi coraggio, il ragazzo apre la porta e varca la soglia dell'osteriaccia. Non ha bisogno di guardare troppo: al tavolo più vicino all'uscio, con una brocca di vino rosso davanti, è seduto un omaccione corpulento con una benda sull'occhio destro: evidentemente il Guercio.

Timidamente, il giovane si avvicina a quell'individuo:

– Scusate messere, siete voi il Guercio? – chiede con voce incerta.

– In carne ed ossa, ragazzino. Che vuoi da me?

La voce del Guercio è cavernosa, sgradevole, incute timore.

– Mi han detto che andate in Palestina. Vorrei venire con voi. Posso pagare…

Il Guercio socchiude l'unico occhio che gli rimane:

– E per quale motivo vuoi raggiungere la Palestina?

– Voglio raggiungere l'armata di re Luigi VII e combattere i musulmani, messere.

– Ah, vuoi diventare un crociato…

– Sì, vorrei combattere per la fede cristiana. Mi potete aiutare, messere?

– Ma certamente. Ti porterò a Sidone. Ma ci vogliono un sacco di soldi per arrivare fin là. Ne hai, ragazzo?

– Ho cinquanta monete d'oro, pensate che basteranno? – dice ingenuamente Bernard.

Al sentire l'ammontare del piccolo tesoro del giovane, l'unico occhio del Guercio si illumina: c'è da guadagnare parecchio su questo giovane sprovveduto:

– Mhh – bofonchia il Guercio – va bene. Ti porterò a Sidone per trenta monete d'oro. Ma dovrai ubbidire a tutti i miei ordini.

In realtà è un prezzo enorme, spropositato. Gaston, l'oste che, non visto, aveva orecchiato tutto il discorso, pur avvezzo ad ogni tipo di imbroglio, ha un moto di sorpresa ed interviene:

– O Guercio, non esagerare... trenta monete son troppe!

L'altro lo guarda malevolo:

– Tu non t'immischiare! – gli urla.

Poi, rivolto a Bernard:

– Visto che al nostro Gaston sei simpatico, ti farò un po' di sconto – gli fa con voce falsamente accattivante.

– Venticinque monete basteranno. Ma il pagamento è anticipato.

Bernard si sta rendendo vagamente conto che il Guercio vuole approfittarsi di lui, ma accetta perché non vede l'ora di partire:

– Va bene, messere, eccovi qui venticinque monete d'oro. Quando partiremo per Sidone?

– Molto bene, ragazzo – risponde il Guercio arraffando con avidità le monete lasciate sul tavolo da Bernard.

– Partiremo domani. Ma non sarà un viaggio comodo, sappilo.

L'indomani sul far del mattino, sul molo al quale è attraccata la nave del Guercio, non c'è solo Bernard in attesa di imbarcarsi. Sul molo sta passeggiando nervosamente un altro ragazzo che, dall'aspetto, si direbbe coetaneo del giovane Villeroi.

Ma non c'è tempo per fare conoscenza. Già sta arrivando il Guercio con la sua ciurma, tutti brutti ceffi dall'aspetto poco raccomandabile che ad incontrarli di notte c'è da averne paura: alcuni, infatti, sono sfregiati, altri mostrano cicatrici lunghe e profonde su braccia e gambe. Uno addirittura ha il naso mozzo e un altro ancora mostra, al posto dell'orecchio sinistro, un orribile buco appena ingentilito da residui bruciacchiati di cartilagini.

– Ehi, ragazzi, già arrivati? - urla il Guercio - bene, bene – e giù una risata fragorosa.

– Forza, salite, che lo Snasato vi mostrerà dove trascorrerete il tempo durante il viaggio fino in Palestina.

Lo Snasato, come intuibile, è il marinaio dal naso mozzo e il suo aspetto è reso ancora più orribile da una lunga cicatrice obliqua che gli attraversa tutto il viso, partendo dall'attaccatura dei capelli fino ad arrivare al mento. Fa proprio paura, lo Snasato, e bisogna fare uno sforzo notevole per guardarlo senza tradire alcun timore.

– Venite, bei giovani, venite – dice lo Snasato ridendo sguaiatamente

– Non è come nelle grandi locande 'Au lion d'or', ma non si sta male, a parte qualche topo e qualche scarafaggio.

Mentre infatti il resto della ciurma è intento alle manovre di disormeggio, l'uomo del Guercio conduce i due ragazzi nell'interno della nave. Vi sono armi di prima qualità accatastate in ogni dove: spade taglienti, lance acuminate, e poi scudi, elmi, cotte di maglie di metallo.

Arrivati sotto il castello di prua, lo Snasato si ferma davanti a una porta e la apre con una pesante chiave:

– Eccoci arrivati… forza ragazzi, entrate.

Lo stambugio, perché in altro modo non si può chiamare, è piccolo, lungo e stretto, con due tavolacci ai lati a mo' di letto. C'è anche un piccolo bugliolo per i bisogni corporali. Sui tavolacci sono arrotolate alcune coperte.

I due ragazzi si guardano negli occhi: sarà dura passare un mese, tanto si prevede durerà la traversata, in quelle condizioni, ma ormai si è in ballo e conviene far buon viso a cattivo gioco, senza inutili lamentele.

I due giovani entrano.

– Ora fate i bravi – dice  lo Snasato – vi verrò ad aprire quando saremo in alto mare.

Poi esce, chiude la porta dello stambugio e dà due giri di chiave.

I due giovani ora sono soli. Si son seduti sui tavolacci, si sono guardati intorno, poi:

– Però,  che tipo… – dice Bernard.

– Già… – annuisce l'altro – neppure negli incubi peggiori. Ma come ti chiami?

– Bernard, e tu?

– Jean Claude. Anche tu diretto in Palestina?

– Sì, ma speriamo di arrivarci, che non so se ci possiamo fidare del Guercio.

– Mah, penso di sì…è un farabutto, ma mi han detto che rispetta la parola data.

– Meno male, ma stiamo partendo?.

La nave, infatti, proprio in quel momento molla gli ormeggi e inizia lentamente ad allontanarsi dal porto di Marsiglia per prendere con decisione il mare aperto.

I due ragazzi, chiusi nella stiva a prua della nave, avvertono il beccheggio e, sia pure in minor misura il rollio della nave ed è per loro una sensazione strana. Bisogna abituarsi a questi dondolii e non perdere l'equilibrio.

– Che strano, par di essere in una culla – dice Jean Claude.

– Già, ma è una culla ben stretta.

– Vero, mi sento quasi soffocare.

– Speriamo che lo Snasato venga presto ad aprire. Chissà poi perché ci ha chiuso dentro.

– Vorrei proprio saperlo anch'io.

Dopo un po' di tempo, che Bernard e Jean Claude passano a scambiarsi impressioni sul loro stretto bugigattolo e sul movimento della nave, i due giovani avvertono dei passi dietro la porta, poi l'inconfondibile rovistare di una chiave nella serratura, infine l'uscio si apre mostrando lo Snasato:

– Venite bei giovanotti, – dice – il comandante vi vuole parlare.

Così, poco dopo, Bernard e Jean Claude si trovano a poppa al cospetto del Guercio:

– Bene, bene – dice quest'ultimo – Vi trovate bene a prua?

– Beh, sì – risponde incerto Jean Claude – ma è un po' piccolo...

– Ragazzo – lo fulmina con un'occhiataccia del suo unico occhio il Guercio – questo non è una locanda per signori o conti o che. Questa è una nave da carico. Vi avevo avvisati che il viaggio sarebbe stato duro.

– Certo, certo – interviene a sua volta Bernard – va benissimo. Solo, vorremmo sapere una cosa: perché ci chiudete a chiave in quel piccolo bugigattolo?

– Ho promesso di portarvi in Palestina e lo farò, perché il Guercio sicuramente non è uno stinco di santo, ma mantiene sempre la parola data. Però non so se tutti gli amici della mia ciurma sono d'accordo con me. Magari potrebbero tagliarvi la gola nel sonno per prendervi i soldi che avete ancora in tasca. Quindi, per non indurre in tentazione nessuno, ho deciso che resterete sempre rinchiusi. Sarà lo Snasato che vi porterà da mangiare e da bere e voi parlerete solo con lui.

I due giovani si guardano sperduti negli occhi. Poi Bernard trova la forza per chiedere:

– E quanto durerà il viaggio?

– Se tutto va bene e se i venti ci sono favorevoli, in venticinque o trenta giorni saremo a Sidone. Altrimenti... dipende dal vento e dal tempo. Ed ora, via, tornate a prua. Ogni tanto di notte vi farò uscire.

In realtà il Guercio teme sì i suoi uomini che potrebbero uccidere quei ragazzini senza scrupolo alcuno, ma anche non vuole che quei futuri e possibili crociati sappiano troppo sui suoi traffici. La nave, infatti, sta trasportando ogni tipo di armi a

Mohamed Al Allami, autoproclamatosi emiro e vindice dell'Islam, e meno cose sanno, quei giovanotti, e meglio è per tutti.

Ora Bernard e Jean Claude sono tornati in quel bugigattolo che sarà la loro dimora per tutta la durata del viaggio.

– Un mese qui dentro: c'è da impazzire! – esclama Jean Claude.

– Eh, sì. Peggio che in prigione – annuisce sconsolato Bernard.

– Meno male che siamo in due, almeno ci terremo un po' di compagnia.

– Già. Da solo mi sarei suicidato.

– Ma dimmi, da dove vieni? Non mi sembri di Marsiglia.

Da questa domanda inizia l'amicizia fra Bernard e Jean Claude, tra il figlio del conte di Villeroi e il figlio di un tessitore gran borghese in Marsiglia.

La vita a bordo per i due ragazzi è, infatti, molto monotona, e l'unica cosa che si può fare senza problemi è parlare, parlare ed ancora parlare. Lo Snasato porta il cibo tre volte al giorno. È un cibo decisamente molto scadente, e però quelle interruzioni spezzano un poco la noia di quei lunghi giorni passati con le mani in mano. Se poi il tempo è benevolo, di notte, mentre la maggior parte della ciurma dorme, il Guercio permette ai suoi due giovani passeggeri di salire sulla tolda della nave, e allora è festa grande. Bernard e Jean Claude si sgranchiscono gambe e braccia e guardano il cielo stellato sopra di loro cercando di fare ampia provvista di aria fresca e pura come se la si potesse conservare e portare sottocoperta..

Quel primo giorno i due giovani hanno cominciato a conoscersi:

– Mio padre è il conte Philippe de Villeroi – ha risposto Bernard – Vengo dalla Linguadoca. E tu?

– Io sono cittadino marsigliese. Mio padre si occupa di tessuti. Ma come mai hai deciso di andare in Palestina?

– Voglio aiutare re Luigi VII a scacciare i musulmani da Gerusalemme e riportare il Regno della Croce sul Santo Sepolcro.

– Vuoi diventare un crociato, allora?

– Certo. Bisogna impedire ai maomettani di vessare ed uccidere i cristiani. Ma tu, perché vai in Terrasanta?

– Per me la Palestina è solo una tappa. Voglio raggiungere l'estremo oriente dove è arrivato Alessandro Magno.

Bernard ha letto qualcosa sul grande condottiero macedone, ma non ne sa molto:

– Ah, dimmi – chiede – fin dove è arrivato?

– Ha superato il Tigri e l'Eufrate, oltre Babilonia, ed ha raggiunto un grande paese che è del tutto sconosciuto a noi. Ed io voglio andare proprio lì. Alcuni mercanti di sete hanno parlato di genti e luoghi favolosi.

– Ma come farai a mangiare? Tuo padre ti ha dato dei soldi?

– Soldi da mio padre? Che ridere... Si vede che non lo conosci: prima di sganciare una moneta si farebbe torturare. No. Io vado alla ventura. Alla peggio chiederò l'elemosina.

– Ma come – obbietta scandalizzato Bernard – non ti vergogni?

– Meglio vivere poveri ma liberi piuttosto che essere ricchi e non godersi la vita. Guarda mio padre: ha due bauli pieni di ogni tipo di moneta, ma fa una vita grama. La fa lui e la fa fare a tutta la famiglia.

– Hai fratelli, sorelle, Jean Claude? – chiede ancora il giovane Villeroi.

– Due sorelline, Marguerite e Françoise, gemelle identiche come due gocce d'acqua alle quali voglio un bene dell'anima. Hanno due anni meno di me e sono bellissime. Non aver potuto scappare insieme è il mio unico rimpianto..

– Scappare? Ma allora i tuoi genitori non sanno che ti sei imbarcato...

– Ormai l'avranno scoperto – ride il giovane marsigliese – non mi avrebbero mai dato il permesso di allontanarmi da

Marsiglia: il loro rampollo primogenito, ovvero io, doveva continuare ad occuparsi di lana e seta. Peccato per le sorelline, ma non potevano venire: il viaggio sarebbe stato troppo pesante per loro. Ma mi hanno confidato che mi invidiavano. Tu, piuttosto. Cosa pensi di fare in Palestina?

– Mah vedrò… prima vorrei arruolarmi nell'esercito di re Luigi VII. Poi, una volta scacciati i musulmani, mi piacerebbe crearmi un piccolo feudo lì, in Terrasanta. Dicono che la terra sia molto generosa in Palestina.

– Questo l'ho sentito dire anch'io – annuisce Jean Claude – ma non sarà facile battere gli islamici. Ma zitto, credo che ci sia lo Snasato che ci porta la cena.

Ed è proprio così. Lo Snasato ha tolto il ferro alla porta ed è entrato nel piccolo stambugio.

– Salve, bei giovani. Vi porto i saluti del comandante oltre alla cena – e ride sguaiato.

Più o meno è così che i due giovani passano le giornate fra un'interminabile discussione e l'altra appena interrotte dall'arrivo dello Snasato che porta il cibo.

Questa routine viene interrotta per tre giorni allorquando, dopo una decina di giornate di navigazione, la nave incappa in una forte tempesta.

Chiusi nella loro minuscola prigione, i giovani non hanno né l'animo né la forza per parlare. Ascoltano il fragore delle onde che si infrangono contro la chiglia della nave, impegnati ad aggrapparsi ad ogni appiglio per non cadere e rompersi la testa. Lo Snasato non si fa vedere e con lui non si vede neppure l'ombra del cibo. Non che la cosa sia importante: con quel mare non sarebbe possibile ingoiare nulla, ma quando, dopo tre giorni di questo tormento, il mare si placa ed il vento viene meno, è con una certa gioia che Bernard e Jean Claude accolgono quel brutto ceffo dello Snasato che pone fine al loro forzato digiuno:

– Cristo se ce la siamo vista brutta – dice quello – mai visto una burrasca così cattiva. Sembrava che cento diavoli soffiassero contro la nave con tutta la forza dell'inferno.

Lo Snasato tira giù un bestemmione. Poi continua:

– Ma il Guercio è più forte di tutti i diavoli di messer Satanasso, ed anche questa volta ne siamo venuti fuori senza troppi danni.

Quella notte, in onore del bel tempo ritrovato, il Guercio permette ai due giovani di salire sulla tolda della nave per sgranchirsi un poco e per rivedere il cielo.

È bello starsene sotto le stelle mentre la nave solca pigramente un mare finalmente tranquillo.

Bernard e Jean Claude sono appoggiati beati ad un barile di acqua piovana quando sentono lo Snasato parlare col Guercio:

– Ormai dovremmo essere arrivati, vero, Guercio?

– Sì, Snasato, hai ragione. Tra cinque o sei giorni, se il tempo sarà dalla nostra, vedremo le coste della Palestina.

– Dov'è che abbiamo appuntamento con gli uomini di Al Allami? – chiede ancora lo Snasato.

– C'è una piccola insenatura proprio a tre miglia a nord di Sidone. Butteremo l'ancora lì e aspetteremo pazientemente quel vecchio brigante.

– Speriamo di non dover aspettare per molto tempo.

– Non credo proprio. Quel furfante ha spie dappertutto e vedrai che tempo uno o due giorni arriverà con i soldi per le armi.

– Già. Ma non c'è pericolo che non paghi?

– Sei impazzito, Snasato? Questi musulmani magari non credono in Cristo, ma sono uomini d'onore. Vedrai che Al Allami pagherà tutto, e sull'unghia.

– E dei ragazzini che ne facciamo? Se vuoi li possiamo sgozzare senza problemi.

A queste parole un brivido freddo di paura percorre la schiena dei due giovani, nascosti lì vicino.

– Eh, caro il mio Snasato, sarebbe la soluzione migliore, la soluzione meno rischiosa. Ma non si può.

– E perché non si può, Guercio? Ormai la mia anima è sicuramente già dannata, e cosa vuoi che sia un omicidio in più o in meno.

– Vedi Snasato – spiega il Guercio – tutti noi non siamo certo angioletti, ma in tutti i porti del Mediterraneo siamo conosciuti come persone di fiducia che mantengono la parola data. Ho promesso a quei due giovanottini che li avrei portati in Palestina ed intendo mantenere la mia parola. Se li uccidessimo, stai pur certo che la cosa prima o poi si saprebbe e ne andrebbe del mio onore e della nostra credibilità.

– Il capo sei tu, Guercio, ma allora dimmi come vuoi fare con loro.

– Aspetta, Snasato, che ti spiego. Finchè sono a bordo, non si può fare nulla, ma nel momento in cui toccano terra, beh, il nostro compito è finito. Se quelli, per intenderci, incontrano qualche bandito, magari senza naso come te, che li sgozza, non è più affare nostro, ti pare?

Lo Snasato ride sguaiatamente. Poi:

– Ho capito, Guercio, ho capito… – dice – li devo portare a terra, vero?

– Esatto. Appena gettiamo l'ancora, preparerai la scialuppa ed insieme allo Sciancato e a Dominique, li accompagnerete a terra. Poi sarà tutto compito tuo. E ricorda: il ragazzo dai capelli bruni nella borsa ha venticinque monete d'oro. Quindici sono per voi tre.

Soddisfatti, i due banditi ridono fra loro.

Quando Bernard e Jean Claude si ritrovano soli nella loro celletta, spaventati si guardano per un po' negli occhi senza parlare. Poi Jean Claude rompe il silenzio:

– Hai sentito?

– Mhh sì. Quelle canaglie ci vogliono morti. Ma finchè siamo a bordo non corriamo pericoli. Almeno, mi pare.

– Vero. Ma il problema sarà quando toccheremo terra.

– Sì. Bisognerà scappare via più veloci di un fulmine.

– Quello non è un problema – dice ancora Jean Claude – ho sempre corso molto ed anche velocemente, ma bisognerà in qualche modo impedir loro di inseguirci.

I due ragazzi discutono il piano. Poi decidono che, ad ogni buon conto, faranno dei turni di guardia in modo che uno resti sveglio mentre l'altro dorme, che la prudenza non è mai troppa.

Passano in questo modo una decina di giorni senza grosse novità: il tempo è scandito dalle tre visite quotidiane dello Snasato che porta un cibo sempre più cattivo e da alcune uscite notturne quando il tempo lo permette.

All'alba dell'undicesimo giorno lo Snasato avvisa:

– Preparatevi. La costa della Palestina è vicina ed il vostro viaggio sta per finire.

– Siamo arrivati a Sidone? – chiede Bernard

– Non proprio, siamo a due miglia a nord. Ma il Guercio non vuole attraccare nel porto di Sidone: dice che è troppo affollato. Voi siete giovani e potete camminare per due miglia senza problemi.

La nave, poco dopo, entra in una insenatura naturale della costa. Puoi vedere una spiaggia di sabbia finissima che si estende per qualche decina di metri, poi la macchia mediterranea e un piccolo sentiero che presumibilmente porta poi alla strada principale per Sidone.

La nave getta l'ancora, lo Snasato chiama lo Sciancato e Dominique, poi cala una scialuppa a mare, infine va a prendere Bernard e Jean Claude.

– Venite, bei giovani, che vi porto a terra.

Sulla tolda c'è anche il Guercio che li saluta:

– Allora eccovi arrivati…ho mantenuto la mia parola. Spero che vi ricorderete di me come uomo d'onore.

– Certo, certo – si affretta ad assentire Bernard – non dubitate, Guercio, sul mare siete un vero gentiluomo.

Fingendo un'allegria e una spensieratezza che in realtà non provano, i ragazzi scendono dalla nave e si siedono nella scialuppa. Bernard è vicino allo Snasato, Jean Claude a Dominique.

La piccola imbarcazione si avvicina alla riva e, quando l'acqua è profonda circa cinque o sei cubiti, Bernard grida:

– Ora!

Fulmineamente i due ragazzi si chinano, afferrano ai piedi lo Snasato e Dominique e li scaraventano in mare. Poi entrambi si lanciano sullo Sciancato che subisce la stessa sorte dei suoi compari.

I tre banditi, sorpresi, annaspano, bestemmiano, sputano acqua, vengono trascinati a fondo dal peso dei vestiti bagnati. Nel frattempo la barchetta si è andata ad arenare sulla spiaggia e Bernard e Jean Claude ne sono schizzati fuori con la velocità di un lampo correndo poi a perdifiato su per uno stretto sentiero in salita tutto bricchi e fossi.

Con il cuore che gli scoppia in petto, Bernard e Jean Claude, sono riusciti a raggiungere una larga strada trafficata di carri e viandanti a piedi o a cavalcioni di muli, asini o cavalli: la strada principale che porta a Sidone. Ormai il Guercio, lo Snasato e gli altri banditi sono solo un brutto ricordo e non fanno più paura.

I due giovani si fermano, riprendono fiato, si guardano intorno. Fa caldo, il sole splende e lontane nuvole bianche interrompono appena l'azzurro del cielo.

La strada è larga, ben battuta e polverosa a significare che da tempo non piove. La vegetazione è ben diversa da quella francese: è a bassa macchia mediterranea e vi sono anche i famosi cedri del Libano anche se molto rari a causa dello sfruttamento del legno da parte dell'uomo. Ci sono anche alberi da frutta che crescono spontaneamente. E proprio vedendo quella frutta inselvatichita ed ancora acerba i due ragazzi si ricordano di avere fame. Sì, qualche frutto forse si può anche mangiare, ma per i loro stomaci ci vuol altro. Così Jean Claude ferma un viandante:

– Scusate messere, dove possiamo trovare una taverna per mangiare qualcosa? – gli chiede.

Quello li guarda con disgusto. Poi risponde:

– A mezzo miglio da qui, andando per Sidone, c'è la Taverna del buon pellegrino. Ma se restate così non vi faranno certo entrare.

– E perché? – chiede Bernard.

– Puzzate come capre e spandete il vostro terribile olezzo tutt'intorno a voi. I maiali, a vostro confronto, sono gli esseri più puliti della Palestina.

Già, durante la traversata sulla nave non c'è stata mai la possibilità di lavarsi e i ragazzi si sono abituati al loro odore tanto che ormai non lo sentono più. Ma ora occorre lavarsi se non si vuole essere evitati come lebbrosi.

La strada continua, dopo un centinaio di passi, con un ponte. Sotto il ponte scorre un torrentello abbastanza grosso nonostante la siccità incombente.

– Dai – propone Jean Claude – risaliamo quel fiumiciattolo, così ci laviamo un po'.

Risalire il fiume non è facilissimo, ma alla fine i due giovani arrivano dove il corso d'acqua fa un'ansa creando così un piccolo laghetto. Non c'è nessuno e Bernard e Jean Claude possono spogliarsi completamente.

Nudi, entrambi si immergono nel piccolo lago. L'acqua subito dà un brivido di freddo, ma dopo poco il corpo si abitua ed è piacevole la sensazione di pulito che produce l'acqua sulla pelle. I due ragazzi si spruzzano a vicenda, giocano con l'acqua in tutti i modi ritrovando sia pure per poco quell'infanzia dalla quale sono usciti da non molto tempo.

Il gioco dura una mezz'oretta, poi Jean Claude esce dall'acqua e si riveste. Bernard lo raggiunge poco dopo.

– Ascolta Bernard – gli fa il marsigliese – tu sei arrivato. Tra poco raggiungerai il campo cristiano e ti arruolerai nell'armata di re Luigi VII. Io invece ho ancora molta strada da fare. È meglio se ci dividiamo e che ognuno si scelga il proprio destino.

– Mi dispiace – dice sorpreso Bernard – Contavo di arrivare a Sidone con te. Almeno mangiamo insieme: alla Taverna del buon pellegrino manca ormai poco.

– No Bernard, meglio lasciarsi appena raggiunta la strada principale.

Ed eccoli, nei pressi del ponte che scavalca il torrente, uno di fronte all'altro. Si abbracciano. Bernard è commosso:

– Addio Jean Claude. Mi ha fatto piacere conoscerti. Riguardati e fai buon viaggio.

– Grazie Bernard... veramente grazie di tutto... non ti scorderò. E, mi raccomando, attento alle lance dei musulmani.

C'è qualcosa di strano nell'atteggiamento del giovane marsigliese: guarda a terra, sfugge agli abbracci di Bernard, è quasi scostante, ma Villeroi non se ne preoccupa attribuendolo all'imbarazzo e alla tristezza del momento.

Dopo un ultimo saluto Jean Claude si allontana di corsa scomparendo dietro la prima curva. Ora Bernard è solo ed è a pochi metri dalla taverna. Ha fame, ma non c'è problema, pensa, con venticinque monete d'oro si può permettere un bel pranzo. Venticinque monete d'oro sono una bella somma, quasi un tesoro. Non sarà un problema mantenersi per almeno sei mesi e farsi fare le armi necessarie, spada, elmo, scudo, cotta e magari comprare anche un cavallo.

Bernard apre la borsa. Ci sono tre monete. Solo tre monete? E le altre ventidue dove sono andate a finire? Il giovane fruga la borsa, ma la ricerca è vana.

Affranto si siede su una panca posta all'esterno della locanda. Ma chi, e soprattutto quando, l'ha potuto derubare?.

Bernard ripensa alle vicende della giornata: quando lui a Jean Claude sono scappati dalla scialuppa le monete c'erano ancora, di questo ne è certo perché, arrivato sulla strada principale, Bernard ha controllato il contenuto della borsa e le monete c'erano tutte.

Ma allora... l'unico momento in cui si è separato dalla borsa è stato quando ha fatto il bagno nel laghetto. E non c'era nessuno. No, qualcuno c'era: Jean Claude.

"Jean Claude? Possibile che sia lui il ladro? No, non è possibile. Non ci credo. Eppure... eppure bisogna arrendersi all'evidenza. Jean Claude è uscito dall'acqua prima di me – ragiona Bernard – ed ha avuto il tempo e la possibilità di aprire la borsa e arraffare le monete. E, d'altra parte, un altro ladro avrebbe preso tutte le monete senza lasciarne neppure una. Invece Jean Claude non ha avuto cuore a lasciarmi senza neppure un soldo. Ora si spiega la sua improvvisa voglia di separarsi da me. E si spiega anche il suo atteggiamento imbarazzato."

Bernard ha voglia di piangere: con quelle ventidue monete sono scomparsi anche i suoi sogni di gloria. Come armarsi? Come combattere i saraceni? Soprattutto, come mantenersi? Con tre monete non c'è da scialare e soprattutto non si può essere cavalieri: tuttalpiù Bernard ora può aspirare a diventare un paggio o uno scudiero di qualche nobile francese, prospettiva di certo non esaltante, oppure, in alternativa, diventare un tagliagole e un furfante per derubare i passanti, prospettiva ancor meno allettante.

– Che c'è, ragazzo? Qualcosa non va?

Un uomo barbuto e baffuto, dai lunghi capelli biondi, sui quarant'anni ha rivolto questa domanda a Bernard. E Bernard ha confusamente spiegato a quello sconosciuto le proprie traversie, rivelandogli anche come l'amico Jean Claude lo abbia derubato di tutto il malloppo lasciandolo pressoché al verde.

– Mhh – ha mormorato l'uomo – hai mangiato?

– No, non ancora.

– Allora vieni. Mi spiegherai meglio tutto davanti a un buon piatto caldo.

Ed è andata così: davanti a squisiti ceci bolliti e piccanti il giovane ha aperto il suo cuore a quell'uomo dall'aspetto gentile e cortese che ha detto di chiamarsi Gilbert Roquejaune, di venire dalla Normandia e di essere in Palestina per commerciare tessuti e pietre preziose.

– Mi sa che tu non abbia ben presente la situazione, ragazzo mio – dice infine il normanno.

– Perché dite questo?

– Perché pensare di andare bel belli nel campo cristiano e sperare di essere accolti a braccia aperte è proprio da ingenui.

– Ma come, dite sul serio?

– Certo. Ogni giorno scoppiano risse furibonde per accaparrarsi i pochi rifornimenti che ogni tanto arrivano.

– Ma davvero… E re Luigi non fa nulla?

– Re Luigi è pio e giusto, cosa rara di questi tempi, ma purtroppo non ha il polso per tenere a bada la situazione. E i vari cortigiani, duchi, conti, marchesi o che, fanno a gara, sgambettandosi a vicenda, per sedere alla sua destra. Così, alle risse per il cibo, si aggiungono le risse per la supremazia, e di combattere i musulmani, a nessuno viene voglia. Il campo cristiano sembra invece un'accozzaglia di gruppi armati in perenne lite fra di loro.

Bernard è esterrefatto:

– Ma allora il Santo Sepolcro, il Golgota, i luoghi sacri rimarranno nelle mani dei seguaci di Allah?

– Mi sa proprio di sì, caro il mio ragazzo. È impossibile, in questo momento pensare di strappare Gerusalemme ai musulmani. Ma ora, visto che hai finito di mangiare, continuiamo la nostra chiaccherata mentre ci incamminiamo verso Sidone.

– Posso pagare i miei ceci, messer Gilbert – dice Bernard.

– Non ci pensare. Conserva le monete che quel bel tomo del tuo pseudo amico ti ha lasciato per le vere emergenze. Dai, forza, vieni con me.

65

Così i due, il normanno Gilbert Roquejaune ed il giovane Bernard de Villeroi, nativo della Linguadoca, si mettono in cammino seguiti dal mulo del mercante carico di mercanzia.

– Dunque – chiede il mercante – dov'eravamo rimasti?

– Mi stavate dicendo che secondo voi è impossibile riconquistare Gerusalemme.

– Ah sì, è vero. Ora ricordo. Il fatto è che si tratta di posti di importanza strategica per l'Islam. Sarebbe come pensare di conquistare Parigi da parte loro.

– E quindi?

– E quindi la crociata di re Luigi VII è destinata a fallire miseramente. Anche perché mancano i rifornimenti e, come ti ho già detto, i capi cristiani sono in perenne lite fra loro. Non c'è dubbio infatti che l'esercito cristiano, in queste condizioni, è destinato ad una sorte ben poco dignitosa.

– E come mai mancano i rifornimenti? – chiede ancora Bernard.

– Non c'è una flotta che rifornisca l'esercito cristiano. Ed un soldato affamato è un pessimo soldato.

– Ma com'è che la prima crociata è riuscita?

– Riuscita? Sì, certo. Hanno sconfitto i musulmani in qualche battaglia, ma il dominio cristiano su Gerusalemme è durato poco e quel regno è vissuto sempre assediato dai vari califfati ed insediamenti islamici confinanti. È stata una conquista effimera e precaria.

– Ma allora cosa si può fare? – chiede ansiosamente Bernard.

– L'unica via per sopravvivere è quella di tenere le posizioni, proteggere i cristiani dalle angherie che vengono perpetrate nei loro confronti dalle milizie arabe, e tentare una convivenza più o meno pacifica fra seguaci di Cristo e seguaci di Maometto.

– E non c'è altro da fare?

– Vedi, caro Bernard, la potenza maomettana in questo momento è troppo superiore rispetto a quella cristiana e, se è certo che i musulmani non sono più in grado di invadere l'Europa, altrettanto lo è il fatto che possono difendere con successo i territori del mediterraneo orientale. È infatti evidente che c'è stata una tacita spartizione: ai cristiani, l'Europa, ai seguaci di Allah il Medio Oriente e l'Africa del nord. Probabilmente occorreranno anni, per non dire secoli, per mutare quest'equilibrio ed erodere la supremazia politica, militare e culturale della civiltà araba nei confronti dei regni cristiani.

Per un po' i due camminano immersi nei loro pensieri. "Se avessi i miei soldi, – pensa Bernard – tornerei in Linguadoca o anche potrei imbarcarmi per arrivare a Genova, ma con tre monete faccio davvero poca strada, maledetto Jean Claude. Stai a vedere che ora, per sopravvivere, mi tocca diventare un tagliagole come ce ne sono tanti, disposto a sgozzare i viandanti per pochi spiccioli."

Intanto i due sono arrivati alle porte di Sidone. La città è costruita su un promontorio. Di fronte c'è una piccola isola. Tutto ciò la rende un crocevia di importanza strategica e questo l'avevano già capito i Fenici che per primi la edificarono ai primordi della storia umana. Sidone è perciò una città piena di storia che si è sedimentata nei vari palazzi ed edifici costruiti nelle diverse epoche della sua lunga vita.

Bernard e Gilbert stanno percorrendo la via principale della città, piena di vita, di commerci ed anche di artisti che suonano nenie incomprensibili ad un orecchio occidentale.

– Arriva la milizia di Chevallin, fate largo! – grida qualcuno.

Bernard e il mercante normanno si appiattiscono su un muro ed ecco che appare un plotone di fanti che arrivano marciando a tempo e in maniera estremamente disciplinata. Dietro ai fanti trovano posto una ventina di cavalieri, davvero splendidi nelle loro cotte luccicanti e magnifici nel portamento. Trasmettono un senso di potenza tranquilla quelle truppe, tanto da far rimanere a bocca aperta chi le guarda.

– Chi sono quei fanti e cavalieri così disciplinati? – chiede Bernard a Gilbert.

– Belli, vero? È la milizia di François de Chevallin, nobile francese da tempo trapiantato in Fenicia.

– Sono stupefacenti – concorda Bernard.

– Già, e devo dire che Chevallin ha tutta la mia ammirazione.

– E perché lo stimate così tanto?

– Guarda figliolo, mentre, come ti ho già raccontato, l'esercito di re Luigi VII si squaglia come neve al sole, dilaniato al suo interno da lotte intestine per il potere, qui a Sidone c'è un potente signore che si tiene un po' in disparte rispetto a quell'armata capeggiata dal re dei Franchi, ed è impegnato a mantenere un folto esercito personale con compiti di salvaguardia dell'ordine, scorta ai pellegrini cristiani e contenimento delle mire che i vari emiri e capi maomettani hanno sulla stessa città di Sidone e sui vari insediamenti cristiani sulla costa della Palestina. E questi è proprio François de Chevallin.

– Accidenti – esclama il giovane Villeroi – dev'essere proprio in gamba questo vostro Chevallin.

– Certo, mio giovane amico. E Chevallin di sicuro sa già che quella crociata non ha alcuna possibilità di successo e bada a non farsi coinvolgere nelle beghe di palazzo mantenendo un esercito disciplinato e ben addestrato da opporre agli emiri islamici o ai briganti troppo insolenti che abbiano eventualmente l'ardire di attaccarlo.

Poi Gilbert guarda il giovane. Vede gli occhi del ragazzo luccicare dal desiderio e dalla voglia di avventura propri della sua età.

– Dimmi un po', Bernard, vorresti mica essere parte dell'esercito di Chevallin? – gli chiede.

– Eh – sospira il giovane – sarebbe bello...

– Mhh – chiosa Gilbert – in fondo per te sarebbe la cosa migliore.

68

– Dite davvero?

– Sì, in fondo sei qui per combattere i saraceni. E in quell'esercito potresti farlo. Ma sì… vai ad arruolarti. Sai tirare di scherma?

– Un poco. Mio padre mi ha insegnato i colpi principali.

– Allora non dovrebbero esserci problemi. So che vogliono gente già un po' esperta. Vai, Bernard, vai. Ma se non ti dovessero prendere, cercami nel suk. Lì tutti mi conoscono e, se non farai il soldato, potrai fare il mercante, se lo vorrai.

– Grazie messer Roquejaune. Grazie per tutto quello che mi avete spiegato: mi avete aperto gli occhi.

– È stato ben poco sforzo da parte mia, anzi mi hai tenuto compagnia. Ma ora vai, che l'ora sta diventando tarda e rischi di trovare le porte del castello di Chevallin chiuse.

Con l'impeto dei suoi diciott'anni non ancora compiuti, il giovane si reca baldanzoso a passo di corsa verso il castello del nobile francese e lì giunto, chiede ad un soldato come fare per arruolarsi.

– Devi andare in quella foresteria, a destra, un cinquanta passi da qui e chiedere di Jacques, che è il capo dei reclutatori – gli risponde quello.

E così Bernard entra poco dopo in quell'edificio, e si presenta al cospetto di Jacques.

– Che vuoi, ragazzo? Parla subito e vedi di non farmi perdere tempo! – gli sbraita quello.

Jacques è arcigno, tracagnotto e pesante, sgarbato e sempre in lite col mondo intero.

– Vorrei arruolarmi, messere, nell'esercito del signore di Chevallin.

– Ah sì? E perché?

– Per combattere meglio i saraceni che hanno preso i Luoghi Santi.

Il vecchio soldato lo guarda di traverso

– Qui non c'è spazio per i poppanti, qui o si è veri uomini, o si muore. Lo sai, ragazzino? Scommetto che non hai mai visto una vera spada.

– No signore – risponde Bernard – so tirare di scherma, e assai bene, anche.

- Bohf, se lo dici tu… ma ora lo vedremo. –

E così dicendo, Jacques si alza, prende due pesanti spadoni, ne lancia uno a Bernard, gli urla:

– Difenditi o muori, giovanotto!

E gli si scaglia addosso con una agilità insospettata per quel corpo così pesante e sgraziato.

Ancorché preso alla sprovvista, Bernard fa un passo indietro e riesce a parare l'assalto dell'uomo di Chevallin, ma, già al primo colpo, il polso  incomincia a fargli male. Sempre arretrando e tenendo lo spadone a due mani riesce ancora, seppure a fatica, a neutralizzare ben tre altri colpi di quella furia di Jacques, ma si ritrova poi chiuso in un angolo senza possibilità di fuga.

Un preciso colpo del soldato fa volare lontano lo spadone di Bernard e la punta dell'arma di Jacques in men che non si dica vien piazzata a tre centimetri dalla gola del giovane.

– E ora muori! – urla con voce tremenda Jacques.

Bernard in quel momento sbianca e realmente pensa che sia arrivata la sua ultima ora. Per la paura gli si è seccata la bocca e non riesce a spiccicare neppure una parola. Sarebbe morto senza combattere gli infedeli, ma soprattutto senza mantenere la parola data a Maddalena…

Per alcuni interminabili secondi, lo spadone di Jacques solletica pericolosamente il collo del giovane, poi si abbassa e Jacques scoppia in una risata irrefrenabile che rimbomba in ogni angolo dell'ampia stanza

– Come sei bianco… hai forse paura? – prorompe poi fra uno scoppio di risa e l'altro.

– Pensavi che ti volessi infilzare sul serio? – e giù altre risate

– Veramente sì... – riesce a balbettare Bernard suscitando in Jacques ancor più ilarità

– Forza, ragazzino, riprenditi, non sei andato tanto male... – conclude il vecchio soldato.

– Dite veramente, signore? – chiede Bernard.

– Certo, di solito scappano dopo il primo colpo. Che vuoi, arriva gente che ha maggior dimestichezza con l'aratro o la vanga che con la spada, soltanto per avere il rancio assicurato... e tutti pensano che essere parte dell'esercito di Chevallin sia la cosa più semplice di questo mondo. Ma ci penso io a farli ricredere.

E qui Jacques ride nuovamente e dà una violenta pacca sulla spalla di Villeroi.

– Ma tu sei diverso – prosegue poi – non sei un villano o un fabbro. Tu sai già tirare di scherma. Dove hai imparato?

– Me lo ha insegnato mio padre – spiega rinfrancato Bernard – Lui mi ha insegnato i primi rudimenti delle arti marziali quando ero ancora bambino.

– Ah, ora capisco – fa Jacques – E come mai qui?

– Ho deciso di venire in Terrasanta per combattere i saraceni con re Luigi VII, ma poi ho pensato di arruolarmi nell'esercito di Chevallin vista la gran litigiosità che regna nel campo dei crociati.

– Questi nobili – commenta Jacques – sono capaci solo di combattere con la lingua. Poi, quando c'è da fare sul serio e rischiare la pellaccia, tocca a noi poveracci tirar fuori le castagne dal fuoco. Tempo verrà che saranno spazzati via e che essere duchi o baroni o principi non varrà più neanche un fico secco. Ma ora vieni, che ti arruolo come fante nella prima compagnia e ti do tutto l'equipaggiamento.

Così entrambi si recano nel capannone che funge da magazzino ed in poco tempo Bernard si ritrova vestito ed equipaggiato da fante di Chevallin. Il giovane non sta più nella pelle dalla gioia di essere parte di quell'esercito.

71

Quella sera, sdraiato nella piccola branda che gli funge da letto, Bernard pensa a tutti gli avvenimenti di quella straordinaria giornata iniziata col timore di essere sgozzato dallo Snasato e dai suoi compari per continare con la fuga a scoppiacuore insieme a quel fetente di Jean Claude. Quando aveva scoperto di aver solo tre monete d'oro si era sentito perso. Meno male che poi aveva incontrato il mercante normanno Gilbert Roquejaune. Esausto per tutte quelle emozioni provate in così poco tempo, il giovane si addormenta di un sonno pesante e ristoratore.

Seguono tre mesi di duro addestramento con le diverse armi, arco, lancia e soprattutto spada, durante il quale Jacques, che segue personalmente il giovane, lo mette a dura prova insegnandogli tutti i trucchi del mestiere di soldato.

– No, Bernard – lo ammonisce -. Se tu non mi pari il colpo e non impari ad intuire quello che vuol fare il tuo nemico, la tua carriera di ammazzainfedeli rischia di finire ben presto e tu ti ritrovi all'altro mondo in men che non si dica.

Jacques è esigente e vuole la perfezione:

– Non va ancora bene. Su, riprova il colpo, che fino a che non lo esegui perfettamente non ti lascio andare a mangiare il rancio.

Per Bernard, Jacques diviene presto la persona a cui far riferimento in mezzo a tutta quella soldataglia che di sicuro non è così raffinata e colta come lui.

Per la maggior parte, infatti, i soldati sono persone che, quando va bene, sanno a mala pena scrivere il proprio nome e che sono avvezzi alle più basse scurrilità e agli scherzi più pesanti e grassi.

Purtuttavia, Bernard, alla fine del terzo mese, si è meritato se non l'amicizia, almeno il rispetto dei commilitoni anche grazie alla sua umiltà e al suo darsi da fare per tutti.

# La prima battaglia

– No, Ahmed, secondo me sbagli. Al Allami è solo un volgare tagliagole.

– Ma tiene in scacco gli infedeli, questo non puoi negarlo, Walid.

– Più che altro impedisce i commerci. Avventurarsi fuori da Sidone ormai è diventata cosa da rischiare la pelle. E non solo per i cristiani.

– Questo, però, ha fatto abbassare la cresta ai soldati cristiani.

– Certo. Molti sono dei maledetti. Ma a che prezzo?

Nel suk di Sidone le opinioni su Al Allami sono le più disparate. Qualcuno lo ritiene un eroe, vero ed unico emiro di Sidone e vindice dell'Islam, flagello di Allah nei confronti dei seguaci della Croce. Altri pensano invece che sia solo un semplice ladrone che ha saputo sfruttare il sentimento anti cristiano che gran parte della popolazione musulmana di quelle zone prova: un odio che deriva sia dalle angherie subite da parte degli eserciti cristiani che nella loro ricerca di cibo non si fanno scrupolo alcuno di confiscare le derrate alimentari e gli animali dei contadini maomettani, sia da una profonda ignoranza e diffidenza verso chi ha usanze, religione ed abitudini diverse dalle proprie.

Walid il tintore e Ahmed lo speziale sono amici di lunga data ed hanno condiviso gran parte delle vicende della loro vita fino addirittura a sposare due sorelle quasi coetanee, Rawiza e Ranja, che si assomigliano come due gocce d'acqua. Distinguerle è difficile anche per i rispettivi sposi che solo nell'intimità del letto hanno scoperto che la prima è più dolce e remissiva, la seconda focosa ed aggressiva. E i maligni affermano che spesso, a seconda dell'umore, i due amici siano soliti scambiarsi le mogli per dominare o essere dominati.

Sta di fatto che l'unico motivo di diverbio fra Ahmed e Walid è proprio l'opinione differente che hanno su Al Allami e le loro discussioni sono motivo di spettacolo per la gente del suk. Anche questa volta intorno ai due si è radunata una piccola folla che parteggia ora per l'uno, ora per l'altro, prendendone volta per volta le ragioni.

– Questi infedeli devono capire che se ne devono andare, che queste sono terre dell'Islam. Perciò ben venga Al Allami e la sua banda che tiene in scacco tutti i cavalieri cristiani.

– No, Ahmed, non sono d'accordo con te – replica Walid – Gli uomini del tuo Al Allami, per te emiro di Sidone, sono solo volgari ladroni ed assassini che con la causa dell'Islam hanno ben poco a vedere, credimi.

– Storie – interviene una terza persona – per me Al Allami è solo un vile.

– E tu chi sei per dire queste cose? – gli chiede irato Ahmed.

– Il mio nome è Khaled – replica l'altro – e non ho paura di ripetere ciò che ho appena detto: Al Allami è un vile che se ne sta sempre rintanato sui monti senza mai accettare un combattimento campale con i cristiani. Bella forza a godersi tutte le ricchezze che gli altri, a pericolo della loro vita raccolgono per lui! Bella forza a vivere come un gran signore nelle gole più impervie delle nostre montagne, magari nella valle della Bekaa, e mandare a morire i più giovani contro i più esperti cavalieri cristiani. Lo dico e lo ripeto: la viltà è la maggior dote di Al Allami!

La discussione va avanti ancora un pezzo, poi, lentamente, la piccola folla si disperde per i mille vicoli che compongono il suk.

– Bravo Khaled.– mormora Jacques che, non visto, insieme a Bernard, ha seguito tutta la discussione.

– Che c'è, Jacques, cosa hanno detto? – chiede il giovane che ancora non comprende appieno l'arabo.

– Sst, taci. Prima usciamo dal suk, poi ti spiegherò tutto.

In realtà i due soldati di Chevallin stavano già uscendo dalla parte centrale di Sidone dopo aver contrattato un carico di fieno per i cavalli. Non resta che allungare un poco il passo per trovarsi velocemente di nuovo nell'accampamento prospiciente il castello del signore di Chevallin.

Una volta arrivati lì, Jacques, seguito da un curioso Villeroi, si reca nell'ampio capannone che funge da magazzino viveri, prende un grande boccale di legno e lo riempie di birra stivata in una botte nascosta di cui solo lui e pochi altri conoscono l'esistenza. Terminata l'operazione, il soldato di Chevallin si siede su uno sgabello, e beve un lungo sorso di quel liquido fresco. Infine, detergendosi le labbra con la mano, inizia a parlare:

– Aah… questa birra ci voleva proprio! Dunque, mio caro Bernard, devi sapere che spadroneggia, nelle campagne intorno a Sidone, un certo Mohamed Al Allami. Costui non è altro che un volgare ladrone e tagliagole come ce ne sono tanti, ma molto più pericoloso di tutti gli altri messi insieme.

– Hai detto Al Allami? – si assicura Bernard che all'udire quel nome si è sentito gelare il sangue – ma Al Allami è la persona cui il Guercio portava tutte quelle armi!

– Ed erano tante?

– Eh sì. La nave ne era piena.

– Ciò vuol dire che Al Allami ora è ben armato e quindi ancor più pericoloso. Bisognerà annientarlo al più presto, come del resto bisognerà anche, una volta per tutte, dare il fatto suo a quel mercante d'armi del Guercio. Ma continuiamo. La situazione è difficilissima e nelle campagne si è fatta ormai intollerabile poiché un gran numero di giovani si è aggregato alla primitiva banda di Al Allami che nel frattempo si è anche autoproclamato Emiro e vindice dell'Islam. Inoltre Al Allami predica un odio totale verso i cristiani promettendo il paradiso con ben settantadue bellissime vergini a chiunque muoia in combattimento contro noi cristiani e ciò decuplica la forza e il coraggio dei suoi seguaci che devi vedere come si lasciano accoppare con il sorriso sulle labbra, felici di raggiungere quel paradiso di delizie che è stato loro promesso. Già molti pellegrini sono stati aggrediti, derubati e sgozzati e nessuno osa più avventurarsi oltre le mura della città se non accompagnato da una cospicua e ben armata scorta. Il nostro signore de Chevallin sa molto bene che è necessario intervenire e distruggere Al Allami ed il suo esercito. Ma Al Allami non è uno stupido. Conscio della propria inferiorità rispetto al nostro esercito, se ne sta rintanato nei boschi e sui monti che circondano Sidone e non accetta mai una battaglia in campo aperto.

Qui Jacques fa una pausa, ingolla un altro bel sorso di birra, poi prosegue:

– Buona questa birra: toglie veramente la sete. Cosa stavo dicendo?

– Mi stavi spiegando che Al Allami non accetta mai battaglie in campo aperto.

– Ah sì. Ora ti svelerò un segreto ma tu promettimi di tenertelo per te

– Promesso, Jacques, sarò muto come un pesce.

– Bene. Devi sapere che il nostro signore Chevallin, per stanarlo, ha deciso di far leva proprio sull'amor proprio e sul senso dell'onore del capo musulmano e sta facendo mettere in giro la voce che in realtà Al Allami è un vile incapace di combattere, che manda a morire solo i giovani più ignoranti e inconsapevoli, mentre lui se ne sta codardamente rintanato nei suoi rifugi al sicuro da ogni pericolo, godendosi comodamente le ricchezze che altri poveracci hanno accumulato al prezzo della loro vita. La campagna di denigrazione, a quanto mi risulta, sta riuscendo molto bene e, d'altra parte, ci si serve, allo scopo, anche di infiltrati fra le file musulmane. L'uomo che hai visto oggi, dal nome Khaled, è fra i nostri migliori agenti. Speriamo che Al Allami cada al più presto nella nostra trappola.

Jacques non ha molto da aspettare per verificare l'esito della sua speranza. Passano solo venti giorni e lui, come capo dei reclutatori nonché responsabile della prima compagnia di fanteria, viene convocato a castello insieme ad altri veterani di pari grado.

Quando il vecchio soldato ritorna nell'accampamento, è tutto eccitato e gli brillano gli occhi:

– E' arrivato – dice – è arrivato!

– Ma di chi parli, Jacques? – gli chiede Bernard.

Del messo di Al Allami. Che accetta di scontrarsi con noi in battaglia campale.

– Come? Scusa Jacques, spiegati meglio, per favore.

– Ieri è arrivato a castello un messo del capo musulmano. Con gran pompa ha riferito che il suo signore vuole affrontare le nostre armate in campo aperto per mostrare a tutti che lui non è un vile e che i musulmani valgono tre volte di più dei cristiani. Bisogna prepararsi a partire.

– E dove dobbiamo andare? – chiede ancora Bernard.

– A tre miglia a sud di Sidone c'è una piana larga, circondata da fitti boschi chiamata Piana del Corvo Nero. È lì che è stato deciso che ci batteremo. Ma ora basta domande, Bernard, che devo pensare a tutti i preparativi. Tu occupati di affilare bene la tua spada e di controllare la cotta e lo scudo.

Dicendo questo, Jacques se ne va. Tutto il campo è in subbuglio. Puoi sentire grida, clangore di armi provate sulle incudini, bestemmie dette ad alta voce, qualche risa e motteggi contro i maomettani:

– Per la miseria, bisogna rifare il filo a questa spada!

– Io ne voglio sventrare almeno dieci di quei culi all'aria.

– Ma io ne ucciderò sempre uno più di te.

– Boh, vedremo, oppure forse scapperai come un coniglio.

– Io scappare? Io ho un coraggio da leoni!

77

– Eh già… poveri leoni, allora – e giù una risata.

Bernard segue il consiglio del suo maestro: controlla e ricontrolla cento e una volta le armi, la cotta, lo scudo, tutto. È tutto a posto, non rimane che aspettare il segnale della partenza.

Jacques arriva da Bernard appena in tempo per il rancio serale:

– Tutto a posto, ragazzo?

– Sì, Jacques. Tutto a posto. Ho controllato tutto. Ma esattamente dove andiamo?

– Te l'ho già detto: domani all'alba partiremo per la Piana del Corvo Nero, che dista per l'appunto tre miglia da qui. Poi bivaccheremo e l'indomani ci scontreremo con gli uomini di Al Allami. Tu, stasera, cerca di stare tranquillo e di dormire bene, che in battaglia le energie risparmiate ti verranno bene.

All'alba del giorno dopo c'è un po' di confusione nell'accampamento. Poi, però, i soldati si mettono in marcia. Davanti i fanti, dietro la cavalleria, ancora in fondo lo stato maggiore con Chevallin in persona. La prima a muoversi è proprio la prima compagnia e Jacques e Bernard sono in testa. Se non fosse per le armi e le cotte di metallo che appesantiscono il passo e per la consapevolezza di andare in battaglia, sarebbe persino piacevole marciare in quella calda ed assolata giornata appena rinfrescata da un lieve venticello che proviene da nord.

La colonna si muove lentamente come un gran serpente che si srotola sulla strada polverosa e, tempo tre ore, la testa raggiunge la Piana del Corvo Nero. Si tratta di una larga radura circondata da fitti boschi di cedri e di macchia mediterranea. Da lì non si vede il mare: per raggiungerla, infatti, gli armati hanno dovuto piegare verso l'interno. Il luogo del combattimento appare soave, bucolico diresti, ma non c'è tempo per abbandonarsi a pensieri poetici: bisogna accamparsi, pensare al cibo, prepararsi per il combattimento di domani. L'esercito di Al Allami non c'è ancora: arriverà solo verso sera accampandosi sul lato sud della piana, ovvero quello opposto agli accampamenti dei cristiani.

Nella notte, si possono vedere i fuochi dei bivacchi come tante luci delimitanti il perimetro del luogo della futura battaglia.

Infine arriva l'alba. Nei due accampamenti c'è un notevole fermento, reso forse più frenetico dal nervosismo incombente:

– Ehi tu, togliti di lì, che devo affilare la mia spada – dice uno.

– E tu spostati: non sei schierato bene.

Jacques è impegnatissimo a disporre a sinistra dello schieramento di Chevallin la prima compagnia. Infatti gli ordini prevedono che la terza e la quarta compagnia presidino il centro che presumibilmente dovrà reggere l'urto dell'attacco di Al Allami. La prima e la seconda, invece, fungeranno rispettivamente da ala sinistra ed ala destra per chiudere in una tenaglia l'esercito musulmano.

Bernard è pronto, vicino a Jacques, in prima fila:

– Ma dov'è la cavalleria? – chiede – vedo pochissimi nostri cavalieri.

– Non ti preoccupare. Il grosso dei nostri cavalieri ha nottetempo compiuto un largo giro per posizionarsi dietro quel boschetto a sud e, al momento giusto, prendere alle spalle il nemico – spiega Jacques.

Ora i due schieramenti si stanno progressivamente avvicinando e si notano con evidenza le differenze fra le due formazioni. Lo schieramento maomettano è variopinto, marcia alla rinfusa con i pochi cavalieri mischiati insieme ai fanti. Invece i soldati cristiani sono ben inquadrati e i cavalieri stanno dietro alle prime file della fanteria.

Arrivati a poco più di centocinquanta passi l'un dall'altra, entrambe le armate si fermano come in attesa di un segnale che dia l'inizio alle ostilità. C'è tensione nell'aria e si percepisce chiaramente il nervosismo dei cavalli e degli uomini.

Il segnale di inizio della battaglia vien dato da Al Allami in persona. In sella ad uno splendido cavallo bianco, costui si porta al centro del suo schieramento, estrae dal fodero la scimitarra, la brandisce ben in alto sopra la testa del suo cavallo, poi urla:

– *Allah u akbar* – Dio è grande – Morte agli infedeli! – Seguitemi, miei prodi!

Poi sprona con decisione il suo bel cavallo bianco e si getta a capofitto verso il centro dello schieramento cristiano.

Dietro di lui immediatamente lo seguono con furore, determinazione e coraggio, tutti i guerrieri del suo esercito. È una carica molto rozza, che mischia indistintamente cavalieri e fanti, con l'intento di creare una massa d'urto considerevole, capace di sfondare le linee dell'esercito di Chevallin.

La manovra denota sicuramente un gran coraggio, ma non è priva di ingenuità e rivela da parte di Al Allami una scarsa dimestichezza con le strategie militari: l'ondata di quei musulmani urlanti si infrange contro le picche e le lance abbassate della prima linea cristiana.

Contemporaneamente, dalle seconde e terze linee cristiane, vengono scagliate contro gli attaccanti nugoli su nugoli di frecce che portano tormento e dolore fra gli uomini del sedicente emiro. Ma il loro attacco ancora non si spegne: portati dal furore del martirio, i maomettani ancora premono sul fronte cristiano e gli uomini di Chevallin sbandano un poco sotto la pressione dei seguaci del capo musulmano.

È però solo un momento. Ad un ordine preciso di François de Chevallin, la prima e la seconda compagnia iniziano a manovrare in modo da accerchiare le truppe nemiche, e per i discepoli della mezzaluna è l'inizio della fine.

– Ritirata, ritirata! – urla Al Allami.

Finchè anche lui viene disarcionato da un secco colpo di picca e cade a terra sanguinante. Un fante della terza compagnia, tale Alain Poissy, corre verso di lui, lo prende per i capelli e, con un colpo di spada netto e preciso, gli spicca la testa dal busto. Poi solleva quel macabro trofeo che ancora mostra gli atroci spasimi dell'ultima agonia e urla la sua feroce gioia:

– L'ho preso, l'ho preso! Ho ucciso Al Allami!

A tal vista tutto il coraggio custodito nel cuore dei musulmani si spegne, lasciando il posto ad una paura gelida che fa loro perdere ogni lume di razionalità. Disordinatamente prendono a correre verso l'unico passaggio ancora rimasto aperto, ma è troppo tardi. A chiudere quell'ultimo varco interviene la cavalleria che, nascosta prima nei boschi adiacenti la Piana del Corvo Nero, ora può mostrare la sua forza distruttrice.

Per i combattenti maomettani è ormai giunta l'ultima ora, non c'è più nulla da fare. Finiscono tutti sventrati dalle spade, infilzati dalle lance, trafitti dalle frecce che provengono da ogni parte lasciando dietro di loro morte e sofferenza.

È infatti solamente una grande mattanza quella che sta avvenendo, e si possono udire, nella piana, atroci urla di dolore miste a imprecazioni di ogni sorta, di quelle che agghiacciano il cuore.

Molti musulmani, vista la mal parata, si sono gettati in ginocchio e, a mani giunte, implorano pietà. Ma nei cuori dei soldati cristiani pietà è ormai morta e tutti quei miseri sono passati per le armi: chi ha la testa mozzata dalla spada di un cavaliere, chi il cuore spaccato da un colpo preciso di un soldato armato di lancia, chi infine il ventre aperto dall'affilato pugnale di un fante. Non ne rimane vivo neppure uno.

Alain Poissy alla fine infilza sulla sua picca la testa mozzata di Al Allami: al rientro a Sidone marcerà in testa a tutte le truppe portando bene in vista quel macabro trofeo di guerra ad estremo monito per chi abbia l'intenzione di sfidare il signore de Chevallin ed il suo esercito.

Bernard è per l'appunto in prima fila vicino a Jacques quando è stato dato l'ordine di attaccare ed aggirare il nemico. Tutta la compagnia s'è quindi mossa come un sol uomo a cercare il contatto col nemico.

Quasi correndo all'impazzata e brandendo la pesante spada, il giovane si è dapprima trovato di fronte un musulmano con un turbante nero, due occhi spiritati ed una lunga barba anch'essa nera.

Con un colpo secco e preciso, gli ha mozzato con ferocia la testa, che il sangue dell'infedele gli ha imbrattato sia la lama della spada che la cotta. Poi ancora, urlando come un invasato, ha freddato altri due nemici, menando colpi all'impazzata. Il quarto lo ha sventrato e quello è caduto ginocchioni, nel vano tentativo di rimettere al loro posto le budella ormai irrimediabilmente fuoruscite, morendo infine nel proprio sangue tra atroci dolori e strazianti lamenti.

Ormai Bernard non è più il ragazzo gentile e benvoluto che tutti conoscono. Ormai Bernard è una belva assetata di sangue che nulla e nessuno potrebbe fermare.

Jacques lo ha visto e ne ha avuto paura. Ben conosce, il vecchio soldato, quelle metamorfosi; molte ne ha viste nella sua carriera, ma mai così potenti e furibonde, tanto che ha deciso di intervenire. Gli si è parato davanti all'improvviso e gli ha appioppato due pesanti ceffoni sulle guance urlandogli:

– Torna in te, Bernard, torna in te! E' tutto finito.

Quello lo ha guardato con uno sguardo stravolto e stralunato, ancora incapace di intendere ciò che Jacques gli stava gridando. Poi, come appena uscito da un incubo cattivo, ha avuto un fremito, si è riscosso e finalmente i suoi occhi hanno visto.

Hanno visto morti e moribondi ricoprire il campo di battaglia, e il sangue arrossare indifferentemente l'erba e i corpi ormai esanimi e senza vita; hanno visto l'orrore di un angolo di inferno che il diavolo, tramite gli uomini, ha voluto portare su quel pezzo di terra così dolce e soave.

Tutt'intorno i commilitoni stanno ora lanciando urla di gioia per la splendida vittoria riportata e per il ricco bottino che si prospetta. Bernard guarda Jacques, che lo fissa a sua volta negli occhi senza parlare, e finalmente piange.

Piange per sé, per la belva che si è scatenata e che lui non è stato in grado di dominare, per l'innocenza ormai irrimediabilmente perduta, ma soprattutto per il tradimento perpetrato nei confronti di Maddalena.

Dove erano andate a finire le sue dolci parole che parlavano d'amore e di comprensione per tutti? Dov'era quella tolleranza che sempre lei gli aveva insegnato sgridandolo aspramente allorquando Bernard, bambino, dava segni di insofferenza nei confronti di persone che non la pensavano come lui?

Seduto ai piedi di un grande albero su di una collinetta dove Jacques poco dopo lo ha portato, abbracciato alle sgraziate spalle del soldato di Chevallin, Bernard si calma e ricaccia in gola le lacrime che ancora vorrebbero sgorgare dagli occhi, ma sente nel suo animo una devastazione profonda, una lacerazione che ben difficilmente si potrà rimarginare .

Jacques, dal canto suo, non può comprendere appieno il travaglio del giovane. Troppa violenza ha infatti visto nella sua vita ed il suo imperativo, da buon soldato qual è, è diventato 'mors tua vita mea'. Ma, nella sua semplicità, capisce che Bernard, che si è comportato da soldato di valore, ha un nodo dentro di sé che deve essere sciolto.

A partire da quella battaglia la fede granitica di Bernard incomincia a vacillare e dubbi e domande assalgono la mente del giovane.

È giusto, per conquistare un eventuale paradiso nel cielo, creare piccoli inferni qui sulla terra? Inoltre i musulmani, riflette più volte il giovane, non sono molto diversi dai cristiani: amano, piangono e muoiono come loro, e il loro sangue è rosso e denso come quello di coloro che pregano Gesù. Certamente Al Allami, in quanto ladrone e pericoloso tagliagole, ha meritato la sua crudele sorte, ma i suoi uomini erano tutti come lui? Oppure molti erano stati accecati da un falso odio per i cristiani e lo avevano seguito credendolo veramente un campione dell'Islam?

Era stato poi giusto far pagare con la vita questo errore dovuto a ignoranza e pregiudizio?

Bernard inoltre sente spesso dai commilitoni più anziani storiacce orribili di città assediate dai soldati di Cristo, prese e sottoposte a razzie e violenze indicibili che non hanno risparmiato né le donne, spesso violentate, torturate e uccise, né tantomeno i bambini che non hanno incontrato sorte migliore.

Proprio Alain Poissy, divenuto l'eroe del momento, una sera ne racconta una accanto al fuoco bevendo abbondante vino rosso.

– Dunque – dice pulendosi i baffi col dorso della mano sinistra – ricordate la città di Aqabin?

– No – risponde uno dei soldati seduto vicino al fuoco – dov'è?

– Beh – continua Alain – ora non esiste più, è stata rasa al suolo, ma cinque anni fa era un piccolo villaggio vicino a Giaffa. A quei tempi ero al soldo del signore de Ponsard che teneva un piccolo esercito, circa duecento persone fra fanti e cavalieri, per la sua sicurezza. Ebbene, saputo che ad Aqabin c'erano abbondanti riserve di grano, avena ed orzo, immediatamente la cingiamo d'assedio.

E Poissy beve tutto d'un fiato il suo calice di vino emettendo poi un gran rutto di soddisfazione.

- Gli abitanti di quel piccolo villaggio sapevano di arti marziali quanto io ne posso sapere di matematica o filosofia, ossia meno di zero. Così per noi è stato un gioco da ragazzi penetrare nel paese dopo averne sfondato con l'ariete la porta principale.

– E dopo cosa è successo? – chiede un altro milite che sta ascoltando.

– Puoi immaginarlo: prima ci siamo scopate in tutti i modi le ragazze e le donne che abbiamo trovato, poi abbiamo saccheggiato la città, infine abbiamo chiuso tutti gli abitanti rimasti in vita in tre grandi case di legno che c'erano nella via principale. Abbiamo sbarrato porte e finestre prima di appiccare il fuoco con la pece nera.

– Per la miseria, che gran bella idea! – interloquisce un terzo soldato – e quelli cosa hanno fatto?

– Per un po' hanno tentato, senza riuscirci, di liberarsi da quella trappola, dando colpi tremendi alle porte. Ma noi le avevamo sprangate molto bene e il loro tentativo è fallito miseramente. Poi, dopo che i colpi si erano fatti sempre più flebili, sono crollati in rapida successione prima i tetti, poi le pareti. Penso che il loro Allah se li sia visti arrivare sotto forma di tanti arrosti!

A quella battutaccia tutti ridono, tutti meno Bernard.

Il giovane, infatti, ogni volta che sente un nuovo racconto di ammazzamenti, violenze e distruzioni gratuite, fatto da qualche soldato a motivo di vanto, prova un senso di pena che lo disgusta e lo nausea a tal punto da farlo star male per molti giorni di seguito.

Quella sera, dopo che Poissy ha finito di raccontare e soddisfatto beve l'ennesimo gotto di vino, Bernard prova vergogna di essere cristiano. Come conciliare il messaggio d'amore del Vangelo con quelle aberrazioni esibite tanto spavaldamente? Come si può definire cristiano chi porta lutto, terrore, distruzione e morte in tale maniera così becera e bieca?

Con coraggio il giovane continua a prendere parte a diverse azioni militari e non si tira certo indietro quando c'è da combattere e da mettere a rischio la vita. Ma, mentre per gli altri militi uccidere un seguace di Allah è quasi un punto d'onore, lui, ogni volta che è costretto a farlo, torna poi al campo con una interiore stanchezza, per giorni non parla con nessuno, non tocca quasi cibo, diventando irascibile ed ombroso.

Jacques non è un uomo dall'animo particolarmente sensibile, tuttavia si è accorto che Bernard ha qualcosa dentro che gli rode, qualcosa che gli toglie ogni serenità e voglia di vita. Così un mattino va da lui:

– La giornata è bellissima, caro il mio ragazzo – gli dice – e da troppo tempo siamo fermi. Che ne diresti di farci una bella camminata in quel boschetto che si trova a nord dell'accampamento? So che è molto bello e merita la fatica e poi, tutto sommato, non mi spiacerebbe sottrarmi un po' a questa calura spaparanzandomi sotto un albero ombroso.

– Va bene, Jacques – acconsente di malavoglia Bernard – andiamo pure: sono pronto.

In realtà il giovane se ne vorrebbe stare da solo a rimuginare sui propri tormenti, ma come si fa a dire di no a Jacques che tanto lo ha aiutato in quei mesi di vita militare?

Così i due si incamminano verso il boschetto, penetrando poi nel folto degli alberi per uno stretto ma piacevole sentiero tortuoso. La conversazione fra loro tocca temi futili quali la bontà, spesso discutibile, del rancio e qualche innocuo pettegolezzo riguardante i compagni d'arme.

Dopo aver camminato per un po', i due amici sbucano in una piccola radura, al centro della quale campeggia un vecchio tronco d'albero ormai secco e tutto contorto. Jacques a questo punto si ferma, si volta verso Bernard e, sedendosi su quel tronco, gli chiede:

– Amico mio, mi pare che ci sia qualcosa che non va. Cos'è che ti angustia?

– Ma niente, Jacques, niente. Va tutto bene.

– Non dire fesserie, si vede lontano un miglio che non sei contento. Qualche anziano ti schiavizza? Non temere, che ci penso io a sistemarlo per le feste.

A volte succedeva infatti che qualche soldato più vecchio per età o di grado più elevato, prendesse di mira qualche giovane recluta che diventava a tutti gli effetti il suo schiavo.

– No, Jacques, non ti devi preoccupare di questo. Tutti voi siete molto buoni con me. E' che…

– Avanti, sputa il rospo. Di' tutto al vecchio Jacques, di modo che possiamo trovare una soluzione.

– Non devi pensare che io sia un vile, Jacques – inizia Bernard esitando.

– Questo non l'ho mai pensato, ragazzo mio. Anzi, ti ho visto fare delle cose che ci voleva del fegato a farle.

– È che io non me la sento più di infilzare uomini come fossero tordi, Jacques. Ogni volta è come se uccidessi anche me stesso. Sai, mi hanno insegnato che la vita umana è sacra e che quando un uomo muore è come se si spegnesse un mondo intero. Questo mi diceva sempre la mia balia Maddalena. E io non mi ritengo come Dio che ha l'immenso potere di dare e soprattutto togliere la vita ad un uomo. Non ritengo giusto uccidere qualcuno solo perché crede in Allah o perché il caso l'ha portato davanti a me. È una spirale d'odio che, credimi, ci rende simili alle belve feroci e che ci disumanizza, facendoci dimenticare ciò che ci eleva dal mondo naturale, ovvero l'amore che proviene da Dio in persona. Capisco che per gli altri soldati uccidere un nemico sia la più bella cosa di questo mondo e quasi un dovere, ma a me crea una desolazione e una tristezza infinite che mi sono ormai impossibili da sopportare.

Ora che si è sfogato, Bernard si sente meglio e in silenzio va a sedersi vicino all'amico sul tronco dell'albero.

Dal canto suo Jacques ha ascoltato tutto il discorso del suo giovane amico senza proferire verbo. Per la verità, non ha compreso tutto quel filosofare di Bernard, troppo complicato per la sua testa di uomo semplice, ma una cosa l'ha ben chiara in mente: Villeroi non può restare soldato di prima linea. E ciò non per mancanza di coraggio, che di quello ne ha da vendere, ma perché la sua mente, il suo animo si rifiuta di uccidere. In quei mesi Bernard ha violentato se stesso costringendosi a fare ciò che intimamente ripudia nel modo più assoluto possibile, ma non può andare avanti così; ne va della sua salute.

Jacques in fondo l'aveva già intuito dal primo combattimento con le truppe di Al Allami nella Piana del Corvo Nero che quel giovane non era capace di ammazzare saraceni, ma, egoisticamente, aveva sperato che Bernard superasse quel blocco e diventasse un ottimo uomo d'armi, visto che la stoffa per esserlo l'aveva in abbondanza.

Il vecchio soldato riflette in silenzio per alcuni minuti poi:

— Caro amico mio, da ciò che dici mi pare evidente che tu devi trovare un'altra collocazione nel nostro esercito, altrimenti fra un po' perderai la tua anima, e ciò non sarebbe buona cosa né per te né, tantomeno, per noi. Che ce ne faremo di un Bernard senza più voglia di vita?

E qui Jacques sorride brevemente. Poi continua:

— L'unica soluzione è che tu chieda di parlare direttamente a Chevallin. Lui saprà trovare un posto adatto a te.

— Io parlare con Chevallin? E come faccio? A chi chiedo l'incontro? E poi, sei proprio sicuro che me lo concederà?

— Per questo non ti preoccupare: Chevallin trova sempre il tempo per risolvere questi problemi della sua truppa. Comunque andrò io personalmente a parlare con Michel, il suo segretario personale, e vedrai che, tempo due o tre giorni, sarai convocato dal nostro signore. Piuttosto, a furia di pensare e con questa aria frizzante, m'è venuta una fame da lupo. L'ora del rancio dev'essere vicina, quindi affrettiamoci, se non vogliamo restare a becco asciutto.

— Grazie Jacques. Non ho proprio parole per ringraziarti. Davvero... non so come... veramente. Ma non vorrei che la cosa ti incomodasse troppo, non vorrei arrecarti troppo disturbo...

Spazientito, l'amico alla fine sbotta:

— Dai, piantala... Se faccio questa cosa vuol dire che mi fa piacere farla. L'unica cosa che mi spiace è che perderò un amico, ma tu sei intelligente e meriti di meglio che di stare fra noi.

Di buon passo i due compagni tornano all'accampamento e, per la prima volta dopo tanto tempo, Bernard mangia di gusto scherzando e ridendo con gli altri commilitoni.

Quello stesso pomeriggio Jacques va a castello e parla con Michel:

– Sentite, Michel, ho un problema che vorrei sottoporvi.

– Sentiamo il vostro problema, caro il mio Jacques.

– Nella mia compagnia c'è un ragazzo che, pur essendo molto coraggioso, non se la sente di stare in prima linea, non se la sente di uccidere.

– Un soldato che non uccide non è un buon soldato, Jacques, e voi lo sapete bene.

– È vero, Michel, ma qui si tratta di un caso particolare. Il ragazzo in questione è molto coraggioso ed intelligente e sarebbe un peccato perderlo. Non può il signore de Chevallin parlare con lui e trovargli un posto più adatto per le sue capacità? Tutti ne trarremmo giovamento, credetemi.

– Mmhh – bofonchia Michel – come si chiama il vostro protetto?

– Bernard de Villeroi.

– Bernard de Villeroi? Ma non è lui che si è tanto distinto nella battaglia della Piana del Corvo Nero?

– Proprio lui. E, credetemi, è anche una testa fina, nonostante la giovane età.

– E voi dite che ha problemi ad uccidere i saraceni?

– Proprio così. Su, Michel, lo sapete bene che nel nostro esercito vi sono posti che non richiedono l'uso della spada: voi stesso ne occupate uno. Datemi retta, date a quel giovane un'altra possibilità e non ve ne pentirete: sapete bene che so giudicare le persone e mai mi sono ingannato.

Michel resta in silenzio a riflettere, poi:

– E sia – dice infine – mi avete convinto. Datemi solo un paio di giorni di tempo e vedrò di combinare l'incontro fra Villeroi e il nostro signore. Ed ora andate, andate pure Jacques.

Jacques esce contento dal castello: è stata dura, ma alla fine è riuscito a convincere Michel a organizzare quell'incontro. Poi torna all'accampamento e, a Bernard che lo aspetta con un'aria interrogativa impressa sul volto, risponde con un sorriso:

– E' tutto a posto, vedrai che entro pochi giorni ti chiameranno.

Infatti, passati due giorni, giunge un messo da castello che consegna al ragazzo una breve lettera di convocazione da parte di Michel. Il signore de Chevallin lo riceverà il pomeriggio del giorno dopo.

## François de Chevallin

Quella notte Bernard fatica ad addormentarsi. È preoccupato e nervoso. Come spiegare a Chevallin i suoi problemi? Il giovane teme di non trovare le parole giuste, di non sapere esprimere in modo appropriato tutto ciò che lo tormenta, e teme, soprattutto, che i suoi scrupoli morali siano scambiati per viltà. Con questi pensieri nella mente, Bernard riesce a prendere sonno soltanto alle prime ore del mattino. Quando si sveglia tutte le paure che lo hanno tormentato durante la notte sono come per incanto svanite e Bernard si sente pronto per andare dal suo signore.

La giornata passa senza particolari avvenimenti degni di nota e quando il sole incomincia a calare, come aveva specificato il messo nella lettera, Bernard si reca a castello

Il grande portone è sorvegliato da due arcigne sentinelle armate di pesanti picche. Una di queste, un capitano a giudicare dalla divisa, apostrofa il giovane:

– Altolà, messere: fatevi riconoscere e diteci cosa volete.

Il tono della voce è quasi minaccioso, volto ad intimidire l'interlocutore.

– Mi chiamo Bernard de Villeroi e vengo per parlare con messer Michel. Ho qui una sua lettera.

E, così dicendo, Villeroi porge a quel soldataccio la lettera di Michel.

Quello la legge e rilegge con attenzione più volte. Poi:

– Louis – dice al compagno – vai ad avvisare messer Michel che è arrivato Bernard de Villeroi.

Louis parte e il capitano si rivolge a Bernard e, bruscamente, gli intima:

– Voi, entrate nel cortile. Sedete pure sulla panca vicino al portone e aspettate messer Michel.

Decisamente intimorito, Bernard si siede sulla panca.

"Speriamo che Michel non sia come questo Marcantonio. È più freddo e scostante di un serpente velenoso. E chissà com'è Chevallin. Jacques me l'ha descritto come un uomo saggio e buono, ma speriamo bene…"

I pensieri di Bernard sono interrotti dall'arrivo di Michel:

– Allora – chiede – siete voi messer Bernard de Villeroi? Jacques mi ha parlato molto bene di voi.

– Jacques è un uomo molto buono – risponde il giovane – e mi vuole molto bene.

– Già, ma Jacques raramente sbaglia nel giudicare le persone. Comunque venite, il signor de Chevallin vi sta aspettando.

Rincuorato dalle parole di Michel e dal suo modo di fare senza dubbio molto garbato e gentile, Bernard lo segue attraverso le grandi e alte stanze del castello e, salita una ripida scala di pietra, si trova con lui davanti alla porta della sala d'armi dove lo sta aspettando il suo signore.

– Attendete un attimo che vi annuncio – dice Michel

Poi bussa, apre la porta e scompare all'interno.

Michel ricompare poco dopo.

– Entrate, messer de Villeroi, e, mi raccomando, deferenza – dice il segretario personale di Chevallin con un accenno di complice sorriso.

Con un po' di soggezione, Bernard entra nella stanza e vede, nell'angolo opposto alla porta, il suo signore.

François de Chevallin, seduto dietro un'ampia scrivania, ha il volto ossuto, lo sguardo penetrante e carismatico, le mani aristocratiche ed affilate, i gesti misurati e pacati. Da tutta la sua figura promana quell'aura di chi conosce il mondo e non ne è schiavo ed insieme una sorta di saggezza mista a pietà.

Subito Bernard s'inginocchia.

Sorridendo, Chevallin lo rimprovera bonariamente per quel gesto di deferenza:

– Alzatevi, messer de Villeroi, che tra uomini d'arme non conviene esser troppo umili.

Poi soggiunge:

– Qual è il problema che vi porta a me?

Bernard è confuso. Si siede davanti a Chevallin e in modo non troppo chiaro spiega i propri motivi.

– Vedete, mio signore, non riesco ad uccidere. Comprendo che il nostro esercito deve combattere i maomettani e che combattendo si deve anche uccidere, ma ciò mi dà una pena profonda ed ogni volta è come se uccidessi una parte di me.

– Orbene – replica Chevallin, – v'è venuto in ubbia combattere il saraceno?

– No, mio signore – spiega Bernard – ma penso che lo si possa combattere in altro modo che ucciderlo, violentare le sue donne, massacrare i suoi bambini.

A quelle parole l'aristocratico francese si alza con un sospiro. Ben sapeva infatti che gli eserciti cristiani s'erano macchiati di colpe ignominiose e che ogni volta che si espugnava una roccaforte nemica, le milizie che dicevano di agire nel nome del Cristo si abbandonavano ad efferatezze indicibili. L'episodio del massacro e della distruzione del povero villaggio di Aqabin era una macchia che, oltrechè l'anima e l'onore di de Ponsard che ne era stato il maggior responsabile, insozzava anche tutti coloro che, in Terrasanta, si dicevano cristiani.

– E come dunque vorreste combatterlo, messere? – chiede infine passeggiando per l'ampia sala.

– Mostrando all'infedele la superiorità della cultura cristiana, con la pace convincendolo a voltar le spalle al suo falso profeta.

"Facile a dirsi, – pensa Chevallin – odio richiama odio e morte vuole morte. I rapporti con i seguaci di Allah ormai sono tesi all'inverosimile ed occorrerà tempo e pazienza per ricostruire un minimo di fiducia sulla quale edificare relazioni civili fra le due comunità."

Chevallin analizza attentamente il giovane. Ne conosce il valore e l'ardimento, sa che durante la battaglia della Piana del Corvo Nero si è battuto con coraggio e ha ben coscienza che non è per viltà che Villeroi chiede di non combattere più in prima linea.

Vede occhi profondi, assetati di conoscenza, occhi irrequieti e curiosi che rivelano un'intelligenza pronta e viva. Chevallin infine pensa che sarebbe sicuramente un gran peccato perdere un'intelligenza in fiore in qualche scaramuccia militare di secondaria importanza.

– Venite, messer de Villeroi, forse ho quel che fa per voi.

Pronunciate queste parole il signore de Chevallin conduce Bernard, attraverso le innumerevoli stanze del castello, nell'ala est, davanti a una porta di legno massiccio. Aperta tale porta, i due si trovano in un'ampia biblioteca piena zeppa di libri antichi, occidentali ed arabi, e pergamene di ogni tipo e misura: il quartier generale di monsieur Claude Chantil, Cavaliere Templare molto conosciuto per il suo valore e la sua sapienza.

– Buongiorno, Chantil – lo saluta Chevallin – vi presento questo giovane. Si chiama Bernard de Villeroi e, per la sua età, promette bene. Vedete di farne un buon Templare.

– Va bene, Chevallin – risponde Chantil – vedrò cosa riesco a fare.

Chevallin se ne va e nella biblioteca rimangono solo Chantil e Bernard. Il giovane dà un'occhiata al Cavaliere Templare e ne rimane deluso.

Magro, di piccola statura, un po' zoppicante dalla gamba sinistra, quasi calvo a trentacinque anni, Chantil non è di certo un uomo d'arme, ma chi lo giudicasse insignificante sicuramente sbaglierebbe di grosso. Il cervello del Templare è infatti una perfetta macchina da guerra, armato com'è delle migliori letture della civiltà occidentale ed anche dei testi principali della cultura araba. Conosce la Bibbia ed il Corano perfettamente ed ha sulla punta delle dita le principali nozioni di matematica e di astronomia di quei tempi. Il tutto è condito da una profonda ironia e dalla consapevolezza di non avere in tasca alcuna verità da vendere.

Ma delle doti intellettuali di Chantil, Bernard se ne renderà conto col tempo. Per ora rimane la sorpresa dell'aspetto fisico, pressochè miserevole, del suo futuro maestro.

Infine il Templare rompe il silenzio e, rivolto a Bernard, dice:

– Vieni, mio bel giovane, a studiare cominceremo domani che ora sta scemando la luce del giorno. Però vai subito a prendere la tua roba nell'accampamento militare: per il periodo dell'addestramento dormirai nella stanza accanto alla mia, in quest'ala del castello.

Così Bernard corre all'accampamento, fa un fagotto della sua poca roba, cerca Jacques per salutarlo. Lo trova che sta lucidando le armi:

– Jacques! – gli urla.

– Bernard, finalmente! Com'è andata?

– Bene, Jacques. Mi fanno studiare per diventare Cavaliere Templare sotto la guida di monsieur Chantil.

– Oh, Chantil? Sei fortunato, ragazzo. Chantil è un cervello fino, molto fino e se Chevallin ti ha assegnato lui come maestro, vuol dire che l'hai proprio ben impressionato.

– Dall'aspetto veramente non si direbbe che Chantil abbia un cervello fino.

– È vero. Non gli daresti un soldo, ma, credimi, ha un cervello e una cultura davvero superiori. E quando incominci?

– Domani, Jacques. Sono venuto a prendere la mia roba e a salutarti.

– Già domani... accidenti, ragazzo mio, mi spiacerà non vedere più la tua brutta faccia.

– Ma qualche volta verrò a trovarti, Jacques, non dubitare.

– Ed ogni volta che verrai sarai sempre il benvenuto.

Jacques dice così, ma sa già per esperienza che ben difficilmente Bernard troverà il tempo per tornare nell'accampamento. Poi il vecchio soldato fa una cosa che mai aveva fatto prima: stende le braccia e quindi le avvolge intorno al collo del giovane in un abbraccio che vuole essere al tempo stesso dimostrazione di affettuosa amicizia e benedizione personale per la nuova vita che attende Bernard.

Anche il giovane si stringe a Jacques. Poi, frettolosamente:

– Ciao Jacques – gli dice – e grazie di tutto.

E si affretta di corsa verso il castello per non essere sopraffatto dalle ondate di commozione che sono già arrivate a livello di guardia.

L'indomani, mattina, dopo una parca colazione, Bernard è nella biblioteca custodita da Chantil.

– Allora, Bernard – chiede il Templare, – dormito bene?

– Beh, sì… abbastanza.

In realtà il giovane, per l'emozione, è riuscito a prendere sonno solo nelle prime ore del mattino, ma non è il caso di rivelarlo al suo maestro.

– Prima di cominciare – prosegue Chantil – vorrei sapere da te cosa ne pensi sinceramente dei musulmani, dei cristiani e dei loro rapporti.

– Secondo me – risponde Bernard – la civiltà cristiana è molto più avanti di quella musulmana: noi abbiamo la verità che ci è stata rivelata da Cristo e che loro hanno disconosciuta, dunque il rapporto deve essere come quello del fratello maggiore che mostra al fratellino più piccolo la giusta via per evitare che si faccia male.

Sentito quello sproloquio e quelle idee ingenue sostenute dal suo allievo con tanta foga, Chantil non può trattenere un risolino; poi:

– O mio bel giovane – esclama reprimendo a stento i singhiozzi e le risa – non sai dunque che la matematica e l'astronomia devono tutto ai saraceni? Tu ti credi colto e istruito, ma in realtà sei solo un barbaro nei confronti dei musulmani.

– Dite sul serio, maestro? – chiede stupito Bernard.

– Certamente. Hai presente lo zero?

– Beh, sì.

– Allora sappi che gli antichi Romani non lo conoscevano. Eppure è importante, non credi? Senza l'umile zero fare i conti sarebbe senz'altro molto complicato, giusto?

– Effettivamente è vero – concorda l'allievo.

– E allora, visto che non sono stati i Romani, chi è stato a crearlo, ad inventarne il concetto?

– Ecco… non saprei…

– Te lo dico io chi è stato: sono stati i saraceni, quelli che tu tanto disprezzi e che pensi essere inferiori ai cristiani.

– Ma no… – mormora Bernard stupefatto.

– Ma sì, invece. E, tramite la matematica, che imparerai a considerare un modo per conoscere il mondo, scoprirai che gli arabi, attualmente, sono, ad esempio, molto più avanti di noi in architettura. I palazzi e le moschee costruite da loro, noi non siamo in grado di edificarli neppure di notte nei nostri sogni più belli. Vedi, Bernard, non bisogna mai cedere al pregiudizio. Bisogna invece sempre verificare le nostre idee su dati di fatto, su dati oggettivi ed essere sempre pronti a mettere in discussione i propri convincimenti ed avere il coraggio di cambiarli quando risultano errati. Bisogna sempre andare oltre le apparenze per scoprire la vera essenza delle cose. Ma ora basta con le prediche. Iniziamo a studiare.

Da quel momento Bernard inizia un percorso di conoscenza che si concluderà solo tre anni dopo, con l'investitura solenne a Cavaliere Templare. Non più battaglie di spade e lance, ma più fini combattimenti su libri di ogni tipo lo aspettano. Sotto la guida di Chantil, Bernard divora l'ampia biblioteca del palazzo di Chevallin impossessandosi di ogni aspetto dello scibile umano.

Una volta, durante una pausa per il pranzo, maestro e allievo stanno chiacchierando fra loro:

– Dimmi, Bernard – chiede Chantil – come sei arivato in Terrasanta?

– Per combattere i saraceni, maestro.

– Questo lo so. Ma com'è successo che tu abbia preso questa decisione?

– Beh, sapete, maestro: nel feudo di mio padre era venuto un monaco, tal fra' Guglielmo. Non so se ne avete sentito parlare.

– Francamente no, ma continua.

– Questo frate, oltre a fare una predica infuocata su inferno e diavoli di Allah, quando è venuto a cenare da noi, a castello, ci ha narrato di una terribile strage compiuta dai maomettani nei confronti di un piccolo insediamento cristiano di circa cinquecento anime. La cosa, ricordo, mi aveva sconvolto profondamente, così quella stessa notte presi la decisione di venire in Palestina per combattere i saraceni.

– Una decisione mossa da grandi ideali, e ciò ti fa onore – commenta Chantil – ma tu sapevi delle stragi perpetrate dai cristiani nei confronti dei musulmani?

– No certamente, maestro. L'ho saputo solo qui.

– Eh già. È sempre così in tutte le guerre: da entrambe le parti si fa opera di reclutamento demonizzando il nemico e dimenticando volutamente i nostri errori e le nostre atrocità – sospira il maestro.

– Ho saputo della strage di Aqabin e mi ha molto colpito – interloquisce Bernard.

– Vero. È una storia terribile. Ma purtroppo non è l'unica. Tante città sono state messe a ferro e fuoco dalle milizie cosiddette cristiane e, credimi, non c'è differenza fra un soldato con la scimitarra e la mezzaluna ed uno con la spada e la croce:

quando si uccide, magari anche a sangue freddo, siamo tutti bestie senza il bene dell'intelletto.

– Sì, maestro, è vero – concorda Bernard – ma resta il fatto che il combattere contro gli infedeli è considerato cosa giusta e sacra dalla Chiesa. Queste due crociate sono state definite guerre sante.

– Bah, anch'io la pensavo così una volta. E certamente noi Templari dobbiamo parlare alla gente comune in questi termini, altrimenti saremmo tacciati di eresia. Ma accanto ad indubbie motivazioni ideali ve ne sono sicuramente di più concrete. Io stesso mi rendo conto che in realtà le crociate sono state e sempre saranno pure e semplici spedizioni di conquista.

– Dite sul serio?

– Ma certo, mio giovane amico. Questa terra è fertile e fa gola a molti. Nell'esercito cristiano vi sono moltissimi nobili che hanno lasciato la Francia, l'Inghilterra, la Germania, insomma i loro luoghi natii, con la speranza di costituirsi un feudo qui, in Palestina.

– Eh sì, maestro... in realtà era una cosa che pensavo anch'io prima di conoscere la situazione – concorda Bernard.

– Capisco – continua il Templare – e lo sai perché sono venuti a cercare fortuna in Terrasanta abbandonando i loro sicuri feudi?

– Francamente no.

– Da noi vige la legge del maggiorascato secondo la quale è il figlio primogenito ad ereditare tutto il feudo del padre e nulla resta agli altri figli minori. Ciò, se da un lato preserva l'unità del feudo impedendone dannose frammentazioni che ne rappresenterebbero la fine, dall'altro crea una moltitudine di nobili squattrinati e senza terra di cui non si sa che farne: quale migliore occasione per toglierseli d'intorno mandandoli a combattere per una giusta causa?

"Già, – pensa Bernard – c'è del vero in quello che dice Chantil." Il giovane finalmente comprende la felicità del fratello

Robert alla notizia della decisione del fratello minore di andare in Palestina:

– Ora capisco – dice infine Bernard – perché mio fratello maggiore era così contento quando ho annunciato che volevo venire in Terrasanta: così evitava liti e fastidiose dispute.

– Molto probabile che il feudo toccasse a lui – conferma il maestro – e poi, se tu fossi rimasto in Linguadoca gli sarebbe toccato mantenerti. Tuttavia non dimentichiamo che nelle crociate c'è anche del positivo.

– Ditemi, Maestro – chiede il giovane.

– Sia pure in modo violento, due civiltà vengono a contatto fra loro. Sono convinto che, dopo un primo momento di odio reciproco, vi sia la possibilità di costruire e sviluppare un interscambio culturale ed economico che sicuramente in futuro gioverà sia ai cristiani, sia ai musulmani.

Le lezioni si susseguono alle lezioni e Chantil educa Bernard al dubbio, a guardare sotto l'apparenza delle cose, a non accontentarsi mai di una spiegazione superficiale.

Il Cavaliere Templare a lungo insegna al suo giovane allievo le nozioni più avanzate dell'astronomia e della matematica, scienze che svelano un profondo ordine divino sia sulla terra, sia nel cosmo.

Più volte maestro ed allievo esplorano insieme la Bibbia ed il Corano, sforzandosi di ben comprendere ciò che unisce e ciò che invece divide le due religioni.

Un mattino, era una dolce giornata di primavera rallegrata da un caldo sole che splendeva senza alcuna nuvola ad interrompere il colore azzurro del cielo, i due discutono su quale religione abbia la supremazia rispetto alle altre. Chantil ascolta attentamente l'appassionata arringa del suo giovane allievo che ritiene la religione cristiana la vera ed unica detentrice della verità ultima, quella che svela l'intima essenza delle cose materiali e di ogni realtà.

Poi, quando Bernard finisce il suo discorso, gli narra la piccola novella dell'orafo e dei suoi tre figli.

– Dunque Bernard – dice quindi Chantil – ora ti voglio raccontare una piccola novella molto conosciuta ma anche spesso dimenticata che ti chiarirà molte cose sulle religioni e sul mio pensiero riguardo ad esse.

Viveva tanto tempo fa, in un regno lontano, un bravissimo orafo che aveva tre figli. Quest'uomo possedeva un anello di rara bellezza e di valore inestimabile che ognuno dei tre figli desiderava per sé, una volta che il padre fosse morto.

L'orafo era perciò tormentato dalle insistenti richieste che ogni figlio gli faceva affinché lasciasse proprio a lui l'anello. Il pover'uomo, amando in ugual misura i suoi figli, era straziato da questo dilemma: a chi lasciare l'anello senza però scontentare gli altri due fratelli. In tale ambascia, la vita dell'orafo era ben grama, finchè un giorno l'uomo ebbe un'idea. Nottetempo, fece due anelli uguali ed identici a quello che possedeva. Nessuno avrebbe potuto distinguerli da quello originale e solo lui a mala pena lo riconosceva fra gli altri. Poi convocò ad uno ad uno i suoi tre figli e, ad ognuno di essi, diede un anello. In tal modo, ogni figlio pensava di avere per sé l'anello e così tutti smisero di litigare pensando, ognuno, di essere il prediletto nel cuore del padre.

Come con l'anello dell'orafo, l'uomo che segue l'Islam, il Cristianesimo o il Giudaismo pensa di avere solo lui l'anello della verità e di essere il prediletto dal padre nostro, ovvero Dio. Invece gli anelli sono tutti uguali, tutti e tre contengono un po' di verità e tutti siamo prediletti nel cuore di Dio.

Solo su una cosa Chantil resta reticente: il Graal, oggetto di sacra venerazione da parte dell'Ordine dei Templari, oggetto sempre ricercato e mai trovato. Quando ne parla, il maestro si limita a ripetere, senza troppa convinzione, che si tratta della coppa della conoscenza divina, dentro la quale Cristo bevve il vino, mutandolo nel suo sangue durante l'Ultima Cena.

E' chiaro a Bernard che questa versione non convince più di tanto nemmeno il suo maestro, ma mai è stato in grado di strappargli altre informazioni sull'argomento. Una volta però Chantil ha mormorato fra sé e sè:

– Il Graal... tutti lo cercano, forse perché tutti noi abbiamo bisogno di uno scopo da perseguire, di un mistero da svelare, di un tesoro da scoprire. In realtà, se tutti noi riflettessimo meglio, ci accorgeremmo che il Graal è molto vicino a ciascuno di noi.

– Maestro, che intendete dire? – aveva chiesto Villeroi non capendo il senso di quelle parole.

Ma il Templare aveva fatto finta di non udire la domanda dell'allievo ed aveva cambiato discorso.

Sono tre anni di intensi studi per Bernard, ma il giovane non si limita a studiare. Insieme a Charles, un giovane di un paio d'anni più anziano di lui, si esercita a scherma e prende innumerevoli lezioni di equitazione che gli servono anche per tenersi in forma fisicamente.

Difficile pensare a un'intesa fra i due, tanto sono diversi. Charles è estroverso, espansivo, chiassoso ed a volte un po' superficiale. Bernard, invece, sta attraversando un momento in cui appare chiuso in sé, alla ricerca di un proprio nuovo equilibrio interiore.

I due ragazzi, però, forse per il principio degli opposti che si attraggono, sono inseparabili e si capiscono con un semplice sguardo.

Mentre Bernard studia insieme a Chantil ed è sempre impegnato a sudare sangue per comprendere pienamente il significato di antiche carte, papiri e pergamene, Charles si addestra nelle arti marziali ed è sempre a zonzo:

– Ohe Bernard, che stai facendo? – gli grida Charles un pomeriggio dopo pranzo.

– Devo studiare queste carte sulla Cabbala, che non si capisce un'acca.

– Dai, vieni fuori. È una giornata splendida e fare una cavalcata dev'essere favoloso.

Bernard è tentato dall'idea. "Ma sì – pensa infine – la Cabbala può aspettare: a tradurre quei segni misteriosi c'è tempo. Oggi divertiamoci un poco."

Hanno sellato i cavalli, li hanno spinti prima al trotto, poi ad un leggero galoppo e sono arrivati sulla riva di un fiumiciattolo che scorre oltre la cinta muraria di Sidone. Qui sono smontati da cavallo, godendosi il posto ed il panorama decisamente incantevole.

Là, sulla destra, si vede Sidone, con le sue mura, i suoi tetti, le sue moschee. Oltre Sidone c'è il mare che oggi è di un blu scintillante e si confonde, all'orizzonte, con l'azzurro un poco più pallido del cielo. A sinistra inizia la macchia mediterranea ed iniziano anche le prime colline che cingono la piana in riva al mare sulla quale si erge la città fin dai tempi dei Fenici.

Charles e Bernard si sono stravaccati sull'erba vicino alla riva del torrentello.

– Visto che avevo ragione? Cosa c'è di meglio che sonnecchiare su un bel prato in questa giornata che pare di essere in paradiso? – dice Charles.

– Eh sì – concorda Bernard – è proprio bello qui e si sta veramente bene.

– Ma scusa: mi dici cosa ci trovi di tanto interessante a sprecare tutto il tuo tempo sopra a tutte quelle tue dannate carte? Io impazzirei!

– È difficile da spiegare, caro Charles, ma quando riesco a venirne a capo provo una sensazione di vittoria che non è facilmente comunicabile. E poi, subito dopo mi viene il desiderio di continuare a scoprire nuove cose.

– Contento tu, contenti tutti. Io ne morirei.

– Ma tu, Charles, sei diverso da me.

– Vero. E poi io voglio diventare un gran soldato, un gran condottiero. E tu, amico mio, cosa vuoi diventare?

– Vorrei diventare un buon Cavaliere Templare e, magari, riuscire a trovare il Santo Graal.

– Già… voi Templari siete tutti fissati con il Graal. Per conto mio, ve lo lascio tutto quanto, che a momenti non so neppure cosa sia, ma lasciatemi pure nella mia beata ignoranza: viva gli asini!

E qui Charles si mette ad imitare il raglio dell'asino in modo tanto perfetto che anche i cavalli si guardano intorno per capire se ci sono altre bestie nei dintorni; ed è tanto perfetto il verso che fa l'amico che Bernard scoppia in una risata fragorosa, come da tanto tempo non avviene.

# L'ordinazione

Fra intensi studi con Chantil e lunghe cavalcate insieme a Charles durante il tempo libero, passano veloci i giorni, i mesi e gli anni che neppure te ne accorgi.

Bernard, in questi tre anni, che tanti ne sono passati dal momento del suo primo incontro col suo maestro, è cambiato. È diventato più riflessivo, più razionale, in poche parole è cresciuto.

Ha cambiato anche il suo modo di concepire la fede: da un'accettazione totale, fondamentalista della religione cristiana, diremmo oggi, egli ha mutato il suo atteggiamento in una più sobria accettazione del Cristianesimo grazie all'acquisita consapevolezza che un po' di verità v'è dappertutto, e bisogna accettare usi, costumi e religioni differenti, che il grano di senape seminato dal Cristo è presente un po' in tutti gli uomini.

La Pasqua è passata giusto da una settimana quando Chantil una mattina di fresca primavera dice:

– Caro Bernard, sono tre anni che ci conosciamo ed ora è arrivato il momento.

– Quale momento, maestro?

– Il momento di ordinarti Cavaliere Templare.

A quell'annuncio il giovane ha un tuffo al cuore. "Finalmente Templare, finalmente un coronamento a tutti questi studi, a tutto quel tempo passato su carte e libri".

– Preparati, mio caro Bernard – aggiunge Chantil – la cerimonia dell'ordinazione è fissata tra tre giorni ma tu non dovrai toccare cibo durante le due giornate precedenti la cerimonia.

E così è. Per due giorni Bernard si nutre solo di acqua fresca.

Poi, la sera del secondo giorno, dopo aver indossato una veste immacolata, il giovane viene condotto dal suo maestro nella cappella del castello di Chevallin. Lì, inginocchiato davanti all'altare, per Bernard inizia una veglia fatta di preghiere nelle quali conferma la sue fede a Cristo ed alla Croce.

Ma non sono, quelle del giovane, solo preghiere. Durante quelle ore, solitarie, in quella cappella rischiarata a mala pena dalla luce di qualche candela, Bernard rivive tutta la sua vita, concentrandosi sulle persone che l'hanno maggiormente influenzata aiutandolo a diventare Cavaliere Templare.

Il suo pensiero corre subito a Maddalena, che sempre trova posto nell'angolo più profondo del suo cuore.

"Già – si rivolge col pensiero alla balia – ho ancora il tuo anello. Ma non dubitare, o mia Maddalena, lo porterò a Genova, a Santa Maria di Castello. È una promessa che voglio mantenere per tutto quello che mi hai dato e per tutto quello che mi hai insegnato. Perché, se domani diventerò Templare, molto lo devo a te che mi hai insegnato ad essere curioso quando ero ancora bambino."

Sorride fra sé, il giovane, al ricordo dell'amata balia genovese e gli tornano in mente tutti i dolci momenti passati ad ascoltarla cantare. La sua balia genovese aveva una voce incantevole, che ora può solo riascoltare nella memoria fino a farla svanire in una soffice nube di bellezza infinita.

"Padre Parvelon... chissà dove sei e cosa fai, padre Parvelon. Come precettore non valevi molto, ma devo riconoscere che sei stato il mio sostegno dopo che Maddalena se n'è andata. Sbagliavi a voler essere professore, tu dovevi fare il buon parroco di campagna. Ma di certo il paradiso ti aspetta comunque."

La mente di Bernard sta divagando. Ricorda il conte Philippe, suo padre, e il fratello Robert, che sono state figure solo marginali nella sua vita. Poi la memoria si fissa sul ricordo del Guercio e dello Snasato.

"Se ci penso bene – si dice il giovane – provo ancora ribrezzo e paura quando il mio pensiero torna a loro ed al viaggio d'inferno per arrivare qui in Palestina. Chissà come ho fatto a resistere tutti quei giorni chiuso in quella minuscola celletta insieme a Jean Claude.

Già Jean Claude... che fetente, Jean Claude. Mi ha fatto più male scoprirlo ladro che sapere che il Guercio e lo Snasato mi volevano morto, perché mi fidavo di lui, lo consideravo un amico. Eppure non riesco proprio a odiarlo, Jean Claude. Se non fosse stato per il suo furto, non avrei incontrato Gilbert Roquejaune e, magari, sarei già morto in una delle tante liti che accadevano nel campo cristiano."

Poi il pensiero corre a Jacques. Chi mai avrebbe detto che in un uomo così sgraziato, brutto e ignorante si celasse un animo tanto comprensivo e sensibile?

Jacques sapeva a mala pena leggere e scrivere, ma pure aveva capito l'animo di Bernard meglio di chiunque altro. Il giovane ha infatti ben presente che, se ora diventa Cavaliere Templare, lo deve anche a Jacques che lo ha aiutato tre anni prima a cambiare reparto nell'esercito di Chevallin.

Bernard, un po' indolenzito, cambia posizione che ormai era tutto intorpidito dall'essere da molte ore genuflesso davanti all'altare. Non vuole assolutamente addormentarsi, ma il lungo digiuno e la prolungata veglia gli chiudono inesorabilmente gli occhi. Si riscuote con un piccolo gemito guardandosi lentamente intorno. La luce delle candele proietta ombre lunghe, strane e inquietanti sulle pareti della cappella e Bernard quasi sente il cuore essere afferrato dai gelidi artigli della paura.

È la debolezza fisica che gli gioca questi brutti scherzi facendogli immaginare esseri cattivi e maligni dove invece non c'è nessuno. In fondo, quella veglia e quel digiuno erano stati previsti proprio per mettere alla prova il suo coraggio, per vedere se effettivamente lui è degno di diventare Templare. Dopo un attimo in cui la sua mente ha vacillato, Bernard si riprende ed il suo pensiero corre a Chantil, suo grande maestro. Chantil, pensa il giovane, non è stato per lui soltanto un maestro, ma ha anche incarnato quel padre che lui di fatto non ha mai avuto e lo ha traghettato con dolcezza mista a una giusta dose di rigore, dall'adolescenza ad una consapevole giovinezza.

Bernard si rende conto che quei tre anni passati con Chantil sono stati cruciali per la sua evoluzione di uomo: da quel ragazzino un po' scriteriato che era, ora si sente più 'grande', conscio delle proprie capacità ma soprattutto dei propri limiti.

Con il fermo proposito di non deludere Chantil, Bernard prosegue la sua veglia notturna verso il giorno che lo avrebbe visto finalmente membro dell'Ordine dei Templari.

Nelle prime ore del mattino, quando ormai il sonno sta per prendere il sopravvento, complici la stanchezza e il digiuno, giunge Chantil per condurlo in una sala rotonda. Quattro tripodi, simmetricamente disposti, rischiarano a stento l'ambiente lottando contro un'oscurità ancora ben spessa. Entrando, il giovane intravede, fra le ombre appena rischiarate dal fuoco che arde nei tripodi, dodici cavalieri vestiti di tutto punto nelle loro scintillanti cotte metalliche e con una tunica bianca sulla quale spicca una croce rossa con i bracci uguali: la Croce dei Templari.

Al centro della stanza v'è un semplice trono sul quale è seduto, anch'egli vestito con la tunica e la croce dei Templari, il signore de Chevallin.

– Venite avanti, Bernard de Villeroi – dice Chevallin – inginocchiatevi davanti a me.

Il giovane avanza fra gli ignoti e silenziosi cavalieri genuflettendosi infine davanti a François de Chevallin.

Il gran Maestro dell'Ordine dei Templari si alza dal suo trono.

– Bernard de Villeroi – esclama – giurate voi eterna fedeltà a Cristo, alla Sacra Croce e all'Ordine dei Templari?

– Lo giuro, mio Signore – risponde il giovane.

– E giurate voi – riprende Chevallin – di impegnare tutte le vostre risorse fisiche e mentali nella difesa del Santo Sepolcro e nella ricerca del Santo Graal?

– Lo giuro, mio Signore – dice nuovamente Bernard.

Chevallin sguaina allora il pesante spadone che teneva sul fianco sinistro e lo posa di piatto sul capo dell'aspirante cavaliere.

– Bernard de Villeroi, con l'autorità che mi proviene da Dio e dall'essere stato eletto Gran Maestro dell'Ordine dei Templari, vi nomino Cavaliere Templare. Possiate voi mai macchiare la vostra coscienza e sempre mantenerla immacolata come immacolata è la tunica che voi portate in questo momento –

Dopo aver pronunciato queste parole, il Gran Maestro rinfodera la spada.

– Ed ora alzatevi, cavaliere de Villeroi, ormai siete Uomo fra gli Uomini ...

Si alza, Bernard, e subito Chevallin lo abbraccia fraternamente. Poi è la volta dei dodici templari che rappresentano il maggior consiglio dell'Ordine. Da ognuno di essi il neo cavaliere riceve un abbraccio virile e fraterno nello stesso tempo ed un augurio sincero di benvenuto. Alla fine tocca a Chantil di abbracciarlo.

Ne ha preparati tanti di cavalieri, Chantil, ma con Bernard aveva la certezza di aver fatto un ottimo lavoro. Certamente il giovane prometteva bene ed avrebbe dato molto all'Ordine.

Le prime luci dell'alba fanno ormai capolino da est e Bernard, ancora commosso e frastornato, viene accompagnato nell'ampia sala dei ricevimenti dove può finalmente rifocillarsi con focacce di sesamo e di altre spezie orientali, latte cagliato ed

109

altri cibi prelibati. Mangiano con lui tutti i cavalieri del Gran Consiglio, Chevallin e Chantil, ed alla fine brindano anche con vino greco, forte e dall'aspro sapore di resina.

Inizia per Bernard un lungo e tranquillo periodo. Poiché conosce bene la lingua genovese, insegnatagli dalla mai dimenticata balia Maddalena, è stato preposto a regolare i rapporti tra l'Ordine dei Templari e la repubblica di Genova, le cui numerose imbarcazioni da e per la Palestina abbisognano di scorte aguerrite per non essere assalite e depredate dai pirati, musulmani e no, che infestano quei posti. Questo lavoro gli piace, e gli lascia abbastanza tempo per le cavalcate con Charles, rimasto suo amico, e per le discussioni con Chantil.

## Bernard innamorato

Un periodo tranquillo, dunque, nella vita di Bernard, fatto appunto di studi, cavalcate e amicizie, che potrebbe durare a lungo se al giovane Villeroi non succedesse qualcosa che a un Cavaliere Templare non dovrebbe mai capitare: Bernard infatti si innamora.

Succede che un giorno di mercato, proprio a Sidone, il giovane cavaliere si addentri nel suk della città per cercare dei finimenti per il proprio cavallo. Trovatili e pagata la cifra concordata dopo le lunghe trattative sul prezzo che sempre accompagnano questi negozi, sta per tornare verso il castello quando scorge una piccola e giovane donna araba vacillare sotto il peso di un'anfora piena d'olio portata sulla testa. Bernard sa bene che la popolazione araba non gradisce aiuti dai cavalieri cristiani, ma quella volta, intuendo quanto sta per accadere, interviene d'istinto, appena in tempo per evitare che l'anfora si fracassi al suolo.

– Shukram, cavaliere – ringrazia la ragazza.

– L'anfora è troppo pesante per voi – risponde in arabo Bernard – Permettete che ve la porti io.

Si meraviglia, la ragazza, nel sentire un bel cavaliere cristiano parlare così bene l'arabo.

– Com'è che parlate così bene l'arabo, cavaliere? – chiede con un poco di sfrontatezza la giovane.

Ride, Bernard, a queste parole e, mentre ride, osserva di sottecchi la ragazza. Si intuisce, sotto gli abiti e i veli che la ricoprono, un corpo sottile e flessuoso come un giunco, minuto ma ben proporzionato. Del viso è possibile vedere soltanto gl-i occhi vivaci e neri come i capelli, di cui una ciocca ribelle è fuoriuscita a tradimento.

Digiuno dell'amore perché sempre vissuto fra guerre e libri, Bernard sente il cuore infiammarsi e battere veloce veloce. Gli si secca la bocca e d'improvviso non trova più le parole per continuare la conversazione. Rosso in viso, riesce solo a balbettare:

– Dove abitate, madamigella?

Da parte sua la giovane ha le stesse reazioni. Mai, prima d'allora, aveva visto un giovane così bello e così... non sa neppure lei trovare le parole.

Avvampa anche lei e, a mala pena, riesce ad indicare la strada che porta a casa sua.

Sono poche decine di metri che i due giovani percorrono in silenzio: Sued, questo il nome della ragazza, davanti e Bernard un passo indietro con l'anfora, ed è quantomeno uno spettacolo inconsueto vedere un Templare servire in tal modo una giovane araba.

Sulla porta di casa c'è Aisha, la madre della ragazza. La donna vede quel piccolo corteo e subito s'inquieta:

– Sued – grida – cosa è successo?

– Sono inciampata mentre portavo l'anfora dell'olio e, se non c'era il cavaliere che la prendeva al volo, a quest'ora addio anfora ed addio olio.

Sulla porta s'è affacciato anche Selim, zio di Sued e fratello di Aisha che vive insieme alle due donne da quando il padre di Sued, dieci anni prima è improvvisamente venuto a mancare.

L'uomo guarda con diffidenza Bernard:

– Grazie cavaliere. Siete stato gentile – mormora a denti stretti – ora però potete andare.

Un po' sconcertato dalla freddezza di Selim, il giovane Templare fa un inchino a Sued:

– È stato un piacere aiutarvi, Madamigella. Spero di poterlo fare ancora.

Dopo di che si gira e se ne va, ignorando la tempesta di sensazioni, emozioni e batticuori che ha suscitato nell'animo della giovane: le stesse che ha provato lui.

Come si dice, si tratta di amore a prima vista e quella notte, ognuno nel proprio giaciglio, non riescono a prendere sonno, impegnati a pensarsi vicendevolmente.

Come fare per incontrare di nuovo Sued? Come poterle parlare ancora? Come dirle ciò che prova per lei? È un sentimento che mai il giovane ha provato prima, che lo coinvolge completamente e neppure lui sa come agire per venirne a capo.

L'indomani, dopo una notte certamente non tranquilla, Sued prende il secchio e si reca a prendere l'acqua. Il pozzo più vicino a casa ne dista circa cinquanta metri ed è situato in un posto nascosto da alte siepi.

La ragazza sta per azionare la carrucola del pozzo quando percepisce che non è sola, ma non ha neppure il tempo per spaventarsi:

– Madamigella Sued, posso avere l'onore di aiutarvi?

È la voce di Bernard: Sued la riconoscerebbe tra centomila. Si gira, e lo vede. È bello nelle sue vesti linde, nella sua splendente gioventù e nella mascolinità dell'uomo maturo che si intravede appena.

– Cavaliere, voi qui?

– Si Sued, sono venuto per voi.

– Per me? Voi siete impazzito.

– Forse sì, ma mi fate battere il cuore.

– Ma se non mi conoscete neppure!

– Questo è vero, ma vi ho pensata molto ieri notte.

Già, anche lei ha passato tutta la notte col pensiero rivolto a lui…

– Cavaliere, io ora devo andare, altrimenti mio zio si insospettirà. Lasciatemi andare, ve ne prego.

– E quando vi rivedrò di nuovo? – chiede Bernard.

Ad essere razionali, Sued dovrebbe rispondere:
"Mai, non fatevi più vedere", perchè non è bello per una giovinetta araba intrattenersi con un cavaliere cristiano e templare per giunta. Ma la ragazza segue invece il cuore:

– Venite qui verso sera... io ci sarò ed avrò più tempo.

Ciò detto si avvia velocemente verso casa portando con sé il secchio pieno d'acqua.

Le ore di quella giornata non passano mai per Bernard al quale pare che, come nella Bibbia, il sole si sia fermato. Non combina nulla, è svagato e distratto ed anche l'amico Charles lo prende bonariamente in giro:

– Ehi, Bernard, scendi un poco da quella nuvola sulla quale sei salito...

– Eh, ah sì... è vero... scusa sai, ero soprappensiero.

– Ma si può sapere a cosa stai pensando oggi? È tutto il giorno che sei assorto... Stai bene?

– Sì Charles. Sto bene, non ti preoccupare. È solo che ieri notte ho dormito un poco e male.

Finalmente il sole declina e Bernard, di nascosto da tutti, arriva trafelato al pozzo. Non c'è ancora nessuno, ma Sued non dovrebbe tardare.

Ed infatti poco dopo arriva la giovane araba. È vestita con i suoi abiti migliori, che ne esaltano la femminilità in fiore. Un velo le copre i lunghi capelli corvini, ma ha il viso scoperto e Bernard ne può ammirare le lunghe ciglia, gli occhi neri, espressivi e vivaci. Le fattezze del volto sono regolari, la pelle, liscia, quasi risplende della luce che dà la gioventù, le labbra sono sode e nascondono una bianca e regolare dentatura che, quando la ragazza sorride, spicca sulla carnagione leggermente olivastra.

– Cavaliere siete qui... devo essere impazzita – dice Sued emozionata.

– Mi chiamo Bernard, dolce Sued, Bernard de Villeroi. E voi siete bellissima.

– Non rubatemi l'anima, Bernard... già sbaglio ad essere qui.

– E perché? Io vi voglio bene, e credo che un po' di bene me lo vogliate anche voi.

La giovane si imporpora:

– Non potete capire... io sono araba e voi cristiano, e templare per giunta. Se mio zio Selim sapesse che sono qui con voi, non oso pensare allo scandalo che ne seguirebbe.

– Ma, Sued, il fatto di avere religioni diverse non deve precludere il nostro amore.

– Questo lo dite voi. Ma non potete immaginare l'odio che c'è nei vostri confronti. Sapete della strage di Aqabin?

– Sì, conosco il fatto e quando l'ho saputo sono stato male per molti giorni e mi sono vergognato di essere cristiano. Ma gli uomini in guerra sono solo degli assassini. È solo l'amore che ci salva. Ed è questo che vi offro: tutto il mio amore.

E dicendo queste ultime parole, Bernard si è inginocchiato ai piedi della ragazza.

Sued è invece in tumulto. Mai nessuno le ha detto simili cose facendole sembrare di essere una grande principessa figlia di qualche potente ed onorato visir del lontano oriente. Vorrebbe prendere quel bel cavaliere cristiano ed averlo tutto per sé, ma come fare? Dello zio Selim non ha paura, ma lo rispetta come il padre che non ha più e sa benissimo che lui non accetterà mai di lasciarla andare in sposa ad un Templare.

Il contrasto dei sentimenti è troppo grande, e la giovane non riesce a trattenere il pianto.

– Ah, Bernard, lasciatemi, dimenticatemi – dice tra le lacrime– il nostro amore non è possibile. Vi prego, non fatevi più vedere se vi è cara la mia vita.

E, correndo e piangendo, Sued si allontana dal pozzo dirigendosi verso casa.

Ma Bernard si guarda bene dal seguire il consiglio della ragazza ed inizia un corteggiamento discreto e dolce.

115

Da quel momento ogni mattina vi sarà sempre una rosa rossa sul davanzale della finestra della cameretta dove dorme Sued. Perché il giovane Templare ricorda benissimo gli insegnamenti del vecchio giardiniere Daniel in Linguadoca: "Se regali una rosa ad una ragazza vuol dire che le vuoi veramente bene", e Bernard ha poche sicurezze dentro di sé, ma del suo amore per la giovane ragazza araba non nutre il minimo dubbio.

Sued è tormentata. Ogni volta che vede la rosa sul davanzale il ricordo corre al suo bel cavaliere che certamente l'ama e la fa sentire una regina. Poi il cuore si scoraggia di fronte alle difficoltà oggettive che impediscono il coronamento del loro sogno d'amore.

La ragazza è nervosa, non mangia quasi più, è irascibile e melanconica nello stesso tempo, sbadata e persa nei suoi pensieri tanto che Aisha, la madre, è preoccupata per lei ed un giorno la chiama:

– Sued, per favore, vieni qui che ti devo parlare.

– Che c'è, madre, qualcosa non va? – chiede la figlia entrando nella stanza dove la madre sta cucendo.

– Sì, qualcosa che non va c'è. Ma siediti qui, accanto a me, brava. Cosa c'è che non ti fa vivere bene, figliola mia? Da un po' di tempo ti vedo distratta e lontana.

– Non so, mamma. Mi pare di essere sempre la stessa.

– Non direi proprio… Sued, confidati con me. Lo sai che puoi parlarmi liberamente: è per caso a causa di quel giovane cavaliere?

A quelle parole, le gote della ragazza diventano di fuoco e Sued subito perde l'uso della parola e, confusa, si guarda i piedi. Poi mormora:

– Sì, mamma… è per lui che sono così cambiata…

– E dunque… lo ami così tanto?

– Sì mamma. E stare lontano da lui mi provoca dolore ed ansia.

– Ma, figliola mia, lo sai che noi siamo arabi e musulmani e lui è invece cristiano e templare.

– Lo so bene, come so che questo mio amore è irrealizzabile… oh, mamma, quanto sono infelice!

– Sei sicura di amarlo e che non sia solo una infatuazione?

– Sì mamma. Mi ha preso il cuore dal primo momento in cui l'ho visto.

Aisha riflette in silenzio. Sued è la sua unica figlia e, ad essere sinceri, vederla innamorata di un Templare non è che le piaccia molto. Ma, d'altra parte, al cuor non si comanda e la donna è francamente preoccupata. Sued sta deperendo giorno dopo giorno e non è più quella ragazza vivace, vispa, canterina che fino a poco tempo prima, con la sua sola presenza, riempiva di vita tutta la casa scacciando il malumore e portando una ventata di gioventù ed allegria a lei ed allo zio Selim.

– Figliola mia – dice infine Aisha – visto che sei così sicura dei tuoi sentimenti, parlerò con tuo zio, e vedremo cosa deciderà lui.

– Oh grazie mamma… vi voglio bene!

E, così dicendo, Sued abbraccia sua madre in maniera talmente spontanea che ad Aisha scappa persino un indulgente sorriso.

L'indomani mattina, subito prima del sorgere del sole, Bernard è impegnato a deporre l'ennesima rosa rossa sul davanzale della sua bella. Deve stare attento a non farsi vedere da nessuno ma…

– Fermo lì, giovanotto. Che stai facendo?

Scoperto, maledizione! E proprio dalla persona che il giovane avrebbe voluto evitare di più di ogni altro, ovvero lo zio Selim. Perché, sia pure nella penombra del primo mattino, la figura imponente e baffuta dello zio di Sued è inconfondibile.

117

– Messere, buongiorno – dice imbarazzato il giovane – non facevo nulla di male, sapete: solo deponevo questa rosa sul vostro davanzale…

– Sul mio davanzale è un po' difficile. Semmai su quello di Sued, vero?

– Beh, sì… certamente… avete ragione…

– Giovanotto – dice ancora con voce dura Selim – non è questo il momento adatto per discutere queste cose. Ma, ancorché i Templari non mi piacciano per nulla, ti invito a prendere un tè questo pomeriggio in casa mia, così discuteremo di alcune cose che voglio chiarire.

– O grazie, signore, grazie.

– Non ringraziarmi – ammonisce ancora il musulmano – lo faccio solo per Sued.

Intimidito Bernard si allontana sotto lo sguardo severo dello zio della sua amata.

"E così – pensa l'arabo – questo è il giovane di cui si è invaghita Sued… Mmmhh, non ha l'arroganza solita dei crociati cristiani e pare un giovane come ce ne sono tanti. Chissà, forse potrebbe andarle bene. Certo se Aisha non mi avesse tanto pregato di conoscerlo, l'avrei sicuramente cacciato via in malo modo. Ma non so dire di no ad Aisha, per la barba del Profeta, soprattutto quando mi parla di Sued".

Bernard passa un'altra giornata estremamente nervosa, scontroso con tutti, distratto, pasticcione. Ed è ancora nervoso, distratto e teso quando, ben pulito e pettinato e vestito con i suoi abiti migliori, verso sera si presenta davanti all'uscio della casa di Sued.

Ad aprire la porta, dopo che il giovane Templare ha bussato, è Aisha:

– Eccoti qui – dice la donna – tu devi essere Bernard, vero?

– Sì, mia signora, sono Bernard de Villeroi, per servirvi.

– Sued mi ha tanto parlato di te. Ma entra, entra pure: mio fratello Selim ti sta aspettando.

La casa è modesta, piccola ma pulita e il giovane viene condotto nel salottino dove, seduto su una stuoia, a gambe incrociate, Selim lo sta attendendo.

Anche Bernard si siede e, mentre lo fa, pronuncia in arabo le parole di rito:

– *Salam alhai kum*, la pace sia su di noi, messer Selim.

– *Alhai kum salam* anche a te giovane Templare. Com'è che parli così bene l'arabo?

– Ormai son più di tre anni che vivo qui a Sidone: ho avuto il tempo per impararlo.

– È vero – concorda Selim – ma non tutti i cristiani lo fanno.

– Io parlo per me, ma penso che se qualcuno vive in mezzo agli arabi, deve per forza imparare la loro lingua.

In quel momento Aisha porta due bicchieri colmi di the dolcissimo come si usa fra la popolazione araba e i due uomini lo bevono in silenzio.

– Di che cosa ti occupi esattamente, giovane Templare? – chiede infine Selim.

– Mi occupo di fornire scorte ai convogli della repubblica di Genova in modo che la merce trasportata non cada nelle mani di predoni.

La conversazione procede parlando del più e del meno sciogliendo in tal modo i rispettivi imbarazzi e Selim si rende sempre più conto di avere di fronte non un arrogante cavaliere cristiano che considera i musulmani esseri inferiori degni solo di essere passati per il filo della spada. Invece Bernard è un giovane colto e misurato, rispettoso delle tradizioni, delle usanze e delle religioni altrui, un giovane a modo che può andare proprio bene per Sued.

– In fede mia - dice infine lo zio della ragazza - a questo mondo non si finisce mai di imparare e mai avrei pensato che in

119

vita mia avrei così amabilmente chiacchierato con un Templare. Ma tu, giovane Bernard, sei diverso dagli arroganti cavalieri che spesso ci vessano in ogni maniera. So che ami Sued, è vero?

– Sì, messer Selim, la amo dal profondo del cuore.

– Ho ben visto la strage di rose che hai compiuto per dimostrarglielo.

E Selim fa un sorriso di compiacenza.

– Ebbene, buon per te che questa strage non sia risultata inutile. Ti puoi vantare, o giovane Templare, di avere conquistato, oltre al cuore della tua amata anche la mia benevolenza con la tua modestia e la tua intelligenza. Non sarò io ad impedire questo amore. Aisha, Sued, venite.

A quell'ordine di Selim le due donne, che prima erano in cucina, entrano nel salottino, Aisha prima e Sued, un po' timida e vergognosa, dopo.

– Aisha, sorella mia, Bernard de Villeroi è un bravo giovane ed è degno di essere l'uomo di tua figlia Sued. Io benedico questo amore che va oltre le nostre differenti religioni ed usanze. Bernard, Sued, possiate voi amarvi sempre fino alla fine dei vostri giorni. Tu, Bernard, fra sette giorni verrai a prendere Sued e la porterai nella tua dimora.

Dopo queste parole zio Selim si tace e la commozione del momento trova il suo sfogo. Piange Aisha per la felicità, mista alla consapevolezza di perdere un poco la figlia. Anche Sued piange ed in quel pianto dirotto si sciolgono tutti i pesanti nodi e le ansie di quei giorni. Quanto a Bernard… lui non piange perché non si addice ad un Cavaliere Templare piangere, soprattutto in pubblico, ma le emozioni che sta provando sono fortissime e, a fatica, ricaccia indietro le lacrime di gioia che vorrebbero sgorgare dagli occhi.

È felice, il giovane templare, mentre torna all'accampamento. Fischietta contento, quasi accenna a dei passi di danza sull'acciottolato che riveste la strada. Sa bene che dovrà cambiare alloggio: la piccola tenda che attualmente usa come camera da letto non andrà più bene una volta che Sued vivrà con lui, ma questo è un problema contingente facilmente risolvibile. L'importante è che Selim, il burbero ma tutto sommato buon zio di Sued, abbia detto di sì, nonostante l'antipatia che visibilmente prova per i cavalieri cristiani.

Ma Bernard non sa che la strada per avere Sued è ancora lunga e difficoltosa.

Poco prima di arrivare all'accampamento posto sul retro del castello di Chevallin, il giovane scorge Charles, seduto su di un muretto. Pare proprio che lo stia aspettando, Charles, perché, non appena lo scorge, si alza e gli va incontro.

- Ciao Charles - gli grida Bernard - come stai? Qual buon vento ti porta a me?

- Devi essere molto contento, Bernard: intorno a te spandi un'aura di felicità non indifferente...

– Eh sì, caro amico mio. Sai, ho parlato con Selim, lo zio della ragazza che amo, e non ha niente in contrario a darmela come sposa.

– Ah – mormora Charles imbarazzato – così da parte della famiglia non c'è problema?

– No, caro amico mio. Proprio poco fa Selim ha benedetto la nostra unione e fra una settimana porterò la mia adorata Sued a vivere con me.

– Mmmhh – bofonchia l'amico – fossi in te ci andrei un po' più cauto.

– E perché? – chiede Bernard sbalordito.

– Be' sai, i tuoi giri sono stati notati e da tempo si parla di te nell'accampamento. Io ti sono amico e ti ho sempre difeso quando qualcuno ha sparlato di te, ma certamente pensare un Templare che si accompagna con una donna, per di più araba, fa scandalo.

– E chi sarebbe costui secondo il quale faccio scandalo? – chiede irato Bernard.

– A dire la verità, nessuno in particolare. Ma ammetterai che voi Templari avete delle regole ben precise che predicano la castità e non è previsto che un cavaliere si accompagni con una donna, tantomeno se araba come la tua Sued.

Già, Charles ha ragione: ci sono precisi voti di castità e povertà previsti dall'Ordine che non prevedono figure femminili accanto al Cavaliere del Tempio. E allora, come fare?

Tutta la felicità di Bernard svanisce rapidamente di fronte alle argomentazioni di Charles ed ora il giovane è diventato di umore fosco e cattivo. L'amico si rende conto del cambiamento di stato d'animo di Bernard e puntualizza:

– Scusa se sono stato così schietto con te, ma mi pareva meglio chiarirti la situazione piuttosto che lasciarti nella tua beata ignoranza.

– No Charles, tu hai fatto bene a dirmi queste cose. Mi spiace che alcuni commilitoni la pensino in questo modo, ma forse è inevitabile che sia così.

Bernard quella sera non ha neppure voglia di cenare. Va subito a letto nella vana speranza di dormire. Ma non dorme: rimugina i suoi problemi tentando di trovare una soluzione.

"Dannazione – pensa Bernard – ero già al settimo cielo e mi pareva già di aver risolto tutto convincendo lo zio di Sued e invece... e invece è stato come cadere dalle stelle alle stalle ed ora non so cosa fare. Rinunciare a Sued non c'è neppure da pensarci: senza di lei ormai mi sentirei perduto. Forse l'unica è rinunciare ad essere un Templare e darsi al commercio, magari contattando Gilbert Roquejaune, se ancora si ricorda di me dopo tanti anni. Certo che mi dispiacerebbe... ma forse prima è meglio parlarne con Chantil, lui è più esperto, e saprà trovare una soluzione, se c'è. Sì, domani farò proprio così, andrò a parlargli di primo mattino, e poi deciderò il da farsi."

E così è. Dopo una nottata non certamente serena, Bernard, di buon mattino, va a trovare Chantil nella vecchia biblioteca del maestro.

– Ohilà, Bernard, come mai così presto qui? Qual buon vento ti porta a me? – chiede il vecchio Templare accogliendolo con affetto e indicandogli una sedia sulla quale sedersi comodamente.

– Vento di tempesta, maestro, vento di tempesta... – risponde il giovane accomodandosi.

– Addirittura. Dimmi che succede, mio buon Bernard.

– Vedete maestro, io sono innamorato.

– E sei ricambiato?

– Certo. Nel modo più pieno.

– E allora non è una brutta notizia, mio caro giovane, per niente brutta – dice sorridendo Chantil.

– Ma maestro, voi sapete che noi Templari abbiamo delle regole ben precise riguardanti la castità che non prevedono che un cavaliere abbia una donna al suo fianco.

– Effettivamente, caro Bernard, le regole prevedono una condotta casta e morale, ma bisogna saperle interpretare, le regole, e da nessuna parte è scritto che un Cavaliere del Tempio debba attenersi in tutta la sua vita alla più totale astinenza sessuale.

– Maestro, voi mi consolate, perché, se così fosse stato, vi giuro che avrei rinunciato alla mia tunica da Templare: non posso vivere senza la mia amata!

– Ehi, calma, ragazzo mio – esclama Chantil sorridendo ancora – l'amore ti rende cieco e appassionato come non mai... tranquillo, che a questo mondo tutto s'aggiusta.

– Sì, maestro, ma come? Come potrò essere Templare ed avere Sued al mio fianco?

– Si chiama così la tua amata? E che lavoro fa suo padre?

– Lo zio Selim, perché il padre è mancato dieci anni orsono, è tintore.

Questo complica un po' le cose, ma Chantil non esprime le sue preoccupazioni ed invece osserva bene il suo ex allievo vedendone negli occhi una luce diversa, quella luce che hanno tutti gli innamorati del mondo:

– Bah, Bernard – continua poi fingendo calma e serenità – come ti ho detto, le regole vanno interpretate. Taluni le interpretano alla lettera e, secondo costoro effettivamente tali precetti impedirebbero la convivenza fra un Templare ed una donna, ma io non approvo una interpretazione così restrittiva della regola di castità e francamente non vedo nulla di male se tu, mio caro Bernard, ti accompagnerai con la tua amata Sued. Certo, mi pare ben giusto che i Cavalieri Templari abbiano una condotta morale ineccepibile, ma una donna potrebbe scaldare i loro cuori rendendoli in tal modo più pietosi e comprensivi nei confronti delle miserie umane.

– Ma sapete, maestro, nell'accampamento non tutti la pensano come voi, ed io non so più come fare.

– Vai, Bernard, torna pure tranquillamente al tuo lavoro e non ti preoccupare. Farò in modo che nessuno possa dire nulla su di te e Sued.

Il suo ex allievo se ne va e Chantil riflette fra sé e sé: "Certamente questa unione fra un Cavaliere Templare ed una giovane ragazza araba è anomala. Se almeno Sued fosse figlia di qualche nobile si potrebbe ragionare, ma no, la ragazza è di ceto popolare che di più non si può. Eppure sarebbe un delitto perdere Bernard per una cavolata del genere. Perché il ragazzo è deciso e non vuole rinunciare a Sued per nulla al mondo e dal suo punto di vista ha pienamente ragione: anch'io farei così."

Chantil si alza dalla sedia, esce dal suo studio e, meditabondo, si reca verso la sala d'armi dove sa esservi Chevallin.

Arrivato davanti alla porta, bussa e poi entra senza nemmeno aspettare una risposta.

Chevallin in quel momento sta controllando varie armi e si volta di scatto:

– Chantil, siete voi… accomodatevi pure. Che c'è?

– Vengo per parlarvi di Bernard, Chevallin – dice il Templare sedendosi comodamente sulla sedia indicata dal Gran Maestro.

– Non ditemi che ha combinato qualche guaio.

– Per niente. Si è solo innamorato.

– Ah… e chi è la prediletta? Mi auguro sia la figlia di qualche nostro nobile cristiano.

– Sbagliato. La ragazza è araba.

– Nobile?

– Assolutamente no. Lo zio, perché il padre non c'è più, è tintore.

Lo stupore si disegna sul viso di Chevallin:

– Ma allora come si fa?

– Ascoltatemi, Chevallin, bisogna che voi diate a Bernard dispensa dal voto di castità.

– Ma come faccio? Se almeno la sua sposa fosse cristiana o almeno di sangue blu, ma così…

– Lo so bene, ma così non è, e noi non possiamo farci proprio niente. Bernard d'altra parte è decisissimo ed è pronto a gettare alle ortiche la sua tunica di Templare se non potrà sposare la sua amata.

– Dite sul serio, Chantil?

– Mai stato più serio in vita mia. Dovete firmare quella maledetta dispensa se non vogliamo perdere Bernard e tutto il lavoro di questi anni.

– E come la giustifico una cosa del genere?

– Oh beh… questo è il problema minore.

Chantil è fine dialettico ed usa tutte le sue arti di diplomatico affinate in tutti quegli anni per convincere Chevallin a dare la necessaria autorizzazione senza la quale i due innamorati non sarebbero riusciti a coronare il loro sogno d'amore.

125

– Potete scrivere – argomenta – che l'amore carnale, ove legittimo e non sporcato da clandestinità equivoche, è il giusto coronamento dell'amore spirituale. Per quanto riguarda invece le diverse origini di Bernard e Sued, potete sostenere che non è giusto porre divieti di razza o di religione a questo sentimento che, per sua natura, non guarda a limitazioni. L'amore infatti, secondo il mio punto di vista, è libero e tale deve rimanere, senza costrizioni umane, in quanto espressione proveniente da Dio, in quanto motore divino che tutto muove a vera ed unica gloria del nostro eterno Creatore.

Lo ferma, Chevallin:

– Basta così, Chantil. Vi sapevo fine intellettuale, ma che usaste la dialettica in modo così sottile non me lo immaginavo proprio. L'amore dunque ha colpito anche voi, per caso?

– No, mio signore. Ben sapete che ormai ho raggiunto la pace dei sensi…

Chantil e Chevallin si guardano un attimo negli occhi senza parlare. Poi entrambi scoppiano in una complice risata liberatoria.

Tante avventure avevano passato insieme i due cavalieri nella loro gioventù, e in quello sguardo muto, si erano addensati tutti i ricordi comuni ad entrambi.

Chevallin, per la prima volta, dà del tu a Chantil e, ancora un poco scosso dalle risate e pieno dei ricordi affiorati dalla memoria, dice:

– Vai, vai pure, Claude… e di' pure al tuo protetto che, tempo due giorni, avrà la dispensa dal voto di castità che sta aspettando con tanta impazienza.

Poi succede una cosa che mai era accaduta prima. Chevallin si alza, si avvicina a Chantil e lo abbraccia con calore, in ciò ricambiato dal Cavaliere Templare. È un abbraccio che suggella una intima complicità fra i due fatta dei moltissimi ricordi comuni e ad entrambi vengono finanche le lacrime agli occhi per l'intensa commozione provata.

Il Gran Maestro Templare è di parola e, due giorni dopo, arriva a Bernard la pergamena con il timbro di ceralacca che tanto stava attendendo. In essa v'è la dispensa al voto di castità, con la firma autentica di Chevallin.

Ed è così che, passati sette giorni, il giovane si reca a casa di Sued.

Non c'è molta gente ad aspettare lo sposo per la cerimonia. Selim ha infatti invitato pochissime persone fidate poiché quel matrimonio imbarazza anche la comunità musulmana, ma non importa. Come si dice, pochi ma buoni, e non è necessario essere in tanti per festeggiare gli sposi novelli con dolci di miele, focacce di sesamo, tè zuccherato, formaggi di pecora e di capra ed altre prelibatezze modeste ma buone e genuine.

Lo zio Selim fa un piccolo discorso prima di iniziare i festeggiamenti:

– Siamo tutti felici che questi due giovani possano godere del loro amore. Spero che questo sentimento che oggi provano non li abbandoni mai e che sia sempre più forte delle avversità della vita e che pure vada oltre ogni differenza di religione ed usanza sempre fornendo loro una luce che mai si spenga. Ed ora si festeggi!

Han tutti applaudito alle parole di Selim, ma ora è il momento di gioire con cibo e bevande e tutti mangiano chiacchierando e ridendo in un'atmosfera di pace e serenità.

Poi, quando si fa sera e la festa è finita, Bernard porta Sued nella sua tenda.

Entrambi sono vergini in quella prima sera d'amore.

Con mano tremante ed indecisa Bernard scosta il velo che copre i lunghi capelli color della notte, le labbra e il mento di Sued. Il viso di lei si fa ben rosso e lo sguardo pudicamente si abbassa. Bernard in silenzio le carezza il viso, sente le labbra tumide e gonfie, le guance accaldate, le palpebre frementi, poi le toglie delicatamente tutti i vestiti, ancora carezzandole dolcemente i capelli, il corpo, i seni, l'inguine. Infine con timidezza e delicatezza quasi infinita, le bacia le labbra.

Sued, a quel bacio, sente prepotentemente il desiderio proveniente dal ventre inondare tutto il suo corpo, e la sua gioventù infine pretende l'amore carnale, l'amore che il corpo reclama e che fa tacere ogni altra passione

Anche Bernard è sollecitato dalle stesse emozioni, e finalmente la natura è più pronta e vince le incertezze e le indecisioni dell'intelletto.

Così i due giovani alla fine si conoscono intimamente, e non si può dire che l'uno possieda l'altra o viceversa, ma entrambi si danno a vicenda scoprendo, nel gioco amoroso, i punti più sensibili e più delicati del corpo dell'altro.

Quelli sono anni sereni per Bernard e Sued. Poco dopo il matrimonio si trasferiscono dalla piccola ed inutilizzabile tenda di Bernard in una casetta vicino al castello di Chevallin e vivono felici. Felici di stare insieme e di scoprire sempre cose nuove nell'altro, e la scoperta di questi nuovi aspetti della personalità di Sued o di Bernard è sempre un piacevole gioco che rende più stimolante e interessante la convivenza.

Così passa il tempo, ben tre anni, senza grosse novità nel solito andirivieni della vita quotidiana. Bernard ormai è esperto e riesce spesso a tenere testa a Chantil nelle loro consuete discussioni.

Una volta il giovane chiede:

— Maestro, so che non amate l'argomento, ma ditemi qualcosa sul Graal, qualcosa di diverso dalla versione che vede il Graal come una semplice coppa per il vino.

Chantil tace per un poco come riflettendo in silenzio, abbassando gli occhi sulla tazza di infuso di rosmarino che sta gustando insieme al suo ex allievo. Poi risponde:

— Vedi, mio caro Bernard, la verità non è come questo infuso di rosmarino preparato in modo così perfetto dalla tua compagna Sued. La verità non si può preparare, ma la si conquista seguendo un percorso di conoscenza a volte ben arduo e difficile. Noi diffondiamo l'idea che il Graal sia la coppa dell'ultima cena per la gente semplice ed ignorante, perché, come già ti dissi una volta, la gente ha bisogno del mistero, ha bisogno di pensare che dietro ai propri guai, alle traversie delle vita, vi sia qualche entità cattiva e misteriosa che progetta cose malevoli e cattive contro di essa. Ma noi, che invece amiamo studiare il libro aperto della natura, percorriamo un sentiero che ci porterà a raggiungere, o quantomeno ad avvicinarci, alla verità. Quando sarà il momento, caro amico, percorrendo questo arduo sentiero, arriverai alla conoscenza del Graal, ma dovrà essere un tuo cammino spirituale che ti avvicinerà a ciò che di più vero c'è in questo mondo.

Poi, vedendo Sued avvicinarsi al loro tavolo, aggiunge:

– Ma ecco che sta arrivando la tua giovane e graziosa padrona di casa… ditemi un poco, Sued, ho visto che dal lontano oriente sono arrivati tessuti meravigliosi nel mercato cittadino. Avete chiesto a Bernard di comprarvene uno? Chissà come stareste bene con una veste fatta di quelle stoffe così belle! Ma già, voi siete splendida anche con indosso uno abito da niente…

Ride Sued a quell'inaspettato complimento, le sue guance si imporporano lievemente a testimonianza di un pudore antico, e Bernard che avrebbe voluto ancora discutere sul Graal, capisce che per Chantil l'argomento è definitivamente chiuso. Così ride anche lui, abbraccia Sued per la vita e, attirandola a sé, le dà un lieve bacio sulle gote accaldate.

Quasi giornalmente Chantil si reca verso sera per scambiare due parole con Bernard ed è un pomeriggio inoltrato di un settembre dal clima mite e dolce come solo ce ne possono essere in Palestina che i due Cavalieri Templari sono seduti nel piccolo giardino a guardare il sole che piano piano sta calando per poi inabissarsi nel mare. Stanno chiacchierando del più e del meno in attesa che Sued porti una bibita rinfrescante.

– Certo – dice Chantil – quest'anno il tempo ci sta regalando un autunno veramente splendido. È da molti anni che sono qui in Terrasanta ed un autunno così bello…

Ma il maestro non riesce a terminare la frase. Con un gemito strozzato si accascia sulla sedia e certamente sarebbe caduto rovinosamente a terra se Bernard prontamente non l'avesse soccorso.

– Sued, presto, per l'amor di Dio – grida il giovane – porta un bicchiere d'acqua! Il maestro si sente male.

Mentre Bernard adagia sul prato il suo amato maestro, Sued arriva con un bicchiere d'acqua fresca. Il giovane solleva il capo di Chantil per aiutarlo a bere, ma si accorge ben presto che non c'è più nulla da fare:

– Maestro – urla – rispondetemi, vi prego, rispondetemi!

Ma Claude Chantil non può più rispondere: tempo pochi attimi, il suo cuore si è fermato per sempre e a nulla servono gli sforzi generosi del suo allievo e di Sued per farlo rinvenire.

Col cuore oppresso da una tristezza pesante il giovane espleta tutti gli adempimenti per dare al suo maestro ed amico onori funebri degni di lui. Poi, la sera dopo il funerale, Bernard si corica nel letto accanto a Sued. Vorrebbe dormire, scordare la tristezza di quelle giornate, rifugiarsi nel sonno come se fosse una dolce medicina, ma un groppo lo prende alla gola.

Nel buio della notte incipiente si sciolgono tutte le amare emozioni di quei giorni ed il giovane finalmente piange la perdita del suo bravo insegnante. Solo ora si rende conto di quanto amasse Chantil, come se fosse stato quel padre generoso e amorevole che il conte Philippe, suo padre naturale, non era mai stato.

Con Chantil ha condiviso gioie e dolori, responsabilità e pene e il non averlo più al suo fianco lo fa sentire più solo nell'affrontare il mondo. Si rende infatti conto che la sua adolescenza e gioventù sono ormai finite definitivamente. Quella morte improvvisa è stata come un doloroso avviso che Dio gli ha mandato. Ormai è un uomo ed è arrivato il momento di assumersi in prima persona tutte le responsabilità che le scelte della vita impongono.

Sued che in quegli anni ha imparato a voler bene a Chantil ben conosce la pena infinita del suo uomo. Lo sente piangere, si avvicina a lui, lo abbraccia con tutta la dolcezza di cui è capace. Gli bacia il viso, la fronte, le palpebre, asciugandogli le lacrime con le labbra. Poi lo accarezza ed infine le sue labbra incontrano quelle di Bernard in un bacio che assorbe tutta la pena del giovane donandogli quell'amore e quella comprensione di cui Sued è colma.

Ma quel bacio ha anche un altro significato. È infatti il suggello di un nuovo e più alto amore, un affetto che trova il proprio alimento nella condivisione reciproca del dolore, perché solo in tale condivisione si può veramente dire che esista il vero amore.

## La missione

Ormai Bernard si è un poco abituato a quella vita un po' bigia e senza troppi scossoni. Il lavoro lo gratifica anche se sono scomparsi quegli orizzonti di gloria che aveva tanto sognato da adolescente e che lo avevano fatto partire per la Palestina. Sued lo adora e lui la ricambia in egual modo e, nonostante sia passato tanto tempo dal loro primo incontro, non è per niente scemato l'interesse e l'amore fra loro ancorchè non ci sia ancora un figlio ad allietare la loro piccola casa.

Non c'è più Chantil col quale discutere di ogni tipo di ogni controversia filosofica o scientifica durante il tempo libero, ma con Charles, con il quale i legami d'amicizia si sono fatti più stretti, il giovane Templare fa lunghe cavalcate e si tiene allenato nelle arti marziali.

Una esistenza tranquilla, un po' piatta ma che permette di godere delle piccole cose della vita quotidiana, fatta anche di albe sul mare o di tramonti estivi che portano frescura a contrastare il caldo del meriggio.

Ma il destino, ancora una volta, ha in serbo altre cose per Bernard ed il giovane Templare avrà sempre lucido il ricordo di quella giornata di marzo che aveva dato origine ad un profondo cambiamento nella sua vita.

Quel mattino Bernard sta redigendo un contratto di protezione fra un convoglio navale genovese e l'Ordine, quando entra, nella biblioteca dove Villeroi stava scrivendo appunto il contratto, Michel, l'ormai noto segretario personale di Chevallin.

– Villeroi – dice Michel – il Gran Maestro de Chevallin vi vuole parlare nella sua personale biblioteca.

– Arrivo subito – risponde il giovane alzandosi.

"Chissà che cosa c'è di tanto importante" – si chiede il giovane mentre si reca dal Gran Maestro.

"Se Chevallin ha mandato proprio Michel per convocarmi, e se il Gran Maestro mi aspetta nella sua personale biblioteca vicino alla sala d'armi, vuol dire che qualcosa di molto rilevante bolle in pentola e sono proprio curioso di sapere di cosa si tratta."

Insieme a Michel, che lo accompagna, Bernard arriva davanti alla porta dello biblioteca di Chevallin. Poi è lo stesso Michel che lo introduce al cospetto del Gran Maestro.

– Ah, siete voi – dice Chevallin – entrate, entrate pure ed accomodatevi su quella sedia davanti a me. E scusate se non mi alzo a salutarvi, ma questo dolore alle ossa non mi dà requie.

Già, il Gran Maestro negli ultimi tempi non sta bene; Bernard sa della malattia che affligge il suo signore e che in poco tempo l'ha quasi totalmente inchiodato alla sedia. Dà un'occhiata all'ampia stanza contornata da imponenti scaffali tutti stracolmi di libri, poi si siede e attende che Chevallin finisca di compulsare un grosso e misterioso volume che tiene aperto sull'ampia scrivania.

– Conoscete Moussa Al Ibrahim, Bernard? – chiede poco dopo il Gran Maestro.

– Il grande scienziato e storico palestinese? – risponde Villeroi – Certo, di fama, ma ho letto ben poco di lui.

– Lo credo bene, caro Bernard, i suoi libri sono rarissimi e possederne uno è come possedere un tesoro. Vedete questo? – e Chevallin indica il libro – è un testo originale di Al Ibrahim…

A Bernard brillano gli occhi per la curiosità e, sotto lo sguardo divertito del suo signore, si sporge dalla sedia per carpire un poco di ciò che è scritto sul libro.

– E' difficile da comprendere, Bernard – continua Chevallin – so che voi conoscete molto bene l'arabo non fosse altro per parlare – e qui fa un sorrisino un po' malizioso – con la vostra giovane e graziosa moglie, ma Al Ibrahim proteggeva le sue scoperte, non solo scrivendo in arabo, che sarebbe stata ben

133

misera cosa, ma anche facendo ricorso a segni cabalistici ed enigmi di fronte ai quali l'indovinello della Sfinge, risolto da Edipo, appare come un giochino per infanti.

Il giovane Templare conosce bene quest'aspetto dell'opera di Al Ibrahim e spesso ne aveva parlato a Chantil con accenti critici. Il maestro, a suo tempo, si era trovato d'accordo col suo ex allievo, affermando con lui che la scienza, la filosofia, la storia devono essere spiegati in modo chiaro e semplice, senza ricorrere ad astruse simbologie conosciute da pochi eletti. Le opere dello studioso arabo sembravano appartenere più al regno tenebroso della magia che non a quello solare della scienza. In ogni caso, il valore di Al Ibrahim non si metteva in discussione. Scienziato visionario, aveva azzeccato più di una profezia e i suoi studi di astronomia erano serviti da base agli studiosi venuti dopo di lui. Sicuramente valeva la pena studiarlo non foss'altro per rendersi conto di quanto nel secolo passato fosse progredita la scienza nel mondo arabo rispetto al mondo occidentale.

– Vedete, Bernard – riprende Chevallin – so benissimo che Al Ibrahim va valutato con attenzione, ma questo libro, ritrovato a Gerusalemme nei pressi del giardino dei Getzemani, parla del Graal e spiega dove esso si trovi.

– E voi avete piena fiducia in Al Ibrahim? – chiede Bernard.

– Per niente, ma vale la pena di tentare, visto che non è lontano da qui.

– E dove di grazia sarebbe?

– A Genova, in una delle sue tante chiese e palazzi.

– A Genova? – ripete sbalordito Bernard.

– Certo – asserisce nuovamente Chevallin – Vedete, non v'è dubbio che qui parli di Ianua, il nome latino di Genova. Il testo si fa indubbiamente più oscuro quando, ad esempio, parla di una cripta posta in una chiesa che, durante una tremenda guerra che coinvolgerà il mondo intero, sarà colpita da una terribile arma distruttrice, ma che Allah risparmierà dal fuoco e dalle fiamme.

– Ma come, come sarebbe arrivato il Graal a Genova? – chiede ancora Bernard

– Ah, – risponde Chevallin – questo non è dato di sapere. Ben sapete, mio caro Bernard, che Al Ibrahim non spiegava tutto. Il suo modo di scrivere non è lineare, non è la visione ben precisa dello scienziato che deve spiegare tutto alla luce del sole. Gli piaceva giocare a fare il mago con i suoi contemporanei, lasciandoli nello sconforto di interpretare le sue cupe profezie. Il guaio è che anche noi siamo nello stesso stato d'animo.

Entrambi sono chini sul libro, intenti a decifrare quello che lo scienziato arabo aveva, quasi di sicuro intenzionalmente, lasciato oscuro.

– Che chiesa o palazzo sarà? – si chiede Bernard.

– E' proprio quello che dovete scoprire voi, cavaliere de Villeroi – risponde Chevallin guardando fisso negli occhi il suo giovane interlocutore.

– Io? Devo andare a Genova? – chiede Bernard.

– Certo, e partirete il più presto possibile! – replica il Gran Maestro.

Prova un tuffo al cuore, Bernard. Genova, la città di Maddalena... finalmente avrebbe potuto conoscere quella magica città che nei racconti della balia pareva veramente fantastica. E finalmente sarebbe riuscito ad assolvere alla promessa a lei fatta di seppellire l'anello nel convento di Santa Maria di Castello... Bernard in cuor suo benedisce Al Ibrahim.

Vedendolo perso dietro ai suoi sogni, Chevallin esclama:

– Tornate sulla terra, cavaliere de Villeroi! Non è una vacanza il viaggio che andate a fare!

Così il Gran Maestro spiega che in realtà, a Genova avrebbe sì dovuto cercare il Graal in uno dei tanti edifici della città, ma che ufficialmente egli sarebbe stato mandato dall'Ordine dei Templari per aiutare il nobile genovese Giannetto Embriaco a costituire un primo nucleo di Cavalieri del Tempio anche nella città ligure. Giannetto aveva infatti già da tempo scritto chiedendo l'aiuto dell'Ordine.

Chevallin conclude:

– So che non mi deluderete, Bernard. Claude Chantil vi stimava ed anch'io vi stimo. Se a Genova c'è il Graal sono certo che lo troverete. Vedete, io ormai sono vecchio, e questa per me è l'ultima occasione perché tra poco, a causa anche della mia malattia, passerò la mano a qualcun altro che prenderà il mio posto come Gran Maestro dell'Ordine. Sarebbe per me grande soddisfazione terminare il mio mandato con questo successo, ed anche per voi sarebbe gloria imperitura. E non preoccupatevi per la vostra graziosa compagna: durante la vostra assenza alloggerà qui, nel castello, sotto la mia diretta protezione. Orbene, Bernard, ora andate pure a preparare il vostro viaggio.

Ancora scosso, il giovane ringrazia Chevallin ed esce dalla biblioteca. Subito si mette all'opera per organizzare il viaggio che se da una parte non appare particolarmente difficile, purtuttavia qualche incognita dovuta al vento, al mare e a tutti gli imprevisti della lunga navigazione la presenta.

Quella sera a cena Bernard annuncia a Sued la sua nuova missione:

– Devo partire, Sued. Ed al più presto.

– E dove devi andare? – chiede la giovane con un moto di insofferenza.

– A Genova.

– A Genova? Ma è lontanissima, al di là del mare.

– Lo so, Sued. Ma devo proprio andare. Forse il Graal è proprio là e Chevallin vuole che vada a cercarlo.

– Ma… mi lasci sola… come faccio senza di te?

– Chevallin mi ha detto che, durante la mia assenza, alloggerai nel suo castello e sarai sotto la sua protezione. Sarai servita, riverita e coccolata e non ti mancherà proprio nulla.

– Non è vero, qualcosa mi mancherà: sarai tu a mancarmi.

– Amore mio, lo so bene. E non credere: anche per me sarà dura, ma non posso rifiutarmi. Chevallin ha molta fiducia in me e non posso deluderlo. Poi, sai bene che ho una promessa da mantenere nei confronti della mia balia Maddalena: non posso lasciarmi sfuggire questa occasione.

Sued sa di Maddalena, dell'importanza che la balia genovese aveva avuto nei primi anni di vita del suo uomo e della promessa fatta a lei in punto di morte e, ahimè, non ancora mantenuta.

– Ma, Bernard – dice ancora – proprio ora…

– Perché? Oggi o domani oppure anche ieri, che differenza avrebbe fatto?

– Beh, sai – fa lei abbassando la voce – te l'avrei detto stasera a letto ma… aspetto un bambino…

A quella notizia il cuore di Bernard sussulta:

– Come? Ho capito bene?

– Sì amore mio… diventerai papà.

Come possiamo descrivere ciò che ora prova Bernard? Un figlio da Sued come suggello dell'amore profondo che esiste fra loro. Che senso ha cercare il Graal a Genova o chissà dove quando il Graal dell'amore sta crescendo una nuova vita? No, pensa il giovane, il mio posto è qui, vicino alla mia Sued. Se mi vede dal cielo, Maddalena capirà.

– Sued, amore mio, non parto, il mio posto è qui vicino a te – dice infine.

Ma la ragazza, in quei pochi secondi, ha riflettuto arrivando a delle conclusioni opposte a quelle del suo uomo. Dall'eccitazione di Bernard lei comprende che non può impedirgli di andare, non ne ha il diritto proprio perché lo ama, e lo ama fin nel profondo dell'anima. Non è giusto anteporre le proprie esigenze e i propri bisogni a quelli dell'uomo che più ama sulla faccia della terra.

– No, Bernard, – replica Sued con un velo di tristezza nella voce – tu non puoi rinunciare a questo viaggio. Se te lo impedissi, poi non me lo potrei mai più perdonare. Ci sono cose troppo importanti per te in quella città. Vai, dunque, ti aspetterò. Spero solo che tu torni presto.

Quella sera l'amore è senz'altro più dolce e carezzevole del solito. Bernard sa quale pena ha Sued nel cuore e tenta in tutti i modi di renderla più lieve facendo ricorso a tutto il bagaglio di dolcezza che ha. Da parte sua Sued cerca di ricacciare in fondo alla sua coscienza tutte le preoccupazioni che la assillano e che la rendono più debole di fronte alle difficoltà quotidiane. Poi la tenerezza e l'amore hanno infine la meglio sui fantasmi e sulle paure di entrambi ed il piacere del corpo scaccia le ansie dell'anima.

## Messer Ginetto

L'indomani Bernard si reca al porto. Sa già chi cercare, e infatti messer Ginetto è molto conosciuto in tutti i porti della Palestina. Genovese purosangue, ha coltivato l'arte del mugugno, tipico dei suoi concittadini, in maniera sublime, perfezionandola a tal modo che in lui il mugugno è da considerarsi espressione poetica a tutti gli effetti.

Lo si può spesso vedere aggirarsi fra i moli del porto di Sidone, osservare le imbarcazioni sempre con un'imprecazione a fior di labbra, sempre pronto ad uscire dai gangheri per un nonnulla. Allora le guance si imporporano e spiccano di più sulla barba bianco cenere e il berretto di lana blu che lui tiene perennemente in testa a coprire una tenace calvizie.

Quando invece messer Ginetto è calmo, magari dopo cena, di fronte a un bel gotto di vino di quello buono, ecco la metamorfosi: il genovese diventa la persona più amabile e piacevole di questo mondo, e, col suo vocione cavernoso, ti racconta mille e più episodi ed aneddoti divertenti da lui vissuti sul mare al timone della sua nave.

Conosce il Mediterraneo come le sue tasche e, se viaggi con lui, puoi stare tranquillo che in qualche modo arriverai. Per il marinaio genovese non esistono secche sconosciute o venti maligni, ed è scampato a mille tempeste sempre salvando ghirba, equipaggio ed imbarcazione.

E' noto anche come impenitente donnaiolo, messer Ginetto, ed era ben strano sapere che questo ometto dall'aspetto piuttosto insignificante, un po' grassottello e dimesso, aveva posseduto e poi fatto piangere le più belle dame delle città che si affacciano sul

139

mediterraneo orientale. Ma il genovese, se tanto prende alle sue femminili conquiste, altrettanto invero dà, ed ogni donna con lui si sente una vera regina ancorché il momento d'euforia duri quanto il soggiorno di Ginetto in quel porto. In fondo, il comandante genovese era fedele alle sue donne: ne amava una per volta, e ne era sinceramente innamorato anche se l'innamoramento durava lo spazio di un mattino.

Ed è a questo personaggio che Bernard si avvicina quella mattina su uno dei moli del porto della città fenicia.

– Orbene, cavaliere – conclude in modo burbero Ginetto dopo aver ascoltato il discorso del giovane Templare – voi volete dunque che io vi porti a Genova, se ho ben capito... non vi costerà poco.

– Non importa, messer Ginetto – replica Bernard – l'importante per me è arrivare al più presto nella vostra città.

– Potessero stare un po' quieti 'sti cavalieri del belino – sacramenta a fior di labbra il genovese – ora mi tocca prepararvi il posto da dormire sulla mia nave! Venite con me.

A quella imprecazione il giovane Templare dapprima vorrebbe rispondere per le rime, poi invece saggiamente tace ben conoscendo il carattere di Ginetto.

Infatti il genovese, uomo brusco e rude, è in fondo un buono e gli cerca il posto migliore all'interno della nave, proprio vicino al posto di comando del comandante, occupato da lui stesso.

– Va bene così? Oppure voi Templari siete abituati alle comodità? Che se così fosse, cascate male. Sulle navi bisogna accontentarsi!

– Va benissimo, messer Ginetto – risponde Bernard – non vi preoccupate, qui starò benissimo.

– Volevo ben vedere – aggiunge il comandante – è il posto migliore dell'intera nave... per il viaggio son cento denari della repubblica di Genova, di quelli di nuovo conio... pagamento anticipato.

Bernard conosce bene quelle monete che dal 1139, per la prima volta nella sua storia, la Repubblica di Genova batte sotto la licenza dell'imperatore Corrado II. Ne conosce anche il valore, e cento denari gli paiono veramente troppi; Chevallin, d'altra parte, gli ha raccomandato di non fare troppe questioni. Così, sia pure a malincuore, accetta quel prezzo.

– Va bene, messer Ginetto. Avrete i vostri cento denari.

Ride di cuore, Ginetto, con quel suo caratteristico vocione cavernoso, a quelle parole.

– Ne avete di soldi voi Templari se accettate un prezzo così esoso – e giù un'altra risata.

– Volevo un po' prendermi gioco di voi e vedere la vostra faccia al sentire questa cifra... cinquanta denari son più che sufficienti, cavaliere, e state attento a non farvi fregare da gente meno onesta di me – e ride ancora.

Bernard sorride della propria inettitudine e capisce che di Ginetto ci si può fidare ad occhi chiusi per mare, ma anche in modo totale in terra. Ora ha anche la certezza che il viaggio sarà sicuramente piacevole.

– Va bene, messer Ginetto - dice poi sorridendo - ed ora che, bontà vostra, mi avete preso in giro, volete dirmi, di grazia, quando si partirà?

– Siete fortunato, cavaliere. Per domani è previsto un bel vento di scirocco. Trovatevi al molo domani di mezzo mattino che a mezzogiorno, se tutto va bene, salperemo.

Non ha molto tempo da perdere, il Cavaliere Templare, se vuole partire l'indomani. Così si accomiata velocemente da Ginetto e immediatamente va a castello per riferire a Chevallin e prendere i documenti necessari: una lettera di presentazione per Giannetto Embriaco con tanto di bollo dell'Ordine, copia manoscritta delle pagine del libro di Al Ibrahim dedicate al Graal e a Genova, altre piccole cose di cancelleria che lui usa quotidianamente e i soldi che gli avrebbero permesso di vivere lontano da casa per così tanto tempo.

141

Chevallin non glieli lesina, inoltre gli mostra il piccolo appartamentino ricavato nell'ala sud del castello dove Sued avrebbe vissuto durante l'assenza di Bernard e lo rassicura ancora una volta:

– Andate tranquillo, Bernard. Nessuno oserà far del male alla vostra sposa che è sotto la diretta tutela dell'Ordine Templare. Quanto a lei, m'informerò personalmente della sua salute e provvederò a tutte le incombenze del caso.

– Grazie, mio signore. Ora parto sereno.

C'è anche da salutare Charles che ancora non sa nulla del viaggio dell'amico. Bernard lo trova nella stalla che sta ingrassando i finimenti del cavallo.

– Charles, amico mio, mi sa che per un po' di tempo dovrai fare a meno della mia compagnia nelle tue cavalcate.

– Perché dici così, Bernard, cosa succede?

– Parto, mio caro Charles.

– Parti? E dove vai?

– A Genova. Chevallin vuole che aiuti un nobile del posto a mettere su, nella città ligure, un primo gruppo di Cavalieri del Tempio.

– Accidenti se vai lontano… mi mancherai, sai?

– Lo so. Ed anche tu mancherai a me.

I due giovani si guardano negli occhi, poi si abbracciano forte forte a suggellare un'amicizia che va oltre i confini dello spazio e del tempo:

– E' una buona occasione per te per dimostrare quello che vali, Bernard - dice infine Charles - io non ci sono mai stato, ma dicono che Genova sia una città meravigliosa. Riguardati.

– Grazie Charles. Anche tu riguardati, e stai attento alle scimitarre dei saraceni. –

Dopo aver salutato l'amico, Bernard torna a casa. Deve infatti preparare il bagaglio da portare sulla nave. Messer Ginetto è stato estremamente categorico quasi intimandogli in modo severo di portare il minimo indispensabile.

Arriva a casa che è ancor presto. A buttare un po' di roba in una sacca ci impiega meno di mezz'ora, che il suo è un guardaroba molto frugale, come impone la regola di povertà dettata dall'Ordine. Trova l'anello di Maddalena e lo nasconde in una piccola tasca da portare in vita sotto gli abiti. Poi prepara, insieme a Sued, il bagaglio che la giovane donna avrebbe portato con sé nel castello di Chevallin. Quando anche questa incombenza è terminata, i due giovani si siedono nel piccolo giardino di casa a bersi una tisana alle foglie d'alloro, a vedere il sole che pian piano si corica oltre l'orizzonte e a guardarsi e coccolarsi reciprocamente.

Sued si rannicchia in braccio al suo uomo. Sa che è l'ultima sera prima della partenza e che passerà chissà quanto tempo prima di riaverlo vicino e non vuole perdere neanche un attimo del suo amore e delle sue carezze.

Bernard prova invece sentimenti ed emozioni contrastanti. C'è la grande novità del viaggio, della ricerca del Graal e, soprattutto, la voglia di vedere Genova, di vedere questa città così tanto cara a Maddalena, una città che vive nell'immaginario di Bernard come un posto magico e fatato.

Ma c'è anche preoccupazione per Sued, per la vita che sta lievitando nel suo ventre ed anche, frammista all'entusiasmo della partenza, c'è un fondo di tristezza per la consapevolezza di dovere fare a meno di Sued per un periodo di tempo abbastanza lungo e c'è nondimeno un po' di senso di colpa per dover lasciare sola la ragazza in un momento così difficile.

L'alba del nuovo giorno li vede dormienti e abbracciati l'uno all'altra ancora per poco. Poco dopo infatti Bernard sveglia dolcemente Sued e, dopo una frugale colazione, la accompagna a castello.

Lì si abbracciano e si baciano per l'ultima volta.

– Amore mio, mi mancherai – dice Sued con un groppo alla gola.

– Anche tu mi mancherai, Sued.

– Riguardati, Bernard, e fallo non solo per me, ma anche per il bambino che sta crescendo in me. Non so se riuscirei a vivere se ti perdessi.

– Sì, Sued. So che ti appartengo. Starò attento.

I due ragazzi si abbracciano ancora una volta, poi Bernard si avvia per la strada che porta al porto.

# Andar per mare

Messer Ginetto, già a bordo dell'imbarcazione, vede subito Bernard che si avvicina al molo dove è attraccata la nave.

– Bene, bene – esclama burbero – eravate l'ultima persona che aspettavamo per salpare. Salite dunque, così molleremo gli ormeggi subito, che è un peccato non essere in mare con questo bel vento. Ah – aggiunge – a bordo della mia nave non esistono cavalieri, nobili o altro. Fra marinai ci si dà del tu. Quindi, caro Bernard, abituati e benvenuto a bordo.

– Va bene, comandante Ginetto. Eccomi pronto ai tuoi ordini – risponde sorridendo il giovane, e sale a bordo.

I marinai sciolgono quindi i nodi delle cime d'ormeggio che legano la nave al molo e quest'ultima, dolcemente, quasi fosse riluttante a lasciare Sidone, si stacca lentamente dalla terra a forza di remi.

Poi, appena doppiata la diga foranea del porto, a un preciso ordine di Ginetto che se ne sta ritto a poppa vicino al timone, vengono issate le vele e a Bernard fa una certa impressione vedere tutto il daffare che questa operazione comporta.

Infatti di navi e navigazione il giovane non ne sapeva nulla ed il primo ed unico viaggio per mare risaliva ormai a tanto tempo prima quando dalla Francia era giunto in Palestina. Peraltro ricordava bene come tutta la durata di quella navigazione fino a Sidone lo aveva passato all'interno della nave, in uno scomodo e piccolo bugigattolo a prua della nave insieme a quel fedifrago di Jean Claude, senza informazioni di sorta. A quei tempi non ci aveva fatto caso in quanto giovane ed entusiasta, ma, a ripensarci bene, anche se qualche uscita notturna sulla tolda gli aveva permesso di prendere fiato, era stato un viaggio orribile e Bernard si chiedeva come avesse fatto a sopravvivere.

– Vieni, mio bel cavaliere – gli urla Ginetto – vieni sul castello di poppa, che da qui si vede tutto, mare e nave.

Era proprio così. Issatosi per ripide scalette vicino al comandante che governa l'ampia pala che funge da timone, Bernard può infatti vedere il mare, tutta l'imbarcazione che, con leggeri scricchiolii, fende l'acqua e l'ampia vela quadra che, gonfia di vento, rappresenta il vero motore della nave.

– Comandante – chiede Bernard – ma se avessimo il vento contro, cosa succederebbe?

– Si starebbe fermi in qualche porto ad aspettare che il vento giri nuovamente a nostro favore oppure dovremmo prendere il vento di lato, con le vele che formano un angolo rispetto alla direzione del vento, ma, così facendo, allungheremmo, e di molto, la nostra rotta. E' molto duro andare controvento. Capisci perché è importante sfruttare il vento favorevole quando c'è?

Bernard annuisce e, a sua volta, chiede ancora:

– Ma come si fa a vedere dove c'è vento e dove invece no?

– Guarda bene il mare. Dove è increspato vuol dire che c'è più aria – risponde Ginetto col suo vocione.

In effetti ad occhio nudo si possono chiaramente vedere delle zone dove l'acqua si arriccia formando anche delle piccole increspature bianche. È proprio lì che il vento soffia più forte.

La navigazione prosegue senza problemi per un giorno e una notte. All'alba del secondo giorno Ginetto dice:

– Entro stasera bisogna trovare un approdo. Sento che il tempo sta cambiando ed il vento rischia di essere troppo forte per noi.

Difatti, col passare delle ore, il cielo si va sempre più ad oscurare riempiendosi di nuvole minacciose gonfie di acqua. Anche il vento pian piano rinforza con rabbia crescente. La nave ora geme sotto le raffiche e le onde si fanno violente e grosse arrivando a lambire l'alto parapetto che protegge la tolda.

Bernard incomincia ad avere paura. Mentre la ciurma indaffarata esegue alla precisione tutti gli ordini di messer Ginetto, rivelando in tal modo un notevole affiatamento, lui, in un angolo del castello di poppa osserva il mare incattivirsi sempre di più e sente la nave sballottata rollare e beccheggiare sotto la forza del mare ed il rumore del vento in mezzo alle sartie che via via aumenta.

Sente anche i sordi rumori che le onde marine producono sulla chiglia della nave e gli pare di essere su un fuscello in balia di forze oscure e potenti, forze che, se avessero voluto, avrebbero potuto in ben poco tempo spazzare via lui e l'intera nave come insetti, come inutili formiche fastidiose.

Messer Ginetto è ritto accanto a lui. Ha preso saldamente in mano il timone allorquando la tempesta è iniziata ed ora dà gli ordini ai marinai superando col suo vocione potente il rumore del vento e del mare.

Il comandante della nave a un certo punto si gira e vede Bernard, bianco in volto, gli occhi sbarrati, che si aggrappa disperatamente al parapetto del castello di poppa.

– Vieni qui – gli urla – qui vicino a me… è più sicuro.

Poi, quando Bernard si è seduto vicino al timone:

– Hai paura, vero? Succede a tutti la prima volta che si trovano in una tempesta, ma non ti preoccupare. La burrasca capace di buggerare messer Ginetto non è ancora stata creata, e vedrai che tra poco arriveremo in un posto sicuro.

In effetti la figura di Ginetto, così autorevole nel timonare con sicurezza la nave nella tempesta e nel dare le istruzioni necessarie alla ciurma per le manovre del caso, infonde calma e tranquillità ed il giovane Templare trova così il modo di tenere a bada la propria paura.

La burianata di vento ed acqua cattiva dura ancora parecchio e per due ore la nave viene sferzata da raffiche imperiose che Eolo manda a piene mani sempre più forti. Ormai la tolda è spazzata dalle onde e gli unici punti ancora all'asciutto in quanto sopraelevati, sono i due castelli di prua e poppa. Il fasciame geme sotto quei colpi possenti e Bernard ha l'impressione che la nave si possa sfasciare da un momento all'altro. Ginetto, in quel marasma, manovra il timone con indubbia perizia, da vero vecchio lupo di mare quale egli è. Da tempo ha fatto ammainare la vela che, con quel vento, avrebbe corso seri rischi di essere strappata e portata via dalle raffiche, ma la cocca, nonostante l'assenza della vela, ancora corre veloce portata dalla furia della tempesta.

Dopo due ore di quell'inferno fatto di mare arrabbiato e di vento incollerito, Bernard, nonostante tutta la fiducia che ripone in messer Ginetto, nonostante la di lui calma, comincia a temere seriamente di non arrivare più a toccare la terraferma. Un naufragio avrebbe significato la morte certa per tutti i passeggeri e i membri dell'equipaggio e l'unica cosa da vedere era quanto tempo sarebbe riuscito a restare in vita prima di annegare miseramente in quel mare cattivo.

– Terra in vista a dritta, signor comandante! – urla un marinaio posto a prua della cocca.

– Meno male – commenta Ginetto – cominciavo a pensare che avessero spostato la mia isoletta...

Infatti Ginetto, ben conoscendo quei posti, pur nel bel mezzo della tempesta, aveva condotto la cocca in una delle tante isolette che vi sono nella parte sud dell'Anatolia e che lui conosceva bene come sicuri rifugi per le imbarcazioni sorprese dall'ira degli elementi naturali.

Ride brevemente della sua battuta, il comandante genovese, poi:

– Dovrebbe esserci un promontorio sulla sinistra – aggiunge – che delimita una piccola baia sempre tranquilla, dove vento e mare sono sempre calmi.

La cocca si sta velocemente avvicinando all'isola, così, poco dopo, si può distinguere chiaramente il promontorio che segna l'imboccatura della baia di Ginetto.

– Due uomini a prua, e uno all'argano, pronto a gettare l'ancora. Gli altri, tutti ai remi – ordina il comandante.

La nave doppia il promontorio e si inoltra in una boscosa insenatura riparata da ogni parte da alte colline, tutte ricoperte di fitta vegetazione ed alti alberi, perdendo rapidamente velocità. Quella baia pare fatta apposta per dar rifugio, in un porto naturale, a tutte le imbarcazioni sorprese da una tempesta.

– Forza con quei remi – urla a tutto spiano Ginetto – che bisogna andare a dritta. Se continuiamo così finiamo dritti dritti in una secca e poi a disincagliare la nave ci vorranno tutti i santi di questo mondo.

Sotto l'azione dei remi, la cocca, pian piano, vira verso destra e infine raggiunge il fondo dell'insenatura.

– Molla l'ancora – ordina ancora il comandante – e voi di prua, guardate bene se ara.

L'uomo all'argano velocemente molla la catena dell'ancora che s'inabissa nel mare e raggiunge il fondale. Dopo altri piccoli aggiustamenti suggeriti dagli uomini a prua, finalmente l'ancora fa ben presa arando il fondo. La nave è infine ormeggiata.

– Auff – esclama Ginetto mollando il timone dopo tanto tempo – anche stavolta è andata…

Poi guarda Bernard:

– Mmhhh, – sogghigna – sei pallido come un cencio lavato di fresco. Vieni con me sottocoperta a poppa, che ho quel che ci vuole per te.

Ancora mezzo inebetito sia dalla paura che dai tanti scossoni presi durante la tempesta, Bernard, senza neppure avere il fiato per proferire neanche una sola parola, segue Ginetto nella cabina del comandante. Ivi giunti, il comandante genovese prende una bottiglia che teneva su uno scaffale, e ne versa un po' del contenuto in due bicchieri metallici. Uno lo porge a Bernard dicendogli

– Su, bevi, che ti farà bene.

Sembra acqua profumata, quella, ed il giovane, che ha la bocca secca, la beve in un sorso solo.

Ahilui, non è acqua, bensì acquavite, e di quella ben forte!

Bernard, non abituato all'alcol, sente bruciare la bocca, la lingua, il palato. Poi il bruciore si estende all'esofago e allo stomaco. Contemporaneamente sente anche le guance e tutto il viso avvampare violentemente, gli occhi lacrimare e, appena buttato giù il liquido, tossisce con violenza a voler espellere tutto quel bruciore da dentro.

Ginetto lo guarda, trattenendosi a stento dal ridere:

– Ehi, ragazzo mio, è ben forte la mia acquavite, va bevuta piano, non tutta d'un colpo…. Già, voi Templari siete parchi, e non conoscete l'alcol – sogghigna il genovese, ed aggiunge – Ma vedrai che tra un po' starai meglio.

In effetti, passato il primo momento di crisi, Bernard avverte una benefica sensazione di caldo che dal centro del suo corpo si estende fino ad arrivare alla punta delle dita delle mani e dei piedi scacciando quel freddo che la paura gli aveva messo in corpo. Ora il giovane sta bene e percepisce anche un leggero stato di euforia, come a essere contento di essere scampato alla tempesta.

## La prima sbornia

Quella sera sia Ginetto che Bernard hanno fame. Cullati da un mare liscio come l'olio mentre al di fuori della baia imperversa una tempesta feroce, il comandante e Bernard cenano insieme a Giobatta, il primo ufficiale della nave, anche lui genovese, uomo taciturno ed introverso.

I tre hanno appena finito la loro parca cena fatta di galletta, carne affumicata e seccata e formaggio. Soprattutto Ginetto e il giovane Templare stanno discutendo passando da un argomento all'altro. Giobatta ascolta invece in silenzio.

La discussione è resa più facile da una bottiglia di vino rosso siciliano che il comandante genovese ha prelevato per l'occasione dalla sua personale cantina di bordo.

Aveva avuto un bel dire, Bernard, a sostenere che era astemio e non beveva vino. Alla fine, per compiacere Ginetto, ne aveva assaggiato un mezzo bicchiere. L'aveva trovato buono, così non si era tirato indietro ad un secondo e ad un terzo giro, notando che man mano la lingua gli si scioglieva sempre più.

Ora i due stanno parlando del Graal, e Bernard ha appena affermato essere preciso dovere di ogni Templare ricercare e trovare il santo Graal, dovere sancito da solenne giuramento al momento dell'investitura.

– Il Graal, il Graal, – sbotta Ginetto – voi Templari non sapete far altro che parlare di questo cavolo di Graal. Se scopaste un po' di più invece di sprecare tante energie dietro a 'sto Graal, sarebbe sicuramente meglio.

– Ma Ginetto, dimentichi il voto di castità che abbiamo fatto – interloquisce scandalizzato Bernard

– Anche questa è buona…. cosa ve ne fate della castità quando rimanete soli? Guarda me – incalza Ginetto – in ogni porto ho una donna che sa come lenire i miei dolori e le mie pene. Loro danno amore a me e io a loro, forse andrò all'inferno, ma per ora non provo l'inferno della solitudine. Cosa fate voi, la sera quando cala il sole, che vi ritrovate soli, senza una donna al vostro fianco? E tu sei fortunato ad avere Sued, ma gli altri?

A queste argomentazioni Bernard non sa bene cosa rispondere anche perché il troppo vino incomincia a fare effetto. La lingua s'è fatta grossa e le parole non vogliono saperne di uscire dalla bocca ben chiare e nitide, ma si impastano in un groviglio difficilmente dipanabile.

Intuendone lo stato, il comandante genovese lo guarda con affetto:

– Mmhh mi sa che è ora di andare a dormire, caro il mio Bernard. La tua cuccetta è pronta.

– Cc..certo, hic, meglio andare a dormire – fa il giovane tentando di alzarsi.

Ma il tentativo di mettersi in piedi fallisce ed il giovane Templare ricade pesantemente sulla sedia accasciandosi su di essa ad occhi chiusi.

– Mi sa che il ragazzo sia bello sbronzo – dice Ginetto rivolto a Giobatta – fammi il piacere di portarlo in cuccetta e metterlo a letto.

Quando Bernard si sveglia è già giorno da un pezzo. Non ricorda per niente come sia arrivato alla sua cuccetta né come si sia spogliato e messo a dormire. Ha la bocca impastata e tanta sete, ma ancora non riesce ad aprire bene gli occhi, né tantomeno a tirarsi fuori dal letto. Poi pian piano ricorda. Gli tornano a galla i discorsi di Ginetto, la cena, ma soprattutto il tanto, indubbiamente troppo, vino bevuto. Già il vino. Era buono il vino del comandante. Forte che quando lo buttavi giù sentivi un rimescolio nello stomaco, un caldo che poi si propagava a tutto il corpo. E poi era anche molto saporoso. Era la prima volta che beveva un vino così gustoso che ti solleticava palato e lingua in tal modo delicato e forte nello stesso tempo, sprigionando intensi sapori di frutta matura.

Il giovane muove un poco la testa, ma sente un ronzio che non gli dà requie. Così attende che quel fastidioso disturbo cessi. Poi, adagio adagio, con gran cautela, mette un piede sul pavimento, posa a terra anche l'altro ed infine si tira su col busto ed il capo. Il ronzio riprende più forte di prima, accompagnato da fitte di mal di testa concentrate sulle tempie, ma il più è ormai fatto. Vede i suoi vestiti ben ripiegati su di una sedia, ed anche questo gli sembra strano. Non ricorda assolutamente di averli riposti lì e per giunta così ben piegati e sistemati.

Ancora ad occhi semichiusi Bernard si alza e, come un automa, si veste. Sente il bisogno di bere qualcosa e di lavarsi la faccia con acqua ben fredda. Quando finalmente, con un po' di fatica, si è vestito, apre la porta che dà sulla tolda e la prima persona che vede è proprio messer Ginetto intento a scrutare il cielo ed annusare l'aria per indovinare che tempo avrebbero avuto in quella giornata.

– Ohilà, Bernard, tutto bene? – lo saluta il comandante con un sorriso.

– Sì, Ginetto. Tutto bene anche se ho una sete incredibile ed un po' di mal di testa.

Ridendo con affetto, il genovese lo piglia per un braccio, accompagnandolo al suo posto di comando.

– Vieni, cavaliere mio bello, che so io cosa ti ci vuole per farti passare il mal di testa.

Così dicendo messer Ginetto riempie un bicchiere di quel vino rosso e corposo della sera prima.

– Bevi, Bernard, alcol scaccia alcol. Dopo starai meglio.

– Ne sei proprio sicuro? Solo l'idea di bere di nuovo il vino mi fa star male.

– Fidati. Conosco bene gli effetti dell'alcol e so bene come neutralizzarli. Forza, bevi e non avere paura.

Quantunque pieno di dubbi sull'azione terapeutica di quel vino, di mattina presto, Bernard lo ingolla tutto. Effettivamente, poco dopo, il mal di testa e la sete scemano lentamente fino quasi a scomparire del tutto.

– Cos'è successo ieri sera? – chiede il Templare – non ricordo più nulla…

– Mio giovane amico – risponde Ginetto – ti sei preso una sbronza colossale che non riuscivi più ad alzarti dalla sedia. Così ho detto a Giobatta di portarti a braccia nel tuo letto dove avresti smaltito meglio la tua sbornia.

"Ecco spiegato il piccolo mistero degli abiti ben piegati e della mia amnesia" – pensa Bernard. Poi, a voce alta:

– Non avrei dovuto bere così tanto. Mi sono abbrutito.

– Oh be' – replica il comandante – poco male. Eri tra amici e non c'è cosa migliore che inciuccarsi tra amici. E' la prima sbronza della tua vita?

– Eh sì. Cosa vuoi, in genere bevo acqua.

– Ho notato – commenta con un sorriso Ginetto – sei partito in un lampo. D'altra parte avevi già bevuto l'acquavite poco prima. Ma ora basta parlare di ieri, pensiamo al futuro. La tempesta è quasi completamente passata e, se tutto va bene, vorrei riprendere il mare tra non molto.

Così, poco dopo, Ginetto ordina alla ciurma di salpare l'ancora e l'imbarcazione, a forza di remi, esce lentamente dalla baia dove aveva trovato riparo per affrontare nuovamente il mare aperto.

# Discussioni

Dopo la sbronza di Bernard, messer Ginetto gli si è affezionato come se fosse suo figlio e gli spiega tutte le cose riguardanti la navigazione. Spesso, dopo aver ceduto il timone al taciturno Giobatta, il comandante genovese si siede accanto a Bernard e li puoi vedere intenti a parlare e discutere di tutto e di tutti.

Durante quelle discussioni, che spesso avvengono di notte sotto il cielo stellato, Ginetto insegna al suo giovane protetto le prime nozioni per orientarsi con le stelle e per effettuare una navigazione senza problemi. In realtà Bernard conosce già le diverse costellazioni imparate durante gli anni di insegnamento di Chantil. Ma è bello, sotto quel manto blu scuro tutto trapunto dalle luci degli astri, stare a sentire Ginetto rispiegare ed elencare il nome delle stelle e la loro posizione nel cielo. Bello ed istruttivo, perché, se da un lato il maestro Templare gli aveva insegnato le stesse cose, tuttavia Ginetto arricchiva le nozioni di Bernard con ampie lezioni pratiche di orientamento sul mare.

Ma non sono solo discussioni tecniche le loro, sono invece anche continui scambi di opinioni sulle questioni più disparate.

Ad esempio una volta l'argomento era stato le crociate ed il rapporto con i seguaci di Allah. Entrambi si erano trovati d'accordo sul fatto che le crociate, più che essere missioni a carattere religioso, erano vere e proprie spedizioni di conquista col solo scopo di strappare terra e ricchezze ai musulmani. Dove invece le opinioni divergevano, era sul tipo di rapporto da tenere con i maomettani.

– Vedi, Ginetto – sostiene Bernard – bisogna rispettare chi la pensa diversamente da te, chi ha un'altra religione, tuttavia io penso che sia necessario in ogni caso mostrargli la vera fede, la vera via che sola conduce al paradiso.

– Sei proprio sicuro – replica Ginetto – che effettivamente la tua fede sia l'unica giusta, sia quella che corrisponde alla verità? Eppure quel tuo maestro, quel Chantil di cui mi hai tanto parlato, ti ha narrato la novelletta dell'orafo e dei suoi tre figli.

– Non l'ho dimenticata quella novella – obietta ancora Bernard – ma non dimentico che comunque uno solo di quegli anelli è il vero, gli altri due sono solo imitazioni sia pure perfette. E io credo veramente in Cristo, nel suo potere di salvatore, e nella necessità, nel dovere di diffondere la sua buona novella ed evitare ai più l'inferno.

– Per me invece – dice ancora Ginetto – ogni religione è quella giusta. Da tempo ho smesso di pensare di avere qualche verità in tasca bella e pronta per l'uso. Vedi, caro il mio Bernard, l'importante è cercare di non far del male, anche se a volte è inevitabile farlo…

– Spiegami Ginetto, secondo te è inevitabile far del male?

– Ogni scelta che fai prevede che tu faccia del bene a qualcuno e del male ad altri. Proprio nello scegliere è insito questo principio. E di continuo noi scegliamo. L'importante è farlo in buona fede.

– Capisco – commenta Bernard – evitare il male agli altri è anche un modo per evitare l'inferno, non credi?

– Ma chissà se l'inferno esiste veramente – si chiede dubbioso il comandante.

– Come, non credi che vi sia un luogo di tormenti dove Dio punisce gli empi e i malvagi?

– Francamente no – risponde Ginetto – cos'è anche il più torvo peccato di noi, miseri mortali che viviamo qualche decina di anni, di fronte a una pena eterna? Non ti pare un castigo ben sproporzionato quello che Dio, che tu pensi buono e misericordioso, ci commineierebbe? No, caro il mio Templare, l'inferno ce lo creiamo noi con la paura, l'ignoranza, il pregiudizio.

Bernard, a queste obiezioni, sta in silenzio. C'è infatti della logica in ciò che il suo amico asserisce. Così, senza pronunciare verbo, si mette ad osservare le stelle che, indifferenti e da distanze infinite a loro volta osservano questo nostro mondo a volte così cattivo, a volte così buono.

La nave procede placidamente nella sua rotta di avvicinamento a Genova. Senza grossi problemi hanno attraccato a Malta dove si sono riforniti di acqua e cibo scaricando parte delle merci che trasportano e caricandone altre al loro posto. Dopo la brutta tempesta affrontata nei primi giorni di navigazione, il Mediterraneo è stato molto clemente con loro regalando giorni di quieta navigazione senza problemi.

Hanno invece trovato brutto mare quando sono passati fra Scilla e Cariddi. Le correnti impetuose che si formano in quello stretto hanno messo a dura prova l'abilità di messer Ginetto e di tutto l'equipaggio, e c'è stato il rischio di andare a finire contro le rocce che delimitano quello scomodo passaggio, ma, passati in Tirreno, il mare si è placato ed ora stanno risalendo in tutta tranquillità la penisola italiana tenendosi a non molta distanza dalla costa.

Anche Bernard, ormai, si è abituato a bere quell'acquavite così forte ed aspra che prima lo aveva così fortemente colpito: soprattutto di notte, quel liquore aiuta a non sentire il freddo e l'umidità. Ed è una di quelle notti, mentre stanno doppiando il promontorio del Circeo, che Ginetto, lasciato il timone a Giobatta, si siede vicino a Bernard con la bottiglia dell'acquavite in una mano e due bicchieri nell'altra. In silenzio li riempie ambedue, poi ne porge uno al giovane:

– Allora, tutto a posto? – chiede – a cosa stai pensando?

– Ma sì, va tutto bene… pensavo a mia moglie. Sai, mi manca…

– Lo credo, mio buon amico. Da come me ne hai parlato ne devi essere proprio innamorato cotto.

– Sì, Ginetto, lo sono proprio. E non vorrei che qualcuno le facesse del male.

- Di che ti preoccupi, è sotto la tutela dell'Ordine dei Templari, e nessuno oserà mettersi contro un Ordine tanto forte e segreto.

– E' così tanto temuto dal popolo, il mio Ordine? – chiede il giovane Templare.

– Sì, Bernard, cosa credi? State accumulando ricchezza su ricchezza ed inoltre quell'aura di mistero che vi avvolge vi rende ancora più temibili.

– Non credere, Ginetto, c'è ben poco di misterioso nella nostra vita.

– Lo so, l'ho anche visto, ma sta di fatto che nulla si sa dei vostri riti di iniziazione e, quando ogni cosa viene tenuta così coperta, poi la gente è autorizzata a pensare e fantasticare le idee più strane ed impossibili di questo mondo, specie se al mistero si aggiunge la ricchezza e la potenza.

– Dici sul serio, Ginetto? Non lo avrei mai pensato.

– Certo che sono serio, mio giovane amico. A me non piacciono le associazioni segrete, sanno di illecito, di criminale. Se le azioni che fate sono lecite e sono compiute per il bene dei cristiani, perché non rendere tutto di pubblico dominio? Perché trincerarsi invece dietro a formule e cerimonie esoteriche incomprensibili ai più? Inoltre tutto questo mistero, che ora vi rende tanto più temuti, potrebbe in futuro ritorcersi contro di voi: qualcuno, in mala fede, potrebbe accusarvi delle peggiori nefandezze e voi non potreste in alcun modo contraddirlo.

Ancora una volta Ginetto aveva ragione. Indubbiamente il mistero che avvolge i Cavalieri del Tempio li rende senz'altro più temuti e potenti di quel che in realtà sono. Ma il potere e la paura generano invidia e avversione, e, in ciò che afferma Ginetto, ci sono sicuramente riflessioni condivisibili:

– Non ti posso dar torto, Ginetto – conclude Bernard – per certi versi la penso come te. Ma io sono solo un umile Cavaliere Templare senza alcun potere sulla struttura di comando. Ora, per favore, lasciami bere questa tua forte acquavite col pensiero rivolto alla mia amata: il panorama, il cielo, le stelle inducono a pensieri d'amore più che a pensieri di guerra.

Sorride, messer Ginetto, a queste parole. Poi, in silenzio, entrambi bevono il forte liquore con gli occhi fissi a quello splendido paesaggio notturno.

## Parte seconda

## A Genova

La navigazione prosegue senza avvenimenti particolari degni di nota e quel giorno d'Aprile, dopo circa un mese dal momento della partenza dal porto di Sidone, dopo aver doppiato il promontorio del Tigullio, quello che attualmente è il promontorio di Portofino, sono in vista dei moli del porto di Genova.

– Eccoci arrivati – esclama Ginetto strappando Bernard dai suoi ricordi e facendolo così ripiombare negli affanni quotidiani.

– Tra poco attraccheremo a Genova, e tu potrai vedere questa città che noi genovesi amiamo profondamente anche se spesso ne parliamo male.

Il comandante dà quindi ordine alla ciurma di ammainare la vela. In tal modo la nave perde l'abbrivio e lentamente si avvicina al porto. Poi, con i remi, dolcemente, l'imbarcazione si accosta al molo principale e messer Ginetto ordina perciò di buttare le cime di ormeggio e di legare l'imbarcazione alla banchina. L'operazione non è certamente semplice e richiede diverse manovre e verifiche che i nodi siano ben fatti e le cime ben tese. Dopo mezz'ora la nave è assicurata a regola d'arte al molo senza timore che in qualche modo si possa sganciare ed andare alla deriva.

Nonostante l'ora abbastanza tarda, l'attività, nel porto di Genova, ferve frenetica e molti uomini oltremodo forzuti vanno e vengono dalle numerose imbarcazioni portando sulle spalle pacchi enormi e pesantissimi. Si possono sentire imprecazioni, bestemmie e ordini urlati in tutte le lingue conosciute nell'Occidente.

Mentre l'aria gli riempie le narici dell'odore salmastro del mare, il giovane Templare nota che gomene, cime, e arnesi vari sono gettati alla rinfusa sui moli in attesa di essere usati per le navi in partenza e in arrivo. Confusione e lavoro sono in ogni dove.

In attesa di sbarcare, Bernard osserva dapprima il porto e la sua attività senza soste. Poi il suo sguardo viene attratto dalle case arroccate l'una sull'altra a rubare spazio alle colline contigue.

È incredibile in quanto poco spazio si sia sviluppata la città e il giovane osserva anche con attenzione, interesse e sorpresa, i portici di Sottoripa, prospicienti il mare e i moli. Anche lì i commerci prosperano in un linguaggio fatto di parole e frasi di arabo, provenzale, genovese ed altri più imprecisati idiomi.

Il giovane Templare riflette fra sé e sè che Genova si presenta proprio come una porta fra oriente ed occidente e mai il nome latino di Ianua è stato più azzeccato. La sua attenzione si concentra infine sui campanili delle chiese: quale di esse nasconde il santo Graal? In qual modo l'avrebbe potuta individuare? E poi, dove si trova Santa Maria di Castello?

Poi Bernard scaccia questi pensieri tenendoli per l'indomani e mette a fuoco nella memoria l'immagine di Sued. È passato solo poco meno di un mese dal momento della partenza e già sente nel suo cuore ben acuta la mancanza e la nostalgia per la sua giovane sposa. A queste sensazioni si aggiunge anche un poco di preoccupazione per la nuova vita che sta crescendo in questo momento nel ventre di Sued: chissà se tutto sarebbe andato bene. L'unica cosa che lo consola e lo rassicura è che Sued si trova sotto la protezione del Gran Maestro Chevallin e che perciò non le sarebbe sicuramente mancato nulla e, nel malaugurato caso di un problema di salute, sarebbe stata curata al meglio.

Messer Ginetto, ancora una volta, lo distoglie da questi nostalgici pensieri:

– Allora, mio giovane amico, il nostro viaggio finisce qui. Prendi la tua roba, scenderemo insieme e ti mostrerò dove poter dormire e dov'è la casa di Giannetto Embriaco.

Così Bernard e Ginetto scendono insieme, entrambi col loro sacco sulla spalla.

Percorso il molo, si trovano in una piccola piazzetta da dove si dipartono i portici di Sottoripa.

Ginetto posa in terra il suo sacco, per un istante guarda con affetto Bernard e poi dice:

– Caro Bernard, purtroppo qui dobbiamo dividerci. Non posso portarti con me da donna Violante, e…

– E chi sarebbe donna Violante? – lo interrompe il giovane.

– Come, chi sarebbe. E' mia moglie, la mia moglie genovese.

– O bella, sei sposato, Ginetto? Questa non me la immaginavo proprio…

– Ma no Bernard, non sono sposato come pensi tu, in chiesa con tutti i sacramenti. In ogni porto ho una moglie che mi consola e mi fa scordare le fatiche del viaggio. D'altra parte, non potrei sposare donna Violante: ha già un marito.

– Incredibile – commenta sempre più sorpreso Bernard – e il marito sa di te?

– Francamente non lo so e, se devo essere sincero, neppure m'interessa saperlo: non sono geloso di lui.

Bernard ride di cuore a questa battuta di Ginetto. Poi:

– Va bene, Ginetto, va bene. Almeno dimmi dove posso trovare un posto per dormire e dov'è  la casa di Giannetto Embriaco.

– Oh be' – risponde il marinaio genovese – vedi la terza casa, quella con l'intonaco leggermente scrostato? Lì Giannetto ha il suo scagno dove compra e vende ogni tipo di merce. Al primo piano invece ha la sua abitazione dove vive con la moglie e le due figlie. Quanto al dormire, Genova è piena di locande più o meno care e più o meno malfamate. Ma, se fosse per me, io andrei all'hostaria di donna Pina.

– E dove si trova questa locanda?

– E' appena fuori dalle mura della città, vicino alla chiesa del Santo Sepolcro nel borgo di Pre e, a quest'ora, ti conviene andarci con il carretto, ma si dorme bene e soprattutto tranquillo e senza timori di essere derubati. E poi, se non ricordo male, donna Pina ha le tette più grandi e belle di tutto il Mediterraneo e vale la pena di riempirsi gli occhi con quelle poppe. Inoltre, vedendo un giovane come te, non ti lesinerà certo cibo e vino dei migliori e, se vorrai, oltre a vederle, le potrai anche toccare quelle tette sode e non solo quelle: donna Pina è molto generosa con chi le va a genio.

Non si può fare a meno di sorridere con affetto a quelle affermazioni di messer Ginetto, che prosegue:

– Vedi quei carretti in quell'angolo? Usualmente portano merci per tutta la città, ma se glielo chiedi cortesemente e dai loro un po' di denari in più, sicuramente ti porteranno fin là. Ma perché non vai direttamente da Giannetto? Son sicuro che una sistemazione in casa sua te la trova.

– No, Ginetto. Lo so, da Giannetto sarei sicuramente più comodo, ma, almeno il primo giorno, voglio essere completamente libero, sia per conoscere la città, sia per adempiere alla promessa fatta a Maddalena

– Capisco… – dice il comandante.

Poi entrambi si guardano senza parlare, ed è Bernard a rompere il silenzio:

– Grazie Ginetto, grazie per tutto il viaggio, è stato bello conoscerti. Speriamo di incontrarci di nuovo, magari per brindare a un tuo nuovo successo amoroso.

– Anche per me è stato piacevole averti a bordo. Mi raccomando, riguardati…

Sul viso burbero di quel vecchio lupo di mare di messer Ginetto si inumidiscono gli occhi.

Così, bruscamente e forse per trattenere le incombenti lacrime di commozione, il marinaio genovese ripiglia il suo sacco, si gira e si allontana velocemente confondendosi nella folla.

## L'Hostaria di donna Pina

Ora Bernard è rimasto solo ed improvvisamente sente in ogni parte del suo corpo la stanchezza di quel lungo viaggio per mare. In verità gli è piaciuto molto navigare a vela, ed ha anche imparato parecchie cose da messer Ginetto, ormai considerato alla stregua di un secondo padre, ma l'imbarcazione lasciava ovviamente molto a desiderare quanto a comodità. L'acqua poi a bordo era più preziosa dell'oro e per giorni e giorni Bernard si è lavato mani e viso alla meno peggio. Ora sente proprio il bisogno di una bella tinozza di acqua ben calda ove poter immergere il proprio corpo e togliere così tutte le incrostazioni di quel lungo e non certo agevole viaggio.

Si avvicina perciò a un uomo che sta seduto su di un carretto di quelli indicati da Ginetto.

– Ehi, capo, mi portereste fino alla chiesa del Santo Sepolcro?

– Certamente messere – risponde quello – salite che partiamo subito.

– E' molto lontano? – chiede ancora Bernard mentre si issa col suo sacco sul carro.

– No, non molto, ma a quest'ora non conviene andare a piedi, che fuori delle mura ci sono banditi e tagliagole.

Infatti ad ovest sta ormai calando il sole e di certo un viandante solitario a piedi sarebbe stato preda facile e ghiotta per ogni tipo di malvivente.

– Se non sono indiscreto, messere – chiede il conducente – che ci andate a fare alla chiesa del Santo Sepolcro a quest'ora? Di certo quando arriveremo sarà senz'altro chiusa.

– Ma io stasera non vado in chiesa. Cerco l'hostaria di donna Pina.

– Ah beh, allora è diverso. Già, è vicina alla chiesa... e donna Pina accetta tutti i viandanti anche ad ora tarda.

E qui il carrettiere ha un ammiccamento inequivocabile che Bernard fa finta di non vedere.

Non appena Bernard si è ben sistemato nel carro, l'uomo sprona il cavallo e l'animale, lemme lemme, si incammina per la strada che porta verso il borgo di Pre.

Bernard vorrebbe, spinto dalla curiosità, osservare il paesaggio che lentamente si dipana al passaggio del carro, ma il lento ritmo impresso dall'andatura del cavallo, complice la stanchezza che ormai gli sta piombando addosso, gli chiude repentinamente gli occhi.

Dorme sodo, pesante e senza sogni, il giovane, come sanno dormire le persone di ventiquattr'anni, che tanti ne aveva Bernard, quando sono stanche.


– Messere, svegliatevi, che siamo arrivati.

Il conducente sta gentilmente scrollando per una spalla Bernard il quale riemerge a fatica dal sonno. Effettivamente, nel buio che ormai incombe, si intravede il profilo della chiesa del Santo Sepolcro, l'austero ma piccolo edificio di culto dove poi sarà edificata la famosa Commenda di Prè, progettata e costruita dai maestri Antelami che tanti palazzi e chiese faranno a Genova. Ma, nel 1154, data nella quale si svolge il nostro racconto, la Commenda, con la sua chiesa, e l'edificio ad essa annesso che serve da ricovero per i viandanti e i pellegrini di passaggio non c'è ancora.

Esiste invece per l'appunto, la chiesa del Santo Sepolcro e, lì vicino, addossata ad essa, l'hostaria di donna Pina, di cui purtroppo, nell'impetuoso divenire della storia, è andata persa ogni traccia.

Nonostante l'ora tarda, alla locanda sono ancora accese le luci di alcune candele, segno che all'interno v'è ancora gente sveglia. Inoltre un inquieto abbaiare accoglie il giovane che è appena sceso dal carrettino ed è sul punto di bussare alla porta dell'hostaria.

Ma la porta in quel momento si apre e, alla luce un po' incerta di tremule candele, donna Pina appare a Bernard.

È un donnone che occupa tutto lo spazio dell'uscio e che, con voce potente, urla:

– Chi è a quest'ora che rompe il belino?

– Un povero viandante – risponde intimorito il Templare – mandato da messer Ginetto e che cerca ricovero per la notte.

– Come? Dunque voi conoscete quel vecchio pirata di Ginetto? Orsù, entrate, entrate pure che per i suoi amici la mia locanda è sempre aperta.

Mentre il carretto si allontana scomparendo verso Genova nel buio incipiente, Bernard entra nella locanda.

– Quieto, Fufi, questo è un amico – dice ancora donna Pina rivolta al suo cane che, se ha smesso di abbaiare, tuttavia continua a ringhiare sordamente come se brontolasse ancora per l'intrusione.

Poi, rivolta a Bernard:

– Non preoccuparti, bel giovane: ringhia e abbaia, ma è bravo e gli amici non li ha mai morsi.

Non ci si stupisca del tono confidenziale con il quale la locandiera si rivolge a Bernard: quel giovane, per l'età, potrebbe essere suo figlio. E poi la sua è una locanda per il popolo, e agli uomini del popolo donna Pina dà del tu.

È ancora lì che traffica col catenaccio, per sprangare bene la porta, quando si gira verso Bernard:

– Così Ginetto è a Genova. Dimmi un poco, giovanotto, come sta quel vecchio lupo di mare? E dov'è ora?

Bernard è rimasto a bocca aperta. Ora può vedere donna Pina e le sue famose tette tanto decantate dal comandante genovese. Mai il giovane ha visto forme così abbondanti. Sotto il corpetto, le due mammelle premono come se fossero imprigionate e chiedessero invano di essere liberate.

Ma donna Pina non ha grosse solo le tette: anche il sedere è imponente, e tutto l'insieme dà proprio l'idea di abbondanza, di grasso e di opulenza.

– Beh – chiede la locandiera – ti sei incantato a guardarmi le tette? Belle, vero?

– Sì... effettivamente.. – concorda impacciato il giovane arrossendo un poco.

– Sono le tette più belle e grandi di Genova, della Liguria e forse anche dell'intera Italia e della Francia! E Ginetto le disdegna preferendo andare da quella gatta morta di donna Violante. Perché è andato da lei, vero?

– Eh sì, donna Pina, mi ha accennato che aveva un appuntamento segreto con lei – dice sempre più imbarazzato Bernard.

– Che figlio di buona donna! Prima ti fa innamorare con le sue arti magiche e devo dire che a letto ci sa proprio fare. Poi, quando sei cotta a puntino, si invaghisce di qualche altra femmina e ti pianta in asso senza neppure dirti una parola... ma tornerà, quel disgraziato, ne sono più che certa.

Poi la locandiera guarda con attenzione Bernad:

– Ma tu, giovanotto, sarai stanco – gli dice – e, se sei arrivato a Genova oggi con la nave di Ginetto, avrai anche bisogno di pulirti un po' per bene e di mangiare qualcosa di buono, che il vitto sulle navi fa veramente schifo. Vieni, ora a te ci pensa donna Pina.

E, così dicendo, accompagna il giovane nella stanza del bagno dove c'è una grande tinozza, poi la riempie di acqua calda:

– Ecco – dice poi – lavati con calma che nel frattempo preparo un letto per te e qualcosa di appetitoso da mettere sotto i denti.

Rimasto solo, il Templare si spoglia e si immerge voluttuosamente nell'acqua calda. Come per incanto la stanchezza si allontana ed un dolce tepore avvolge il corpo del giovane. Un senso di pace e tranquillità prende Bernard che vorrebbe che quel bagno non finisse mai. Ma poi lo stomaco reclama la sua parte e d'altronde l'acqua ormai si sta raffreddando. È giunta l'ora di assaggiare la cucina di donna Pina. Perché è proprio così: mentre lui oziava nell'acqua calda, lei preparava la cena. E che cena.

Quando, lindo e vestito di tutto punto, Bernard si presenta nella vasta sala che funge da ristorante, c'è da non credere ai propri occhi: focacce salate con ripieni di tutti i tipi.

– Avanti – lo esorta donna Pina – siediti a questo tavolo, che ora ti porto anche un po' di buon vino di quello che tengo in serbo per i giovani simpatici come te.

Ancora ammutolito per la sorpresa dell'abbondanza e varietà del cibo, Bernard si siede ed inizia ad assaggiare tutto quel ben di Dio approntato dalla giunonica locandiera.

E tutto eccellente ed il palato viene sommerso da quell'orgia di buoni sapori. Si sente l'origano, la maggiorana, il timo ben mescolati con gli altri ingredienti da una sopraffina arte antica tramandata di generazione in generazione ed ogni volta ricreata in quell'antro magico rappresentato dalla cucina, vera fucina alchemica che trasforma il piombo di ingredienti spesso immangiabili nell'oro di un cibo che soddisfa stomaco e palato. Ed è forse questa la vera magia, il vero miracolo che si compie ogni giorno sulle nostre tavole senza neppure che noi ce ne rendiamo conto, ed è anche vero che le donne e gli uomini che compiono questo prodigio sono streghe e maghi che possiedono un'arte magica preclusa alla maggioranza dei comuni mortali.

– Buonissime queste torte – si complimenta Bernard dopo averle assaggiate un po' tutte – Donna Pina, siete una cuoca favolosa. Poi, questa torta sottile di ceci è veramente squisita: mai avevo gustato una tale bontà.

– Lo so, lo so – concorda la donna – la farinata piace a tutti. È un cibo da poveri. Pensa: basta un po' di farina di ceci, olio, acqua e sale, ed è bella pronta. Ma ora bevi un poco di questo vino: sentirai com'è buono.

Così dicendo, donna Pina riempie il bicchiere di Bernard di un liquido rosso dal profumo di lampone maturo e di fragole di bosco: un vino invecchiato e forte ma nello stesso tempo vellutato e carezzevole.

– Gustalo con attenzione – aggiunge lei – questo è vino da re e lo tengo solo per Ginetto e per gli amici suoi e i giovani viandanti simpatici come te.

In effetti, quel vino pervade la bocca lasciandosi dietro una scia di puro piacere e di gusti intensi che stimolano le regioni più profonde dell'animo umano estraendo da esse sensazioni ormai dimenticate, ricordi ed emozioni perse da tempo.

– Mmhh – bofonchia il giovane – questo pare l'ambrosia, il nettare delle divinità pagane. E mi pare, fra le vostre torte e questo buon vino, d'essere capitato in una succursale terrena del monte Olimpo dove regna Giove, il padre di tutti gli dei dell'antica Grecia.

Ride, donna Pina, a queste parole:

– La buona tavola ed il buon vino – commenta poi – hanno sempre qualcosa di ultraterreno. D'altronde, il primo miracolo di Gesù riguardava il vino, se non sbaglio… e fortunati quei commensali di quelle famose nozze a Caana: hanno veramente assaggiato un qualcosa di celestiale. Ma dimmi un poco, giovanotto: come ti chiami?

– Il mio nome è Bernard, Bernard de Villeroi.

– Villeroi, hai detto – commenta la donnona che nel frattempo si è seduta su di uno sgabello al tavolo del Templare – ma allora devi essere originario della Linguadoca.

– Effettivamente è così, ma ormai sono più di sette anni che vivo a Sidone e che non ho più notizie del mio villaggio natio.

– Già – conviene la locandiera – scommetto che i Saraceni danno del filo da torcere.

– Ormai no. Abbiamo trovato un modo pacifico di convivenza, almeno dove vivo io, ed ognuno si fa i propri commerci senza problemi.

– Acciderbola, non pensavo che dopo le crociate appena intraprese fosse possibile una convivenza pacifica…

– Che volete, donna Pina, le guerre passano, e dopo restano le macerie e tanti pover'uomini che, per vivere, devono dimenticare il passato se vogliono continuare a sbarcare il lunario. Basta poco per sperare.

– Hai proprio ragione, mio giovane avventore: ti scopro filosofo. Ma parlami invece di Ginetto; ormai è tanto che non lo vedo: come sta?

– L'ho visto bene. E solca sempre il Mediterraneo con la sua nave. Devo dire che in tutto il tempo della traversata abbiamo parlato a lungo ed il discutere con lui è staato sempre assai piacevole.

– Ben lo so – sospira la donna – anch'io son rimasta incantata ed irretita dalle sue parole. Ma lui non conosce il significato della parola fedeltà. E dire che gli ho dato molto di me.

A queste parole Bernard si tace imbarazzato. Guarda donna Pina, il corpo di lei debordante da ogni dove, le tette prorompenti ed il culo imponente. Poi il suo sguardo si sofferma sul viso ancora grazioso e senza troppe rughe nonostante l'età che non è più giovanile. Gli occhi poi… Negli occhi di Pina Bernard scorge quella scintilla e quella luce proprie della donna innamorata.

– Non fatevi cruccio, donna Pina – dice infine il giovane – sono certo che prima o poi lo vedrete senz'altro arrivare qui.

– Sei buono, mio caro Bernard, e spero che tu abbia ragione, ma mi auguro che ciò avvenga presto: non ho più tanto tempo per aspettarlo. Ma ora basta parlare di me e di Ginetto. Parliamo un po' di te. Come mai sei qui a Genova? Cos'è che ti ha spinto ad attraversare il mare per giungere fin qui?

Per quanto gentile e simpatica, Bernard non può certamente svelare alla locandiera i veri motivi che l'hanno portato nel capoluogo ligure e, d'altronde, neppure li ha svelati a Ginetto.

Così se la cava farfugliando di importanti traffici e negozi da sviluppare a Genova e con la necessità di prendere contatto con i maggiori armatori genovesi per saggiare le possibilità di possibili collaborazioni circa l'importazione di meravigliosi tessuti e tappeti da favola provenienti dalla Persia ed anche da più lontani paesi dell'oriente. E poi, la caraffa contenente quel delizioso vino è ormai vuota e l'alcol, non disgiunto dall'ottimo cibo e dalla stanchezza pregressa, sta ormai inesorabilmente chiudendo le palpebre al giovane Templare che a mala pena ora risponde alla gragnola di domande della Pina.

Così, poco dopo, la locandiera desiste dal continuare quel vano interrogatorio:

– Vedo che stai crollando dal sonno e che ti sto importunando con le mie domande. Vieni, il tuo letto è pronto.

– Grazie, donna Pina: non ne posso veramente più.

La branda della camera non è male e le lenzuola sono pulite; in tal modo il riposo è garantito, ma lo sarebbe anche su un duro tavolaccio con un po' di paglia tanta è la stanchezza che ha addosso il Templare.

Il toccare il materasso e l'inizio del sonno sono per lui eventi separati neppure da una frazione minima di tempo ed il giovane inizia così una lunga, ristoratrice e pesante dormita senza sogni che terminerà solo il giorno dopo alle prime luci dell'alba quando il gallo, col suo squillante chicchirichì, lo risveglierà fresco e ben riposato, pronto per la nuova giornata che lo attende.

– Buongiorno Bernard. Hai dormito bene? – gli chiede la locandiera quando il giovane si presenta nell'ampio salone dove si servono i pasti.

– Come un ghiro, donna Pina. I vostri letti sono proprio l'ideale per conciliare il sonno.

– Vieni allora. Ho del latte appena munto, pane nero e burro fatto da me.

– Grazie. Qualcosa assaggerò anche se, a dire la verità, sono ancora pieno di tutte le buone cose che mi avete dato da mangiare ieri sera.

Il latte è buono, cremoso e gustoso e berlo è un piacere immenso. Ma ciò che più colpisce Bernard è il burro. È particolarmente saporito e ricorda quello che a volte Maddalena faceva quando lui era bambino.

– Beh, che c'è? – gli fa donna Pina vedendolo imbambolato e perso chissà dove – non è buono?

– Per niente. È veramente ottimo e mi fa tornare in mente la mia infanzia in Linguadoca.

– È così... ricordi – commenta la donna – siamo fatti di ricordi, di acqua e ricordi. Tristo quell'uomo cui rubano i ricordi.

– È proprio vero, donna Pina... avete proprio ragione. Ma ora è tempo di andare, che il sole è già alto nel cielo. Potete prepararmi un po' di pane e formaggio da mangiare mentre andrò a Genova?

– Ma certo, lo farò subito.

In men che non si dica il fagotto col cibo è pronto e Bernard si appresta a lasciare l'hostaria.

– Ecco il pane e formaggio, Bernard. Ho messo del buon formaggio di latte di pecora, un po' piccante e ben stagionato.

– Grazie donna Pina. Siete eccezionale e non vi scorderò facilmente.

– Addio, mio bel giovane, che Dio ti accompagni e, dovunque tu vada, ricorda che qui troverai sempre la porta aperta.

Bernard guarda l'imponente figura della donna, le tette procaci, il culo veramente imponente. Ma il viso è buono, sincero e quasi ingenuo, ed il giovane abbraccia donna Pina come un figlio abbraccia la propria madre.

Poi, come se provasse vergogna di quel gesto affettuoso così inconsueto, col suo sacco sulle spalle, il Templare si gira e, senza

173

più guardarsi indietro, si avvia a piedi per la strada che porta a Genova.

L'aria è assai frizzante e il cielo sereno, ed è proprio piacevole camminare in mezzo ai prati e agli orti.

A Bernard, quei prati e quegli orti fanno venire in mente l'infanzia. Per i profumi, gli odori e i colori, infatti, quella campagna assomiglia di più a quella della natia Linguadoca che non alle campagne della Palestina. Indubbiamente queste ultime, soprattutto nelle zone bagnate dal fiume Giordano sono più ricche e fertili ed il maggior caldo permette coltivazioni che a Genova o in Linguadoca sarebbero impensabili, ma tant'è... A Bernard pare di esser tornato all'infanzia e riscopre, in quegli odori e in quei colori, ricordi e sensazioni che mai avrebbe pensato di ricordare.

Pensa infatti a tutte le fughe, fatte di nascosto dai 'grandi', quando andava a nascondersi in qualche covone di fieno, oppure, cosa proibita da suo padre, quando andava a giocare con qualche figlio di contadini, di servi della gleba, a lui coetaneo.

Erano sempre stati giochi innocenti, ma guai se il conte l'avesse saputo, che non voleva che il suo figliolo, di sangue blu ancorché di nobiltà inferiore, si mischiasse con quei villici grezzi ed incolti.

Maddalena, invece, ben sapeva di quelle sue fughe e qualche volta l'aveva anche visto giocare in mezzo ai bambini della servitù, scalzi, laceri e puzzolenti, ma aveva fatto finta di niente, badando invece ad intercettarlo la sera per cambiarlo e lavarlo prima che si presentasse al cospetto del padre.

Così la passeggiata, in mezzo a questi piacevoli ricordi, è senz'altro gradevole e, anche se il tragitto non è breve, Bernard si meraviglia non poco di essere già vicino al borgo cittadino quando arriva in vista della cinta muraria, oltre la quale inizia la città vera e propria.

Attraverso la porta si possono vedere carriaggi che entrano, merci che, su carri di ogni tipo, escono da Genova  e si intuisce un gran fermento commerciale all'interno delle mura del capoluogo ligure..

Il giovane rimane meravigliato a guardare per un bel pezzo tutto quel traffico che si riversa nelle strade della città. Poi si rimette in marcia.

## Anjia

Varcata la porta della città, Bernard prende per una viuzza stretta parallela al mare. Anche lì fervono i commerci, ma ciò che colpisce maggiormente il giovane Templare sono le prostitute. Nascoste all'angolo di carruggetti ben bui, vestite succintamente che se ne possono intravedere le forme sotto i pochi veli che le ricoprono, rappresentano per Bernard l'ultima idea del peccato originale e quasi un'anticamera dell'inferno, di quell'inferno fatto di fiamme e di fuoco che frate Guglielmo aveva così pittorescamente descritto quand'era passato a predicare nel feudo dei Villeroi.

Certo che alcune di esse sono veramente belle. In particolare, lo sguardo del Templare viene attratto da una figura femminile alta, slanciata, capelli lunghi e biondi, occhi azzurri come un cielo primaverile. Agli occhi del giovane, abituato a donne dai capelli neri e dalla carnagione olivastra, essa appare come una rarità che sprigiona un fascino pari a quello della maga Circe nei confronti dei marinai di Ulisse.

Bernard si ritrova incantato a guardarla intensamente, quasi a mangiarsela con gli occhi, come se il mondo esterno fosse scomparso e in quel momento sulla terra esistessero solo lui e quella giovane donna dispensatrice di un piacere proibito, di quel piacere nascosto e misterioso a cui si tende per superare e vanificare, sia pure per un breve istante, i confini che ci impone il nostro essere finiti.

– Ehi, bel giovane, ti piaccio così tanto? Vieni con me, che insieme raggiungeremo il paradiso.

176

Il Templare è scosso dalle parole della giovane prostituta, come se l'incantesimo che l'aveva irretito si fosse dissolto nel suono della voce della ragazza. Improvvisamente Bernard ode nuovamente i rumori della vita che pulsa nella via: i carri che passano, la gente che discute e commercia, qualche bambino che piange o grida di lontano.

– Cara la mia ragazza – risponde – per ora il paradiso può attendere. Ma, se ti piace, dimmi che strade devo percorrere per arrivare a Santa Maria di Castello, che ti saprò ben ricompensare.

Ride la giovane a queste parole:

– Non è necessaria una ricompensa, o giovane viandante pio e devoto, per indicarti la giusta via per Santa Maria di Castello, la chiesa più importante di Genova. Ora ti dirò che percorso seguire per arrivare fin là e guadagnarti così, con le preghiere, una piccola parte di un paradiso lontano ed incerto. Ma se invece non hai fretta e ti va di gustare un poco di eterno lieve e fugace, torna pure da me. Io vivo in quella casa vicino a quella fontana. Se qui non mi vedi a vender l'amore bussa pure a quella porta e chiedi di Anjia, sarai sempre ben accolto.

– Grazie madamigella – replica ancora Bernard – invero il tuo è un invito assai allettante ed anche se non penso di tornare a bussare alla tua porta, pur tuttavia ti ringrazio per la tua gentilezza. E possa tu esser sempre così bella e graziosa come ti hanno vista i miei occhi ora.

Quasi controvoglia, dopo aver udito le precise indicazioni della prostituta, Bernard si stacca da lei a passo lento e, pur allontanandosi per raggiungere Santa Maria di Castello, ogni tanto si gira per lanciarle uno sguardo di sottecchi e riempirsi gli occhi con la figura di lei, così bella, così di tutti eppur così misteriosa e segreta.

Bernard percorre lentamente tutta quella via osservandone le piccole botteghe dove si vende ogni tipo di mercanzia e poi si dirige verso il cuore di Genova, il Castrum, per l'appunto.

Quelle strette vie, ombrose ed ancora fredde, dove il sole arriva solo per poco a scaldare le antiche pietre che formano il selciato, sono però ricche di vita e di genti che si intuisce arrivare da ogni dove dell'Occidente cristiano e dell'Oriente musulmano.

I negozi sono numerosi e puoi vedere forni che vendono pane e focacce di ogni genere accanto a ciabattini che risuolano scarpe e stivali. Più in là vedi anche l'officina di un fabbro col fuoco ben vivo e senti risuonare furiosi colpi di martello sull'incudine. Bernard si ferma ad osservare quel duro lavoro. Un omone, alto, robusto, pesante di muscoli e di carne, nudo dalla cintola in su, aiutato da due giovani garzonetti appena ragazzini, sta forgiando una spada incandescente. Il metallo, reso molle dal calore del fuoco, pare cosa viva e cambia forma in modo quasi miracoloso sotto i colpi precisi e potenti dell'uomo. C'è un caldo infernale ed il corpo del fabbro è percorso da abbondanti rivoli di sudore. Anche i giovani garzoni sudano, intenti come sono ad attizzare il fuoco mantenendolo sempre ben vivo con dei grossi mantici. Ogni tanto l'omone si ferma, si terge il sudore dal corpo e dal viso con un panno che in origine doveva essere bianco ma che ora appare grigio e nero, e tracanna un po' d'acqua da un orcio di terracotta.

Incuriosito, il Templare resta a guardare quello spettacolo affascinante. Poi riprende il cammino anche perché il calore emanante da quella fucina è veramente insopportabile.

Fatti pochi passi il giovane s'imbatte in una bottega di tintore. Anche lì il caldo, pur di molto inferiore alla vicina bottega del fabbro, non scherza.

In un grosso paiolo posto su un grande fuoco, sta bollendo un liquido bluastro. Due uomini barbuti ed affannati stanno rimestando con grossi bastoni pezze di stoffa in modo da colorare di blu quei tessuti.

Certamente lì il lavoro non è così pesante come quello del fabbro, tuttavia, si trova a pensare Bernard, non deve essere piacevole passare la propria vita in quel marasma di caldo, tinture ed odori forti, aspri e poco piacevoli.

Ora il giovane è arrivato, seguendo le indicazioni di Anjia, molto vicino alla parte centrale della città e si appresta ad inoltrarsi all'interno di quel quartiere di Genova denominato dai Romani 'Castrum' ovvero, per l'appunto, la parte più antica del capoluogo ligure dove è situata Santa Mria di Castello.

La via che Bernard sta ora percorrendo è in salita, forse più stretta e buia di quelle già battute ed il cielo lo intravedi a malapena fra i ripidi palazzi che delimitano la strada.

## Santa Maria di Castello

È sorprendente, si trova a pensare Bernard, la differenza di temperatura fra le poche zone esposte al sole dove già si avverte un tepore primaverile e le prevalenti parti ancora in ombra, umide e fredde.

Infine il giovane, percorsi in salita un centinaio di metri di quella via stretta ed umida, svolta ancora a destra inerpicandosi per un vicoletto ancor più ripido e, fatte alcune decine di metri, vede la torre degli Embriaci e, poco più in là, la chiesa che cerca.

Il portone di Santa Maria di Castello è aperto, così il Templare entra nella navata principale della chiesa che in quel momento appare completamente vuota e trasmette subito un senso di misticismo tanto forte che è come se avvertissi realmente la presenza di un Ente Superiore, di Dio stesso.

A passi lenti e silenziosi per non turbare la sacralità del luogo, Bernard si avvicina all'altare scorgendo a destra di esso un gran tavolo in legno pieno di gioielli e oggetti preziosi portati come ex voto dai fedeli.

Emozionato, il Templare si avvicina al tavolo, con delicatezza estrae da una tasca del suo abito l'anello di Maddalena e, con gli occhi lucidi di commozione, lo posa con dolcezza infinita, con un gesto trattenuto, proprio nel centro di quel tavolo. Fa proprio impressione vedere quel modesto anellino vicino a pietre preziose che hanno sicuramente un valore dieci o venti volte maggiore.

Resta, Bernard, ancora qualche minuto a contemplare l'anello di Maddalena sul tavolo, col cuore gonfio di commozione. Poi, con l'animo ancora in tumulto, si inginocchia su un inginocchiatoio davanti all'altare.

Ma Bernard non riesce a pregare, non riesce a formulare una preghiera canonica. Raccolto in se stesso ad occhi chiusi, con le palme delle mani sul viso, rivive la sua infanzia in Linguadoca e i fatti più salienti della stessa. E sopra ogni cosa c'è sempre l'immagine dolce e sfuggente di Maddalena che con un sorriso struggente sulle labbra lo segue come fosse il suo angelo custode.

Bernard in quel momento ha ben chiaro che la balia genovese non lo ha mai abbandonato e mai lo lascerà. Certo, il suo corpo mortale aveva cessato di vivere, ma Maddalena continuava a vivere nei ricordi di Bernard, e lo avrebbe sempre protetto con gli insegnamenti e le dolcezze che gli avevano forgiato il carattere. Maddalena viveva in lui, nei suoi ricordi, nei suoi gesti, nei suoi modi di fare, e mai l'avrebbe abbandonato fino alla fine dei suoi giorni mortali.

– Figliolo, qualcosa ti turba?

Una voce gentile trae Bernard fuori dalle sue meditazioni. Il giovane gira il capo e vede, dal basso all'alto, un frate allampanato e magro con una lunga e folta barba bianca che lo sta osservando con apprensione.

– E' un po' che ti osservo – continua il frate – e mi ero quasi preoccupato per te. Stai bene?

– Scusate, padre – risponde Bernard alzandosi – ero immerso nei miei pensieri e non mi sono accorto che il tempo passava.

– Già. E' ora di mangiare e io, come frate custode, devo chiudere la chiesa per il tempo del pranzo. Ma, se è lecito, a cosa stavi pensando così intensamente?

Allora Bernard aveva raccontato per sommi capi a frate Bacciccia, questo il nome del religioso, la storia di Maddalena, dell'anello, della promessa fatta a lei in punto di morte e di come lui la sentisse ancora vicina a sé ritenendo che lei mai lo avrebbe abbandonato.

– Hai ragione, figliolo, – commenta alla fine il frate – coloro che maggiormente segnano la nostra vita non muoiono mai definitivamente e sono sempre con noi. Ma avrai fame, penso. Perché non dividi con me la zuppa ed il vino del mio pasto? Mi terrai compagnia. Sai, mangio sempre da solo e la solitudine, se aiuta di certo la meditazione, a volte mi pesa un poco.

– Accetto con piacere, frate Baciccia – acconsente il Templare – e sarò molto onorato di dividere con voi il pane ed il formaggio che ho nella mia bisaccia. Ma prima vi chiedo il permesso di visitare, sia pur velocemente, la chiesa.

– Certo, figliolo. E sarò ben lieto di mostrarti i segreti di questa grande ed antica chiesa che da tempo rappresenta il cuore spirituale della città di Genova. Ordunque, seguimi.

Ciò detto frate Baciccia mostra al giovane Templare le navate della chiesa e le colonne di granito rosso provenienti dalle cave della Sardegna.

– Vedi, figliolo – prosegue il frate – il convento e la chiesa sono edificati nel luogo originario dove sorse il primo nucleo di Genova. È un luogo posto in alto, facilmente difendibile e dal quale puoi vedere il mare. Spesso si è riusciti a prepararci militarmente evitando così le scorrerie dei pirati saraceni.

La visita va avanti con la scultura del Cristo moro che si dice essere stato portato a Genova dalla Terrasanta durante la prima Crociata cui tanta parte valorosa ebbero le milizie genovesi guidate da Guglielmo Embriaco.

Santa Maria di Castello vale proprio la pena di essere visitata perché dentro di essa si può sentire il respiro della storia. Ci si rende conto di quante popolazioni abbiano vissuto in quel sito: prima i Liguri, poi i Romani ed i Cartaginesi, in lotta fra di loro.

– Già i Cartaginesi – ricorda ancora Frate Baciccia – pensa che Magone, fratello di Annibale, distrusse a tal punto Genova, allora alleata di Roma, che i genovesi ancora ora, per indicare un sentimento di tristezza e di pena, dicono che vien loro il *magone* a indicare la pena provata al vedere le distruzioni perpetrate dal generale punico.

Infine, dopo la distruzione dell'impero romano, sono arrivati i Longobardi, per giungere nel 680 all'edificazione di questo tempio della cristianità dovuta molto probabilmente alla perizia dei Maestri Antelami, artigiani provenienti dalla vicina Lombardia, dalle provincie di Como e limitrofe.

E poi ci sono anche le scritte cufiche incise nei muri nella navata destra.

Bernard le nota quasi per caso, che frate Bacciccia le aveva già viste senza però capirne il significato, ed ha come un tuffo al cuore. Sono riprodotte, in quella scrittura così elegante ed antica, nata in Mesopotamia presso Baghdad nella città di Cufa, le sure del Corano che riguardano la nascita del mondo.

'Nel nome di Allah, il misericordioso'. Tutte le sure iniziano così per poi proseguire in versetti non molto differenti da quelli della Bibbia. Il problema è l'interpretazione dei versi di quei libri sacri che, apparentemente semplici, nascondono concetti e verità profonde di difficile e non univoca interpretazione. Spesso queste interpretazioni hanno dato luogo a dispute teologiche infinite, sfociate anche in sanguinose guerre di religione, le peggiori guerre al mondo, se mai una guerra può essere definita migliore delle altre. In esse, infatti, i contendenti credono di avere Dio dalla propria parte e, nel nome di quel supposto Dio, compiono le efferatezze più scellerate mai concepite da mente umana.

Con queste riflessioni per la testa, Bernard, alla fine di quella suggestiva visita, segue il frate, attraversando chiostri più o meno grandi ma tutti armoniosi e suggestivi, nel chiostrino d'ingresso, forse il più grazioso di tutti, dove s'affaccia il piccolo appartamento che il religioso occupa in qualità di frate custode.

Frate Bacciccia fa entrare il giovane in una piccola cucina poveramente arredata da un tavolo di legno grezzo e quattro sedie impagliate. Poi porge a Bernard una ciotola piena di

183

minestrone e un cucchiaio, entrambi in legno. Dopo una breve benedizione, i due si siedono e iniziano a mangiare. Sul tavolo ci sono anche due bicchieri e una brocca di vino e dopo poche cucchiaiate fra' Bacciccia riempie entrambi i bicchieri con quel vino rosso scuro.

– Beviamo – dice poi – è vino buono, è sincero e ci dona un attimo di felicità…

– Grazie padre. Ma, se è lecito, di dove siete? – chiede Bernard.

Fosse il vino buono, fosse che aveva voglia di parlare, il frate non aspettava altro.

– Caro Bernard – risponde fra' Bacciccia – la mia è una storia lunga e forse non hai voglia né tempo per ascoltarla.

– Ma no, padre, ci mancherebbe altro. Raccontate, raccontate pure: sarà un piacere ascoltarvi, come è stato bello sentirvi narrare tutte le cose che sapete su Santa Maria di Castello.

– Allora, mio giovane amico, devi sapere che io son nato in un piccolo paesino dell'entroterra genovese sessantatre o sessantaquattro anni fa.

Qui frate Bacciccia fa una pausa, riempie nuovamente il proprio gotto e poi continua:

– Come vedi non so neppure con precisione l'anno della mia nascita, ma, cosa vuoi, per noi contadini, che la mia famiglia era tale, tutti gli anni si rassomigliano e poi si perde il senso della storia e del passar del tempo.

– Non dovete scusarvi, padre, so bene come il tempo, per chi lavora i campi, sia scandito dai ritmi del sole e come alla fine essi finiscano per essere tutti uguali. Ma continuate, continuate pure, ve ne prego.

– Orbene – dice ancora il frate sorseggiando lentamente il proprio vino – io ero l'ottavo di dodici figli di una famiglia di servi della gleba come ce ne sono tante in quei posti. Tutti, uomini e donne, adulti e bambini, appena potevamo a mala pena reggerci sulle gambe, eravamo al servizio di quella terra così scoscesa, ripida ed avara che ti rompe le ossa e ti dà poco o niente. Per quelle piccole zine, rubate alle montagne e per quei boschi tutti in salita, l'aratro deve essere trainato a forza d'uomo ed ogni zolla frantumata dal vomere è intrisa della nostra fatica e del nostro sudore.

– Capisco, padre – interloquisce Bernard – è vita dura?

– Più che dura, durissima ed ingrata. Ci si spacca la schiena per poco frumento, olive e qualche albero da frutta, ed il frutto della tua fatica lo devi dividere col tuo signore ben sapendo che quel pane, quell'olio, quella frutta che consegni a lui spesso vogliono dire privazioni e stenti per te. E, caro il mio giovane, lì la fame è nera che più nera non si può. Durante l'inverno riesci a sopravvivere solo grazie a qualche castagna secca e qualche legume che hai messo da parte nel periodo estivo ed autunnale. Quanto alla carne, neppure a sognarla di notte.

Frate Bacciccia continua il suo racconto spiegando come, all'età di quindici anni, avesse preso la decisione di andarsene, di scappare da quel feudo e di arrivare a Genova che, nei discorsi dei contadini, durante le lunghe e gelide sere invernali passate nelle stalle a godersi quel po' di calore proveniente dagli animali, si diceva essere città miracolosa dove tutti i sogni potevano avverarsi.

– Così, un bel giorno – riprende il religioso dopo aver riempito di nuovo i gotti ormai vuoti – sono scappato senza neppure dir nulla alla mia famiglia. Il mio silenzio era una giusta precauzione per mettermi al riparo da ogni possibile delazione dovuta a pressioni e torture da parte del signorotto che ci governava. Lui era uomo particolarmente duro e crudele che non esitava ad usare la frusta per punire i contadini a suo dire sempre svogliati e scansafatiche. Nella mia fuga, mi nascondevo di giorno nelle zone di boscaglia folta e marciavo di notte, quando gli armigeri del mio signore dormivano. Sapevo che mi avrebbero dato una caccia spietata perché io, in quanto servo della gleba, non avevo il diritto di allontanarmi dal feudo cui appartenevo:

una fuga doveva essere repressa e punita in modo esemplare davanti a tutti gli altri servi della gleba.

Qui frate Bacciccia fa una pausa e Bernard vede gli occhi del suo ospite inumidirsi.

– L'unico rimorso che ho, – riprende poi con un sospiro il frate – è proprio il fatto di non aver salutato nessuno, di non aver potuto avere neppure una benedizione da quella povera donna di mia madre e da mio padre dalla schiena ormai piegata in due come una falce. Ricordo la sera prima di partire: osservavo con attenzione il viso ed il corpo dei miei genitori e dei miei fratelli e sorelle cercando di imprimermi nella memoria i loro tratti principali, i loro caratteri coi loro pregi e difetti... è passato tanto tempo, forse troppo e tornare non è più possibile, ma io li sento sempre vicini a me. È proprio per questo che ti ho capito subito quando mi hai parlato di Maddalena e di come tu la senti vicina che mai ti abbandona.

– Capisco, padre, – mormora un poco imbarazzato Bernard – ma, ve ne prego, continuate a narrare: il vostro racconto mi incuriosisce alquanto e pendo dalle vostre labbra.

– Molte volte – riprende il frate con un sorriso appena velato di malinconia – acquattato in una tana provvisoria, ho sentito il rumore degli scagnozzi vicino a me. Molte volte mi sono anche perso d'animo ed una volta mi ero ormai rassegnato ad avere la testa mozzata, che quella era la punizione che toccava ai fuggiaschi come me. Ricordo: sentivo i latrati dei cani avvicinarsi insieme ai soldati che venivano dietro alla muta aizzandola a cercarmi e ad azzannarmi. Io mi ero nascosto nel fango, cercando di confondere, con l'odore del muschio e del fango stesso, i miei inseguitori. Immobile, avevo addirittura smesso di respirare e sentivo il cuore battere all'impazzata. Venne, a circa tre cubiti da dove ero nascosto, un armigero col suo cane. Mi sentivo perso, ma, nel silenzio più assoluto, pregai Iddio per la mia vita e la mia libertà. Vedevo l'armigero inquieto, che con occhi cattivi frugava quella piccola radura in ogni dove... Ebbene, mio giovane amico, ancor oggi mi chiedo come abbia fatto a sfuggire. Sta di fatto che evidentemente il cane aveva perduto la sua traccia ed uggiolava contrito ai piedi del suo padrone. Questi, ancora una volta, gettò uno sguardo tutt'intorno, poi richiamò la sua bestia e lentamente si allontanò. Stetti ancora fermo nel fango per lungo tempo mentre il cuore piano piano rallentava i suoi battiti; poi, quando ormai il sole stava declinando e le ombre si allungavano, ripresi la mia fuga.

Ancora una volta il frate si concede un lungo sorso di vino mentre lo vedi ancora emozionato al ricordo di quei momenti. Poi prosegue il racconto.

– Evidentemente – commenta – il destino aveva in mente altre cose per me. Infatti gli armigeri, pur passandomi vicino più volte, non mi hanno mai scovato e così, dopo due settimane di marce forzate notturne, sono arrivato in luogo pressochè sicuro. Già da prima della fuga, mio giovane amico, pensavo di conoscere la fame, ma mi sbagliavo di grosso. Dopo due settimane di digiuno quasi assoluto rotto solo da qualche frutto boschivo mangiato in fretta e furia per non farmi vedere dai miei inseguitori, ero ormai ridotto veramente a mal partito e sarebbe stata proprio una beffa sfuggire la morte per spada per morire di inedia. Ma la fortuna anche in questo frangente mi venne ancora una volta incontro nelle vesti di un casolare e dei suoi pietosi abitanti che fornirono letto e vitto per tre giorni senza chiedere nulla, come dei buoni samaritani.

Dopo quella sosta ristoratrice, conclude l'anziano religioso, era nuovamente partito alla volta di Genova che aveva raggiunto dopo altri quattro giorni di lunghe camminate.

– Genova mi ha di fatto stordito. – ricorda il frate – Abituato alle quattro casette miserelle che costituivano i paesi dell'interno, i suoi palazzi abbarbicati sulla collina, i carruggi costruiti come una ragnatela, le sue piazze e piazzette gremite di gente di ogni tipo mi lasciavano a bocca aperta. Ma ebbi poco tempo per osservare tutte queste cose. Già il mio stomaco reclamava attenzioni considerevoli e non avevo il becco di un quattrino per soddisfarlo adeguatamente. Gira che ti rigira, capitai qui. Davano un po' di minestra calda ai molti poveri e mendicanti che la città produceva. Non me ne sono più andato. Prima mi proposi ai monaci di allora come giardiniere e ragazzo di fatica per il vitto e l'alloggio, poi, pian piano, mi avvicinai a questa vita di meditazione e di preghiera che ti allontana dalle passioni umane facendotele sembrare fatue e prive di valore. Da qui intravedi davvero un'altra dimensione che può avere la tua esistenza. Presi i voti e mai me ne son pentito. Da questo convento ho visto la vita scorrere come un grande fiume che va a confondersi nell'infinito mare. Ed ora che sono vecchio, aspetto solo il momento in cui anch'io mi confonderò nell'universo.

Si tacita, il vecchio frate, dopo queste parole. Anche Bernard, commosso, non pronuncia verbo, fissando imbarazzato la punta delle sue scarpe.

– Ma tu, mio giovane amico – riprende il monaco – perché a Genova? Hai altri commerci o incombenze che ti attendono in città, oppure, dopo aver esaudito l'ultimo desiderio di Maddalena, te ne tornerai nelle tue terre d'Oriente?

Il giovane Templare decide che di frate Bacciccia ci si può fidare e così gli confida il vero motivo che lo ha spinto nella capitale ligure.

Pensieroso e un poco turbato dall'inaspettata rivelazione da parte di quel giovane che aveva creduto essere un semplice viandante, il frate si tace per alcuni istanti. Poi:

– Il Graal... già, il santo Graal – dice – per quanto mi riguarda, l'ho trovato qui, ed ogni sera, quando il sole cala sul mare e sono solo coi miei pensieri, è come se da quella santa coppa ne bevessi saggezza infinita. Ma tu, figliolo mio che sei tanto giovane, va', cerca il tesoro bramato da tutti. Scendi in città e va' per la tua strada, che questo è posto per vecchi a te non adatto. Dio ti benedica ed abbia cura di te.

Così dicendo, frate Bacciccia si alza in piedi ed abbraccia intensamente il giovane Templare.

Poi lo accompagna affettuosamente fuori dalla chiesa impartendogli ancora un'ultima benedizione:

– Dio sia con te e ti doni tutta la serenità e la saggezza di cui hai bisogno.

## Messer Giannetto

È tempo per Bernard di presentarsi a messer Giannetto Embriaco. Così il Templare torna sui suoi passi ripercorrendo in discesa gli stretti vicoli che l'hanno portato da frate Bacciccia e si tuffa nei portici di Sottoripa per giungere alla casa di Giannetto.

Lì, sotto i portici strappati al mare e finiti solo nel 1135, ovvero diciannove anni prima, il miscuglio di razze e di lingue è totale e, intenti in mille contrattazioni, puoi udire il Franco parlare con l'Arabo oppure il Germanico con l'Italiano. Regna, sotto quei portici, un'apparente confusione fatta di gente di tutto l'Ocidente e dell'Oriente conosciuto che mercanteggia in tutti i modi, aiutandosi anche a gesti, le cose più disparate e diverse.

Qui si vendono tappeti orientaleggianti, un poco più avanti manufatti e suppellettili per la casa. Ancora proseguendo, puoi osservare delle stoffe preziose e sete di rara finezza essere al centro di fitte e laboriose contrattazioni. Non mancano infine i negozi di spezie e le officine dei fabbri e dei tintori.

Il tutto dà un'impressione di una città nel pieno del suo sviluppo e del suo splendore, con le carte in regola per allargare la sua sfera di influenza in tutto il Mediterraneo diventando, almeno sul mare, una potenza di primo grado.

A sinistra c'è il porto, con tutto il suo daffare all'apparenza confusionario, vero motore e fulcro della città, vera porta del norditalia affacciata sul Mediterraneo cristiano e su quello musulmano.

Bernard osserva con attenzione e curiosità i traffici del porto e le diverse navi ancorate ai moli. Riconosce anche la nave di

Ginetto che però sembra deserta, come se si riposasse in attesa di riprendere il mare aperto.

Il giovane sorride fra sé e sé al pensiero di messer Ginetto... "Di certo il marinaio genovese non ha passato la notte dormendo. Senz'altro su di un letto, ma non a riposarsi, e chissà, – fantastica fra sé e sè il Templare – com'è donna Violante: appassionata o fredda, prosperosa o magra. A sentire donna Pina non deve essere una gran donna e non si capisce perché Ginetto se ne sia invaghito, ma i giudizi della grassa locandiera sono quelli di una donna ancora innamorata, e sicuramente non possono essere obiettivi."

Già, pensa ancora Bernard, poi c'era anche il marito di donna Violante. Chissà se si era accorto che la consorte lo tradiva oppure, ignaro, viveva la sua vita tranquillo e certo dell'amore di sua moglie.

Tutte domande senza risposta. Bernard sa bene che Ginetto, che seguiva il principio dei veri gentiluomini di godere ma essere sempre totalmente discreto, mai e poi mai avrebbe rivelato i dettagli delle sue relazioni amorose.

"Chissà se incontrerò nuovamente Ginetto", si chiede ancora il giovane, con la segreta speranza di fare il viaggio di ritorno con il marinaio genovese. In fondo, durante quel lungo viaggio per mare, Bernard aveva imparato un sacco di cose ed il navigare gli aveva riservato momenti di emozioni veramente intensi che mai si sarebbe aspettato di provare.

Poi Bernard si riscuote e scaccia dalla mente queste sue fantasticherie: deve andare da Giannetto Embriaco, consegnare la lettera di presentazione autografa del signore François de Chevallin ed infine portare a termine tutti i compiti per i quali lui, Bernard de Villeroi, si trova a Genova.

Passo dopo passo il nostro Templare si trova davanti al portone che Ginetto aveva indicato essere l'entrata del palazzo dove Giannetto viveva e svolgeva i suoi affari. Dall'esterno la casa non è granché e non vi si scorgono segni di ricchezza particolari, ma Bernard sa bene che i genovesi non amano esibire le loro ricchezze e che l'apparenza spesso inganna.

– Buongiorno messere – dice Bernard rivolgendosi al domestico di Giannetto che funge da portiere e smista la gente che vuole conferire con l'Embriaco.

– Potete portare questa missiva al vostro padrone? – continua il Templare consegnando a quell'uomo la lettera di presentazione scritta da Chevallin di suo proprio pugno.

– Certamente, lo farò subito. Accomodatevi pure su quella panca; non tarderò a portarvi una risposta.

Seduto sulla panca, in attesa del ritorno del domestico, il giovane contempla affascinato i ricchi affreschi che ornano l'atrio e che indubbiamente contrastano con l'apparente trasandatezza che la casa mostra ad uno sguardo dall'esterno. Certamente il padrone di casa, a giudicare da quelle pitture, non se la passa per niente male.

Giannetto Embriaco faceva parte di un ramo cadetto della grande casata degli Embriaci, quella che aveva dato i natali a Guglielmo, detto anche Testa di Maglio.

L'origine di quell'ironico soprannome, come intuibile, era dovuto alla pervicacia ed ostinazione che contraddistingueva il condottiero genovese. Tali doti però erano tornate moto utili allorquando, durante la Prima Crociata, Guglielmo si era rivelato determinante per la conquista di Gerusalemme. I soldati e le navi capitanate da lui avevano piegato la resistenza degli infedeli portando anche rifornimenti di armi e viveri all'esercito cristiano altrimenti destinato alla sconfitta.

Inoltre l'Embriaco aveva fatto costruire delle torri col legname delle navi genovesi da lui capitanate e tali torri si erano rivelate decisive per risolvere l'assedio della città santa in favore dei guerrieri con la croce.

Tutte queste cose Giannetto le sapeva a menadito anche se la sua famiglia era un po' snobbata dal ramo principale della casata degli Embriaci e non veniva mai invitata agli incontri che si tenevano in occasione di feste particolarmente importanti come il Santo Natale o il Capodanno.

La sgradevole situazione appena descritta aveva generato in Giannetto una dose abbastanza forte di risentimento ed anche un intollerabile senso di inferiorità che gli avvelenavano il sangue impedendogli di vivere serenamente la vita.

Il risentimento e il nascosto senso di inferiorità avevano provocato in Giannetto la reazione di voler essere ricco e di dimostrare a tutti, ed in particolare ai parenti, il proprio valore in ambito commerciale ed affaristico. Inoltre, per voler seguire le orme del grande avo, Giannetto si era intestardito a voler costituire un gruppo di Cavalieri Templari anche a Genova. Non che gli interessassero particolarmente le tematiche delle conoscenze che i Cavalieri del Tempio portavano avanti: Giannetto infatti a momenti non sapeva neppure cosa fosse il Graal. Ma, se fosse diventato il capo del gruppo templare di Genova, come era nelle sue intenzioni, avrebbe potuto sicuramente essere considerato alla pari dei maggiorenti della città.

A dire il vero, l'aspetto di un cavaliere Giannetto non l'aveva proprio. Paffuto, con una riga di barba che gli incorniciava il volto, il ventre decisamente prominente per la vita sedentaria che faceva, assomigliava di più a quel mercante ed armatore quale egli era nella realtà.

Gli affari di Giannetto consistevano infatti nel commerciare, attraverso le tre navi che possedeva, merce da e per il mercato genovese e più in generale franco–italiano.

Dall'Oriente importava spezie, tessuti, vini. Da Genova i bastimenti partivano colmi invece di manufatti in metallo ed armi che arrivavano fino in Terrasanta.

In realtà Giannetto aveva anche un'altra attività molto più redditizia ma meno confessabile: prestava infatti denaro ad usura.

Giannetto non parlava volentieri di questo ramo d'impresa, peraltro assai lucroso e che gli fruttava parecchi denari, in quanto sapeva che per la Chiesa il prestito ad usura era un peccato assai disdicevole: l'usuraio, infatti, si appropriava del tempo, ovvero di una cosa appartenente invece a Dio, per guadagnarci sopra, applicando gli interessi concordati.

Ad onor del vero, bisogna però dire che non era il classico usuraio avido e cattivo che prende alla gola e strozza il malcapitato che non riesce a pagare il proprio debito. Giannetto era invece comprensivo e applicava dei tassi di interesse più che ragionevoli per quei tempi.

Possiamo perciò affermare che, nel suo piccolo, egli svolgeva le funzioni che svolge una banca ai tempi nostri. Si incominciava infatti già in quei tempi a sviluppare, sia pure in embrione, una prima forma di capitalismo mercantile che però necessitava di qualcuno che accumulasse capitali da reinvestire poi nelle più svariate imprese commerciali ed industriali. Quel qualcuno che si era preso questo onere era per l'appunto Giannetto.

Quel pomeriggio Giannetto sta proprio controllando i suoi prestiti e le relative scadenze su un gran brogliaccio che occupa mezza della sua ampia scrivania in legno massiccio. Il suo umore non è propriamente dei migliori. Ha infatti scoperto, proprio in quel momento, diversi creditori insolventi ai quali avrebbe dovuto mandare Ninetto, la propria pittima, in modo da ricordar loro il pagamento dei loro debiti. Questa procedura non gli piace proprio per niente: i soldi infatti hanno bisogno di quiete e silenzio e non bramano le luci della ribalta. Ma con messer Ernesto, il calzolaio, e messer Guidin, l'orafo, la pazienza di Giannetto è ormai finita, anche perché sa bene che entrambi i debitori stanno facendo ottimi affari e prosperano felici nell'opulenza.

"Già, Ninetto. – pensa ancora Giannetto – Non gli daresti un soldo a vederlo così magro, malvestito e male in arnese. Eppure, quell'omuncolo che passa inosservato e che cammina sempre rasente ai muri, se c'è da reclamare un debito, grande o piccolo che sia, si esalta. Puoi star certo che Ninetto, in questi casi, si attacca come una sanguisuga al debitore ricordandogli in ogni dove ed in ogni momento il debito da pagare.

È grande, in queste occasioni, Ninetto. E costringe alla capitolazione anche l'avaro più sparagnino ed incallito che, pur di non vederselo intorno, paga il dovuto quasi con un senso di liberazione come se si levasse una pietra dallo stomaco, felice unicamente di non essere più tormentato dalla querula ed insistente presenza di quell'omiciattolo dall'aspetto fisico insignificante e ripugnante, ma che indubbiamente esercita un potere rilevante da un punto di vista psicologico."

È immerso in tali pensieri, il banchiere genovese, e quando Manuelo, il suo domestico segretario, entra nel suo scagno, dopo aver lievemente bussato, gli rivolge una occhiataccia insofferente ed infastidita:

– Che c'è, Manuelo, perché mi disturbi? Non vedi che sono impegnato?

– Scusate, padron Giannetto, ma di là c'è un giovane che dice di chiamarsi Bernard de Villeroi e che vuole conferire con voi. Mi ha dato questa lettera di presentazione.

Così dicendo, Manuelo porge al suo padrone la lettera di presentazione scritta da Chevallinm, consegnatagli da Bernard.

Giannetto si rigira attentamente fra le mani quella busta sulla quale spicca il suo nome scritto in caratteri eleganti e raffinati.

Poi il suo cuore ha un improvviso e violento sobbalzo. Succede quando Giannetto riconosce il sigillo di ceralacca. Si tratta infatti del sigillo del Gran Maestro dei Templari, il signore François de Chevallin.

Quanto aveva atteso una sua comunicazione! Quanti giorni aveva passato nell'impazienza, aspettando un segnale da

Chevallin, segnale che, a questo punto, pensava non arrivasse più... e invece... quando ormai anche la speranza lo aveva abbandonato, ecco che dal lontano Oriente finalmente si ricordavano di lui.

Con mani sudate e tremanti e con il cuore ancora in subbuglio, dopo aver ordinato a Manuelo di aspettare, Giannetto lacera l'involucro con un piccolo pugnale che teneva sulla scrivania a mo' di tagliacarte e ne estrae un foglio manoscritto firmato dal Gran Maestro de Chevallin.

*Illustrissimo Messer Giannetto Embriaco,*

*Siamo ben contenti di informarVi che il Gran Consiglio dell'Ordine dei Templari da noi, François de Chevallin, presieduto, ha deciso di prendere in considerazione la Vostra proposta di costituire, nella città di Genova, un primo gruppo di Cavalieri del Tempio.*

*Per questa ragione il Gran Consiglio ha disposto di inviare il Cavaliere Templare Bernard de Villeroi, latore di questa missiva, nella Vostra città per verificare se in Genova esistono le condizioni per creare un primo nucleo di Cavalieri Templari e darVi tutta l'assistenza di cui avrete certamente bisogno per le incombenze che dovrete affrontare.*

*Non fatevi ingannare dalla giovane età del Cavaliere de Villeroi. In realtà egli è assai preparato ed è uno dei migliori uomini che abbia mai lavorato per l'Ordine del Tempio.*

*Possa Iddio Onnipotente sempre illuminarVi in questa lodevole impresa e donarVi tutta la forza, la pervicacia e la pazienza per arrivare a vincere ogni ostacolo posto sul Vostro cammino e far risplendere sempre la Sua gloria.*
*In fede*
*Il Gran Maestro dell'Ordine dei Cavalieri del Tempio*

*François de Chevallin*

Ancora fortemente emozionato, dopo la lettura della lettera, Giannetto si abbandona senza forze, appoggiandosi allo schienale della sedia:

– Mio Dio – mormora ansimando non poco – mio Dio... è arrivato il momento... Signore mio, ti ringrazio...

Poi, riscuotendosi, si rivolge al suo domestico:

– Manuelo, presto, vai su, in casa mia, e avvisa mia moglie Margherita che stasera abbiamo un ospite di riguardo. Dille di preparare una cena come si deve. Non deve mancare nulla... Vai, Manuelo, vai subito. Penserò io a ricevere quel giovane.

Piuttosto esterrefatto, non ha infatti mai visto prima d'ora il padrone tanto agitato, Manuelo sale in casa di Giannetto per una porticina nel retro dello scagno padronale. A sua volta, il suo padrone, prima di farsi vedere dal Cavaliere Templare attende di calmarsi un poco e che il suo cuore riprenda a battere in modo del tutto normale.

Quella sera Bernard viene trattato da re, da imperatore, da papa. Giannetto non smette un attimo di offrirgli i pezzi di arrosto più buoni, gustosi e teneri cucinati dalle domestiche guidate da sua moglie. Sono anche state stappate delle bottiglie di vino rosso invecchiate dal gusto fruttato che ricorda il sapore dei

197

lamponi maturi. Buonissimo vino che accarezza il palato ma che comunque non avrebbe retto il confronto con quello bevuto all'Hostaria di donna Pina.

Per Bernard è stato impossibile parlare a quattr'occhi con Giannetto del motivo per cui si trova a Genova:

— Sst, cavaliere, — lo ha immediatamente tacitato il suo anfitrione — di questo parleremo domani. Ora godetevi la nostra ospitalità, che non si dica che i genovesi non sono cortesi con gli ospiti...

Così il giovane Templare si lascia cullare dalle cortesie che gli stanno usando. Soprattutto le due figliole di Giannetto, Angelica di diciassette anni, ormai in età da marito, e Rosetta ancora tredicenne, ma le cui acerbe forme lasciano presagire una bellezza in fiore, se lo mangiano con gli occhi e gareggiano a chi lo serva e compiaccia meglio.

La cena è opulenta, ricca di cibi prelibati, soprattutto di carni ben speziate e piccanti, e di ottimi vini e si trascina per molto tempo per la curiosità soprattutto delle ragazze che vogliono sapere tutto delle crociate, dei musulmani e delle loro abitudini, dei Templari e di Sued, poiché, a scanso di equivoci, Bernard ha subito rivelato di avere una moglie araba.

— Diteci, cavaliere — domanda Angelica — ma riuscite ad andare d'accordo con i musulmani?

— Certamente. Sono uomini e donne come noi. Basta rispettare le loro usanze.

— E Sued — interloquisce Rosetta — è bella, Sued?

— Ma Rosetta — rimprovera la madre Margherita — non essere così impertinente! Non si fanno queste domande!

— Lasciate stare, donna Margherita — interviene Bernard con un sorriso — se in buona fede, la curiosità non fa mai male.

Poi, rivolgendosi a Rosetta:

— Certo che è bella. Ha i capelli lunghi e neri, come una notte primaverile e nei suoi occhi si riflette un po' di infinito. Per me è la donna più bella del mondo.

– E raccontateci – chiede ancora Angelica – avete partecipato a battaglie fra cristiani e musulmani?

Il sorriso di Bernard si spegne un poco:

– Ho partecipato sia a grandi battaglie – risponde poi con un velo di tristezza nella voce – sia a piccole scaramucce. Ma dovete credermi, madamigella Angelica, se vi dico che tutto questo ucciderci a vicenda mi provoca una tristezza infinita. Vedete, madamigella, il sangue dei cristiani e dei musulmani è uguale, ha lo stesso colore di quello di noi cristiani, e, dopo le battaglie, restano soltanto i pianti delle madri che hanno perso i loro figli ed i lamenti delle vedove che vedono il proprio marito ucciso senza pietà. Credetemi: un giorno di guerra distrugge cent'anni di pace e porta con sé odio, morte e disperazione.

C'è un momento di silenzio dopo queste parole pronunciate da Bernard con un tono melanconico nella voce. Tutti sono imbarazzati e falsamente concentrati sul cibo.

Poi interviene Giannetto:

– Propongo un brindisi per la nostra città, Genova, che si sta sviluppando sempre di più. Che Iddio la protegga per i secoli a venire e che ci possa sempre donare tempi di pace.

Così dicendo, l'Embriaco alza il calice subito imitato dalla moglie e da Bernard e la cena ritrova quella gaiezza che per un momento era andata perduta.

Infine, quando le luce delle candele incomincia ormai a vacillare e le domande a venir meno, ancora una volta interviene il capo famiglia:

– Basta così. Il nostro ospite ha fatto un lungo viaggio, ed ora è stanco. Domani racconterà tutto, ma la luce del giorno ci ha lasciato da tempo ed è giunto il momento di farsi un bel sonno.

Il giovane Templare non aspetta altro. Infatti, dopo veloci saluti ed auguri di buonanotte ai padroni di casa, si ritira nella camera degli ospiti dove troneggia un magnifico letto con un altrettanto magnifico e morbido materasso che invitano solenni ad essere subitamente provati.

Appena tocca il letto, Bernard si addormenta immediatamente. Era stata infatti una giornata piena di emozioni forti e di situazioni nuove ed il corpo e lo spirito del giovane Templare reclamano riposo e tranquillità.

# Il sogno di Bernard

Il sonno del Templare all'inizio è pesante e senza sogni. Poi, passate le prime ore di riposo assoluto, Bernard sogna.

Dapprima sono spezzoni confusi della giornata appena passata: la lunga barba bianca del buon frate Bacciccia si confonde e diventa il pelo arruffato del cane che, nella boscaglia, insegue non tanto il giovane servo della gleba fuggiasco, ma lui, Bernard, che corre a perdifiato spezzando rami ed arbusti ed inciampando in radici affioranti dal terreno e grossi sassi ingannatori.

Poi, quando ormai il cagnaccio ululante lo sta per raggiungere, la mente addormentata del giovane cambia scena, ed eccoci in una chiesa che assomiglia in tutto e per tutto a Santa Maria di Castello. Ma tutto intorno Genova non c'è più. La città è scomparsa e la chiesa è come poggiata in un altro mondo ultraterreno, come in mezzo alla nebbia che nasconde il mondo esterno.

Bernard entra, attraverso il portone principale, nella navata centrale e la percorre lentamente tutta fino ad arrivare all'altare. Cerca la croce, simbolo del martirio di Cristo, ma la croce non c'è. Invece c'è il povero anello di Maddalena.

Ecco che ora le mura della chiesa non ci sono più e l'anello diventa sempre più grande e splendente. Poi il gioiello cambia la sua forma diventando lentamente un calice d'oro illuminato da una luce divina che abbaglia e rende ciechi.

Infine il calice, forse il Graal stesso, scompare in quella luce che tutto contiene dentro di sé ed ecco che, a Bernard addormentato, appaiono Maddalena e Sued, le donne della sua giovane vita, che gli sorridono e lo abbracciano con braccia diventate all'improvviso lunghissime, che possono contenere l'intero mondo conosciuto, la luna, le stelle, il sole. Le immagini delle due donne si confondono sovrapponendosi a creare un unico viso misterioso che incarna l'arcano femminino racchiudente in sé il seme dell'esistenza umana. I volti di Sued e di Maddalena si dissolvono infine per dare luogo all'immagine di un bimbo appena nato che strilla al mondo intero la sua voglia di vivere.

Grida gioiose di bambini che giocano nella via svegliano Bernard che il sole è già ben alto nel cielo.

Appena aperti gli occhi, il giovane prova immediatamente una fitta dolorosa di nostalgia per Sued. Gli manca il suo corpo, le sue mani, la sua presenza amorevole e premurosa, il suo calore ed il suo lieve respiro nella notte. È come se fosse privo di qualcosa, come se gli avessero asportato un arto o un organo vitale.

Ancora mezzo addormentato, il giovane si alza cercando i vestiti ed anche tentando di scacciare quel senso di nostalgia che gli attanaglia il cuore. Deve far presto, pensa ancora Bernard, a costituire il gruppo templare genovese così al più presto sarebbe tornato a Sidone da Sued per crescere insieme i loro figli, e al diavolo le Crociate e i segreti del Tempio…

# Templari a Genova

Giannetto, quella mattina, ha rinunciato al lavoro e a tutte le mene che lo stesso comporta e, tutto compreso nel suo ruolo di anfitrione e gonfio come un pavone, sta aspettando proprio Bernard per tenergli compagnia durante la ricca colazione approntata apposta per il Templare. Mentre Villeroi spilucca qualcosa dall'ampia tavola imbandita, che in realtà si sentiva ancora pieno della cena della sera precedente e senza alcun appetito, l'Embriaco gli comunica di aver già trovato un appartamento per lui vicino a Sottoripa.

– Così – aggiunge il genovese – potrete stare tranquillo e fare ciò che vorrete senza problemi. Mia figlia Angelica vi porterà da mangiare e tutto ciò di cui avrete bisogno.

– Siete gentile, messer Giannetto – ringrazia Bernard – non vorrei però portarvi incomodo per troppo tempo. Se già oggi pomeriggio potessi conoscere le persone che sono interessate a costituire con voi il primo nucleo di Cavalieri del Tempio, ve ne sarei sommamente grato.

– Certo, cavaliere, certo... oggi pomeriggio ne conoscerete una parte e fra essi vi sarà mio cugino Giorgino. È un po' scapestrato, ma è di animo buono e vorrei diventasse il mio vice. Vi prego, tenetelo d'occhio: in fondo è un bravo giovane.

Ed è così che, quel pomeriggio, nell'appartamento trovato da Giannetto, vicino a Sottoripa, c'è la prima riunione del costituendo gruppo di Templari a Genova.

Nella grande sala riunioni dell'appartamento, costituito anche da camera da letto, da un locale adibito a biblioteca e scagno e da una piccola stanza dove si trovano i fuochi e la cappa per la cucina, una dozzina di persone discutono a lungo sul da farsi e sui problemi organizzativi legati alla costituzione di un circolo templare e a come ampliarlo nel tempo.

La riunione, dopo le presentazioni di rito, inizia con una relazione di Bernard.

Il giovane Templare dapprima descrive la situazione in Medio Oriente ed in particolare in Terrasanta, arrivando alla conclusione che attualmente è impossibile pensare di strappare Gerusalemme e tutta la Palestina ai musulmani.

– L'impresa è ardua e quanto meno azzardata – dice ancora Bernard – ed è resa oltremodo complicata dalla difficoltà dei rifornimenti per un esercito nel cuore di un territorio nemico. E poi occorre la massima concordia fra i capi dell'esercito cristiano, cosa che, vi garantisco, non è facile da raggiungere.

– Piuttosto – aggiunge ancora il Cavaliere Templare – è meglio cercare di stabilire una convivenza con i seguaci di Allah che permetterebbe ai pellegrini di poter viaggiare senza problemi ed anche consentirebbe un più rapido sviluppo dei commerci e degli affari.

Poi Bernard si sofferma a descrivere le peculiarità dei Cavalieri del Tempio. Sottolinea in modo preciso e puntuale le caratteristiche di conoscenza dell'ordine supremo che regna nell'universo ed infine parla anche della ricerca del Santo Graal come vero ed ultimo scopo di vita di ogni Cavaliere Templare.

"Sono argomenti interessanti e poco conosciuti, – pensa il giovane – chissà quanti interrogativi solleveranno". Ma si sbaglia, ed anche di grosso.

Le domande che ne seguono, infatti, vertono pressoché esclusivamente sugli aspetti economici della vicenda e sulle possibilità di arricchimento legate all'incremento dei commerci con il Medio Oriente e con i musulmani.

Solo Giorgino è rimasto torvo e muto senza proferire verbo, col capo riccioluto chino a guardare il pavimento innanzi a sé senza apparentemente mostrare interesse alla riunione e agli interventi.

– Cavaliere – dice infine – voi parlate di convivenza con i musulmani, ma come si fa a convivere con tali uomini primitivi?

– State attento messer Giorgino, – replica Bernard – quelli che voi chiamate "uomini primitivi" in realtà hanno una cultura di molto superiore a quella occidentale. Nella matematica e nella astronomia sono insuperabili.

– Ma come si fa – rimbecca ancora Giorgino – a considerare civili uomini che pregano col culo all'aria tutti rivolti come dei pagani verso un cubo nero?

– La religiosità – spiega ancora pazientemente il Templare – nei paesi arabi assume forme differenti rispetto all'Occidente. L'importante è avere timor di Dio, e mi pare che questo loro lo dimostrino. Sinceramente umiliarsi davanti a Dio non mi pare brutta cosa: è come ricordarsi di essere mortali davanti a qualcuno o qualcosa che è invece immortale ed è il principio di tutte le cose esistenti.

– Tutte cavolate – grida a voce alta il cugino di Giannetto – in realtà non volete combattere i saraceni, e mi auguro che sia solo per pigrizia anche se non ne sono pienamente sicuro.

Bernard sente l'ira montargli dentro. Giorgino sta infatti insinuando una dose non indifferente di viltà da parte del Templare. Per rispetto a Giannetto, si controlla e, scandendo bene le parole, dice:

– State ben attento a ciò che dite, messer Giorgino. Non forzate la mia pazienza.

– Già – irride Giorgino – ma che mi devo aspettare da uno che vive con una selvaggia e che molto probabilmente finirà all'inferno?

Bernard non ci vede più.

– Io forse andrò all'inferno – urla a sua volta – ma voi ci siete già nell'inferno dei vostri pregiudizi. Ed ora pretendo le vostre scuse per me e per mia moglie!

– Io chiedere scusa? Ma non ci penso neppure! – battibecca ancora Giorgino.

– Eh, Giorgino – interloquìsce messer Emilio, uno dei presenti – avete un poco esagerato... Vi conviene chiedere scusa...

– Eh sì, – si intromette un altro convenuto – il cavaliere ha mostrato molta pazienza nei vostri confronti. Le scuse sono il minimo che potete fare.

– Cugino mio – dice a sua volta Giannetto – dovete imparare a tenere a freno la lingua. Sapete bene quanto io vi voglia bene, ma ciò che avete detto al cavaliere è intollerabile. Avanti, cercate in voi un po' di umiltà e scusatevi.

Rosso in viso, incollerito per la pubblica umiliazione cui sta andando incontro, Giorgino alla fine mormora:

– E va bene, ecco le mie scuse a voi e a vostra moglie.

Ma lo dice troppo piano e nessuno lo sente.

– Non ho sentito, ripetete più forte, messer Giorgino... – dice Bernard con la voce ancora piena di rabbia.

Così il suo antagonista è costretto a ripetere le sue scuse ad alta voce.

Immediatamente dopo, Giorgino lascia a grandi passi la riunione seguito da uno sguardo di disapprovazione da parte di tutti.

– Scusatelo, cavaliere – mormora a sua volta Giannetto – è uno scavezzacollo, ma in fondo è bravo.

– Non siete voi a dovervi scusare, messer Giannetto, ma è lui che deve imparare le buone maniere.

– Avete ragione, ma gli parlerò e state pur certo che non succederà più.

Quella sera, pur dopo tante ore dalla discussione con Giorgino, Bernard è ancora adirato e non bastano le moine della giovane e bella Angelica che, come promesso dal padre, gli ha portato una succulenta cena tenendogli compagnia per tutta la durata del pasto, per farlo tornare di buon umore.

– Orsù, cavaliere, – dice la ragazza – forse che non vi piaccio o che son così brutta che mi tenete il broncio e non proferite parola?

– No Angelica. È che sto ancora pensando a vostro cugino.

– Ancora lui? Ma cavaliere, ora qui con voi ci sono io, guardatemi: se volete posso anche danzare per voi...

– Lasciate stare, Angelica, conservate le vostre danze per un altro momento – la ferma Bernard finalmente con un sorriso sulle labbra.

Seguono intensi giorni di riunioni, contatti, discussioni, spiegazioni durante i quali il giovane Templare conosce diverse persone interessate a diventare Cavaliere del Tempio. Sovente Bernard arriva alla sera stanco morto che neppure riesce a notare le indubbie grazie di Angelica.

La giovane, in verità un po' ochetta, cerca in tutti i modi di attirare le attenzioni del Templare e, con la scusa del tempo che via via si fa sempre più tiepido, si presenta in casa di Bernard sempre meno vestita che ne puoi notare le braccia nude, il collo e i freschi seni coperti a malapena da un vestito assai scollato. Ma i discorsi della figlia primogenita di Giannetto fanno proprio cadere le braccia e la sua presenza spesso infastidisce il cavaliere.

È invece con piacere che Bernard rivede quasi quotidianamente la bella Anjia e più volte lei, nelle pause del lavoro, sale nell'appartamento di Villeroi per scambiare quattro chiacchiere con lui.

Con meraviglia, Bernard si rende conto che la giovane prostituta non solo è bella da mozzare il fiato, ma possiede anche un'intelligenza pronta e vivace ed una cultura non indifferente, da far invidia anche ad uomini saggi e colti come il mai dimenticato Claude Chantil.

## La storia di Anjia

Anjia proviene dall'est, da oltre le piane magiare, dove il Cristianesimo è arrivato relativamente da poco e le conversioni delle genti pagane sono state ottenute più per paura del filo delle spade dei soldati di Cristo che per reale convinzione.

– Quell'anno – racconta la giovane – io avevo sedici anni e la carestia attanagliava il mio villaggio natale. Le scorte nelle case erano ormai ridotte al minimo e ci si cibava prevalentemente di erbe selvatiche raccolte nei boschi e nei prati vicini. I più deboli erano facile preda della falce della morte che già si era presa Ivan, il mio fratellino più piccolo, morto di fame e freddo durante il rigido inverno appena passato. Mio padre e mia madre non si ripresero più da quel tragico evento. Li vedevo smarriti aggirarsi per la nostra povera capanna ormai persi in un loro mondo. Penso che ormai avessero perso la ragione e tutto sommato ritengo che per loro la morte sia stata una liberazione.

Qui la ragazza fa un sospiro passandosi una mano sul viso come a scacciare la tristezza, poi continua:

– Ricordo, li vidi morire nel giro di due giorni: prima toccò a mio padre e dopo poche ore anche mia madre cessò di vivere.

Rimasta sola e senza cibo, anche Anjia avrebbe presto finito i suoi giorni, ma il destino aveva in serbo altre cose per lei.

Anjia era bella nonostante gli stenti subiti ed un cavaliere errante cristiano le mise presto gli occhi addosso:

– Charles – racconta ancora la giovane rivelando il nome di quel cavaliere – non mi piaceva: era antipatico, presuntuoso e, a sentire lui, aveva sconfitto da solo l'esercito del re di Francia. Ma avevo poche scelte: o lui, che mi garantiva pane, companatico ed anche qualcos'altro, oppure soffrire la fame nel mio villaggio sopravvivendo fra mille patimenti e difficoltà. Così gli cedetti e diventai la sua compagna.

Insieme a Charles, Anjia aveva attraversato tutta l'Europa fra mille insidie di briganti e tagliagole che in quei tempi pullulavano nei folti boschi e foreste che ricoprivano le pianure europee.

– Bisogna ammettere – ricorda ancora la ragazza – che Charles, pur pieno di molti difetti, non mancava di coraggio e molte volte tale qualità ha invero risolto situazioni difficili e scabrose. Rammento molto bene come una volta lui, solo ed armato unicamente di una vecchia spada arruginita, si sia lanciato urlando come un pazzo contro un gruppo di briganti, una decina forse, che ci impediva il passaggio, uccidendone diversi e facendone fuggire gli altri. Debbo dire che, alla fine, pur non provando realmente amore per lui, avevo imparato a rispettarlo e a sopportare con pazienza le sue quotidiane smargiassate.

Cammina cammina, come si dice nelle favole, erano arrivati in Italia, dopo un'epica traversata delle Alpi durante la quale avevano rischiato più volte di morire assiderati.

I soldi ormai scarseggiavano ed era tempo per Charles di trovare un qualsiasi ingaggio per sbarcare il lunario.

Charles aveva sentito parlare delle crociate e, soprattutto, delle possibilità di accumulare ricchezze nella fertile Palestina. Così aveva deciso di arrivare a Genova dove lui e la sua compagna si sarebbero poi imbarcati per le terre d'Oriente.

– Ed ora dov'è andato a finire Charles? – domanda incuriosito Bernard.

– Eravamo appena giunti qui, a Genova – risponde Anjia – quando il suo cuore, sicuramente minato dalle troppe sollecitazioni di quell'arduo viaggio, cessò di battere da un momento all'altro.

Anjia si era trovata, una volta di più, sola, giovane e bella, senza il becco di un quattrino e con uno stomaco da soddisfare in modo piuttosto veloce.

Prendere la strada della prostituzione era stata una scelta obbligata, della quale in verità non si pentiva minimamente.

– Sai, Bernard – commenta la giovane prostituta – il dispensare piacere mi dà un potere pressoché assoluto. I clienti credono di avermi, ma in realtà sono io che li possiedo. E quando mi dicono 'sei mia' io me la rido perché io sono solo di me stessa e nessuno mi toglie la mia libertà.

– Ma spiegami un poco, Anjia – chiede ancora il Templare – com'è che sai un sacco di cose, addirittura conosci il latino…

– Cosa credi, mio bel cavaliere, vengono da me anche grandi professoroni tutti falsamente ligi e pii nella vita quotidiana. E a loro, oltre al compenso pattuito, chiedo anche un poco della loro scienza. In questo, debbo dire, non sono per niente avari.

Una volta i due giovani discutono anche del Graal.

– 'Sto cavolo di Graal – sbotta ad un certo punto lei – ma è mai possibile che pensiate solo a quello? Va be', è importante da un punto di vista storico, ma ti rendi conto che, con la servitù della gleba, di fatto si è reintrodotta la schiavitù? Eppure il messaggio del Cristo era chiaro: niente più schiavi, tutti gli uomini sono fratelli… e la Chiesa, che dice di discendere da Cristo e dai suoi apostoli, sopporta, anzi avvalla, questo sistema. E voi, Cavalieri Templari, che dite di volere la giustizia e il trionfo del regno di Dio sulla terra, vi perdete alla ricerca di una reliquia che chissà se esiste. Invece, degli uomini e delle donne che soffrono la fame e non sono liberi, bellamente ve ne fregate. Ma ti par logico e soprattutto giusto? Ormai la Chiesa fa parte del potere e il potere oggi come oggi l'hanno i ricchi e i nobili.

Sorpreso dalla veemenza con la quale la ragazza sostiene le sue ragioni, Bernard annuisce, cercando, nel contempo, di spiegarle il valore del Graal come fonte di un sapere assoluto.

– Bah – replica ancora Anjia – può darsi. Ma io rimango dell'idea che prima bisogna dare all'uomo la sua dignità, farlo mangiare e renderlo libero. Poi discuteremo di sapere assoluto e di ordine celestiale dell'universo. Ma tu, mio Bernard, sei troppo bello e simpatico e non voglio litigare con te.

Dicendo queste cose, la giovane si avvicina sensualmente al Templare che in quel momento stava in piedi vicino ad una finestra affacciata sul mare, gli prende la testa fra le mani e poi lo bacia a lungo sulle labbra stringendolo a sé.

– Nn..no, Anjia – mormora lui cercando debolmente di divincolarsi dalle braccia di lei – io amo Sued, e lei mi aspetta….

– Lo so che la ami e sono anche certa che la amerai per tutta la vita. Ma, per una sera almeno, ama me. Non c'è amore nel mio lavoro…

Bernard capisce allora che non si può sottrarre a quella supplica d'amore.

Capisce anche di essere il primo uomo che Anjia ama veramente. Non Charles e neppure gli innumerevoli clienti che lei soddisfa ogni notte le hanno mai dato quel calore, quella certezza di sentimenti che solo il vero amore sa dare.

Ed il giovane cede a quella dolcezza di cui è intrisa la richiesta di Anjia. Ma non è solamente un cedere ad un capriccio momentaneo. È per lui anche un tentativo di scacciare quella solitudine che lo ha preso da quando è lontano da casa, quella sensazione di estraneità che prende tutti coloro che si trovano in terra straniera e che ti prende l'anima sul far della sera.

Quella notte, con Bernard, Anjia ritorna ad essere quella bimba un poco timida ed introversa che era stata nell'infanzia e la cui natura era stata sepolta sotto una crosta dura e spessa da lei costruitai per difendersi dalle avverse vicende della vita.

Dopo il culmine del piacere, lei si era rannicchiata nuda contro il petto di Bernard e, finalmente in pace con sé e con il mondo intero, nel sonno aveva trovato quel dolce ristoro che da tempo non aveva. Si vedeva che i tormenti quotidiani l'avevano abbandonata. Anjia, in quegli attimi, sogna e i sogni che fa sono di pace e di guarigione.

## La profezia di Al Ibrahim

Ormai il lavoro di preparazione per il costituendo gruppo di Cavalieri Templari genovesi è giunto al suo termine. Le giuste relazioni sono state instaurate; Bernard è sicuro che Giannetto, con quella smisurata ambizione che possiede e che lo possiede, farà un ottimo lavoro e, finchè c'è lui, si può star sicuri che i Templari avranno una degna sede e rappresentanza anche nella città ligure.

Piuttosto, il giovane Tremplare è un poco preoccupato dagli ideali che animano i futuri cavalieri genovesi. Di estrazione quasi esclusivamente borghese, essi appaiono interessati più a far quattrini che a mantenere alti quegli ideali propri della nobiltà che costituisce il nerbo ideologico dell'Ordine. Ciò avrebbe potuto snaturare l'intima essenza dell'Ordine stesso. Bernard ne è pienamente consapevole, ma sa anche che a Genova sta emergendo una classe di commercianti che, in poco tempo, avrebbe esautorato in tutto e per tutto la vecchia nobiltà. Ci si può dispiacere di ciò, ma d'altra parte è necessario prenderne atto perché è in quel senso che sta andando la storia.

Di questo il giovane ha intenzione di parlarne direttamente a Chevallin una volta tornato a Sidone. Per ora Bernard ne prende buona nota come elemento potenzialmente negativo del gruppo templare genovese.

È quindi giunto il momento di dedicarsi all'aspetto più interessante ma anche più misterioso e segreto della sua missione a Genova: verificare se Al Ibrahim aveva detto la verità sul Graal e scoprire dove esso è eventualmente nascosto.

Così, di buon mattino, col sole che da poco illumina da est il mare, Bernard srotola sul tavolo della biblioteca che gli funge da scrivania, tutte le pergamene con gli scritti di Al Ibrahim che aveva ricopiato a Sidone a si mette a studiarle con attenzione. Ha anche una penna d'oca ed un calamaio per prendere appunti su quello che riesce ad apprendere.

Non è per nulla facile raccapezzarsi nelle astruse formule scientifiche e nelle circonvolute frasi dello scienziato arabo. Comunque un brano di quel libro suona pressappoco così

*Ove il gran serpente sconfitto fu e vinto e ucciso, là, in onore dell'uomo pio e forte che tanto fece, le genti di Ianua eressero un tempio. Il falso Dio ivi si adora, che uomo fu, creduto Dio, ma per vicende strane ed ascose, da un dei suoi discepoli fu tosto portato quel calice amaro in cui si bevve l'ultimo vino prima del supplizio.*

*E ivi il troverai in una cripta oscura che il cor barcollerà tremante e pauroso. Ma se tu, uomo forte, il timor sconfiggerai, aperta ti sarà di saggezza una porta. La tenebra allora sconfitta sarà e come in un sogno od arcano mistero, sfavillante vedrai la pur vera luce che ben chiara rende la real comprensione del mistero dell'uomo.*

C'è di che perdere la testa dietro ad Al Ibrahim, accidenti anche a lui e al suo linguaggio volutamente oscuro ed involuto. In ogni caso Bernard arriva ad alcune conclusioni sicure.

Innanzi tutto lo scienziato arabo sta sicuramente parlando di una chiesa cristiana: l'allusione al tempio dove si adora un uomo creduto Dio, porta dritta dritta ad una chiesa di Genova visto che, per i musulmani, Cristo è ritenuto solo un grandissimo profeta ma viene negato che egli possegga ogni possibile natura divina.

Altrettanto certamente, ciò di cui parla Al Ibrahim è senza alcun dubbio il Sacro Graal. Al riguardo non possono esistere fraintendimenti data la chiarezza con la quale l'arabo scrive del 'calice amaro in cui si bevve l'ultimo vino prima del supplizio'.

Restano invece oscure due cose: l'allusione al mistero dell'uomo e cosa sia il 'gran serpente'.

Mentre per quel che riguarda il 'mistero dell'uomo' Bernard è quasi sicuro che si tratti di un falso indizio posto dallo scienziato arabo per ingannare il lettore sprovveduto, invece il Templare si arrovella per comprendere a che chiesa Al Ibrahim intende alludere quando parla del 'tempio del gran serpente'.

Quasi soprappensiero, con la penna d'oca, Bernard scrive su un foglio bianco 'cercare la chiesa dell'uomo che vinse il gran serpente'.

Dovrebbe domandare a qualcuno dove può trovarsi quel luogo di culto, ma Bernard non vuole chiedere per non dare nell'occhio e non suscitare curiosità non volute circa lo scopo di tali domande.

Decisamente è ad un punto morto, ed il giovane inizia a riflettere senza peraltro arrivare ad una qualche soluzione.

Le sue riflessioni sono interrotte da un insistente bussare alla porta. Si alza, il Templare, e, un poco infastidito, va ad aprire. Con sua grande sorpresa si tratta di Giorgino insieme ad un suo amico, messer Lucien.

È ben strana quella visita. Dal giorno in cui lui e Giorgino hanno battibeccato, non c'era stata più occasione di parlargli a quattrocchi ed eventualmente fare la pace e spiegarsi in calma e tranquillità. Bernard l'ha visto invece di sfuggita durante due o tre riunioni, sempre torvo ed imbronciato, e mai aveva spiccicato parola.

– Scusate, cavaliere – dice Lucien – ma volevo parlarvi di un mio progetto ed ho pensato di farmi accompagnare dal mio amico messer Giorgino. Spero di non importunarvi.

– No, no… assolutamente. Vi prego entrate, entrate pure.

215

Lucien... che tipo Lucien. Non si poteva fare a meno di volergli bene a Lucien. Lo vedevi arrivare col suo fido bastone, che aveva una gamba offesa sulla quale gli era quasi impossibile camminare, sempre intento a proporre soluzioni per tutti ed in particolare per coloro che, come lui, avevano difficoltà a muoversi. Quella mattina è andato da Bernard con lo scopo preciso di proporgli di fondare un gruppo di Templari sull'isola di Maiorca. Anche perché, sosteneva Lucien, pareva che le femmine di quell'isola fossero particolarmente assatanate e vogliose di sesso.

Perché il sesso, forse più parlato che realmente fatto, era un altro chiodo fisso nelle sue discussioni. Sempre in cerca di donne con le quali copulare, messer Lucien raccontava episodi fra il serio ed il faceto e, nei suoi racconti, si distingueva a fatica la realtà dalla fantasia. In realtà Lucien, di origine francese, ma trapiantato da tempo immemorabile a Genova, pativa la solitudine ed il fatto di non avere una grande famiglia alle spalle. In tal modo, l'essere parte dei Templari gli permetteva di incontrare gente che altrimenti non avrebbe avuto l'occasione di conoscere.

Bernard ascolta con affetto le sue proposte circa il futuro gruppo templare dell'isola di Maiorca e sulla sua idea di costituire un gruppo di 'sacerdotesse templari' con lo scopo preciso di dare riposo e ritemprare l'animo e il corpo di quei cavalieri che ritornavano dalle loro imprese.

– Vedete, cavaliere, io conosco una donna di Maiorca ed è insaziabile e per accontentarla non bastano due uomini ben robusti. Con poche 'sacerdotesse' potremmo accontentare molti cavalieri.

– Messer Lucien – conclude infine il Templare nascondendo a stento un sorriso – le vostre idee sono quantomeno originali, ma non spetta a me approvarle o respingerle. Vi prometto però che, giunto a Sidone, ne parlerò con il Gran Maestro dell'Ordine,

François de Chevallin, e vi farò sapere cosa ne pensa lui. Se c'è la minima possibilità di fare qualcosa, state pur certo che la si farà.

Mentre Bernard è intento a discutere con Lucien, Giorgino, in silenzio, gira per la casa. In realtà il cugino di Giannetto non ha per niente digerito l'umiliazione subita ed è stato costretto di malavoglia dall'amico Lucien ad andare a trovare Bernard.

L'occhio di messer Giorgino è attratto dall'appunto 'cercare la chiesa dell'uomo che vinse il gran serpente' scritto poco prima dal giovane Templare e subito la sua mente perversa e carica d'odio escogita un piano.

Lascia finire di parlare Lucien e, quando quest'ultimo si è avviato verso la porta d'ingresso per togliere l'incomodo, egli invece si avvicina a Bernard e, con fare a prima vista amichevole, dice:

– Cavaliere, dimenticate le mie intemperanze e perdonatemi. Voglio esservi amico.

– Certo, messer Giorgino, – accondiscende ancora più stupito Bernard – capita a tutti di eccedere. L'importante è mantenere un buon rapporto. In fondo abbiamo gli stessi ideali.

– Sì, cavaliere, – dice ancora l'altro – è proprio così. Ma per farmi perdonare voglio aiutarvi. Ho visto che cercate la chiesa del gran serpente e, se volete, vi ci condurrò.

"Maledizione - pensa il giovane Templare - ha visto i miei appunti... che stupido son stato a lasciarli in bella mostra!"

Poi, a voce alta:

– Ah sì? Grazie, messer Giorgino. E dove sarebbe questa chiesa?

– Cavaliere, non preoccupatevi. Quest'oggi sono molto impegnato, ma se voi vi farete trovare sull'imbrunire fuori delle mura, presso la chiesa di Santa Maria delle vigne, vi mostrerò una cappella dove, circa tre anni fa un cittadino genovese uccise un serpente lungo più di tre cubiti.

All'imbrunire in piazza delle vigne? La cosa non piace per niente a Bernard, ma come rifiutare? Giorgino sembra sincero, e poi, come fare un torto a Giannetto Embriaco che tanto lo ha aiutato nello svolgimento della sua missione?

Così Bernard accetta:

– Va bene, – dice infine – stasera vi aspetterò là.

– Son certo che non ve ne pentirete… – conclude Giorgino con un sorriso a fior di labbra. E, con quel sorrisino un po' falso ancora appiccicato sul viso, poco dopo se ne va.

# L'agguato

Piazza delle vigne è già da considerarsi Genova anche se ancora fuori dalla cinta muraria cittadina. Lì si erge la chiesa di Santa Maria delle vigne così chiamata, come del resto anche la piazza, perché circondata da rigogliosi vigneti. Un luogo di campagna dunque, neppure tanto frequentato.

Ed è proprio lì che Bernard si reca quella sera sull'imbrunire.

È più buio del solito perché l'inverno ha deciso di tornare a mostrarsi scacciando, sia pure per poco, il dolce clima primaverile. Grossi nuvolosi bigi e carichi di pioggia si addensano impetuosi nel cielo percorrendolo velocemente sospinte da un forte vento di scirocco.

Non c'è nessuno in piazza delle vigne, vuoi per l'ora tarda, vuoi per la minaccia di pioggia imminente che proviene dalle nubi incombenti.

Il giovane Templare è irrequieto e nervoso.

"Speriamo – pensa fra sé e sé – che Giorgino arrivi presto e speriamo anche che la cappella che mi vuol mostrare sia quella buona."

Mentre è intento a queste riflessioni, da un carruggetto che dai vigneti circostanti porta appunto in piazza delle vigne, sbuca un uomo corpulento, grande e grosso, dall'aspetto trasandato e dimesso, vestito con panni popolari e poco puliti.

Questi squadra Bernard, poi gli si avvicina, con gesto felino estrae un coltellaccio lungo ed affilato che teneva nascosto sotto la giacca e vibra un colpo da sotto a sopra nell'intento di aprire il ventre al Templare.

Nonostante la sorpresa e la velocità del fendente, Bernard riesce a schivare il colpo con un balzo all'indietro e, contemporaneamente, molla un preciso cazzotto che raggiunge il naso del sicario. Quello si ferma a sua volta stupefatto per l'efficacia di quel pugno che gli sta facendo sanguinare il naso. Con la mano sinistra si terge il viso dal sangue che gli sta colando dalle narici. Poi:

– Maledetto Templare – ringhia – questa me la paghi. Ti ucciderò come un cane rabbioso.

-E si getta contro il giovane con tutto il peso del suo corpo e col coltello pronto a sventrare Bernard.

Ma la sorpresa è ormai svanita e per il Templare è un gioco da ragazzi schivarsi di lato e colpire col ginocchio il mento dell'avversario che atterra sulle pietre del selciato. Ma non è ancora finita. Masticando bestemmie e fiele, l'uomo si rialza e si butta ancora una volta, feroce come una furia, sul Cavaliere del Tempio. Anche questo attacco, però, va fallito. Bernard prima lo colpisce con un destro allo stomaco, poi, impietosamente, gli appioppa un calcio spietato sui genitali. Il suo aggressore riesce solo ad emettere un gemito strozzato e si piega in due con entrambe le mani sul basso ventre.

Lesto, Bernard raccoglie il coltello che l'uomo aveva perso nella colluttazione e prende l'uomo per il bavero puntandogli la lama alla gola:

– E ora sparisci – gli urla – spennagalline che non sei altro! E ringrazia il cielo che non ti sgozzo come un maiale!

Quello non se lo fa ripetere due volte e, ancor dolorante e mezzo piegato su se stesso, si dilegua velocemente per la strada dalla quale era venuto.

Bernard, ansante, si appoggia al muro riprendendo fiato: chi aveva interesse a vederlo morto? Perché era chiaro che quello era stato un agguato in piena regola per farlo fuori. Quel sicario non voleva i suoi soldi. Gli aveva infatti subito vibrato una coltellata che, se fosse andata a segno, l'avrebbe sicuramente mandato al creatore.

"Già – pensa il giovane – nella furia del momento l'ho lasciato andare senza chiedergli chi l'aveva pagato. Che stupido che sono!".

'Maledetto Templare', aveva detto il malvivente. E l'unica persona che sapeva che lui era Cavaliere Templare e che quella sera si sarebbe trovato in piazza delle oche rispondeva al nome di Giorgino.

Il giovane sente la rabbia montargli dentro. Giorgino, che fetente… e lui ingenuo che lo aveva creduto sincero…

Furibondo sia con sé, per la sua stupidità, sia con il cugino di Giannetto, Bernard a grandi passi si incammina verso la taverna del boia. Sa infatti che la feccia di Genova si riunisce lì ed è pressochè certo che in quella osteriaccia troverà il mandante dell'agguato di cui è stato vittima.

Sempre più adirato, il Templare, arrivato dalla taverna del boia, vicino a Sottoripa, ne spalanca la porta d'ingresso.

Nell'aria viziata dal fumo delle numerose torce che rischiarano a mala pena il locale, è possibile intravedere gente che gioca a dadi puntando somme considerevoli. Altri discutono a voce alta fra di loro, altri ancora, ciucchi persi, sono crollati, chi sotto i tavoli, chi invece dormendo e russando sui tavoli stessi.

Il tutto dà un'idea di depravazione e, soprattutto, di abbrutimento, di uomini arrivati all'ultimo stadio nel tessuto sociale della città.

Bernard aguzza gli occhi nella luce incerta delle torce e finalmente lo vede: Giorgino è intento ad avvelenarsi con quel vino decisamente scadente insieme ad altri tre suoi amici di gozzoviglia. Sono concentrati a bere un bicchiere dopo l'altro senza quasi soluzione di continuità, a volersi stordire ed inebetirsi cercando di raggiungere chissà quale lontano paradiso artificiale.

Bernard si fa largo con decisione in quella bolgia e raggiunge il tavolo di Giorgino ponendogli pesantemente una mano sulla spalla:

– A cosa brindate, messer Giorgino? Forse al mio omicidio? – chiede ironico.

Quello volge lo sguardo torbido e perso nei fumi dell'alcool e lo fissa. Ci mette un po' prima di comprendere che l'uomo che lo sta apostrofando è proprio il Cavaliere Templare Bernard de Villeroi.

– Voi – esclama poi stupefatto – qui... vivo...

– Certo che sono vivo, messer Giorgino, ma non certamente per merito vostro. Ed ora seguitemi fuori che ho da dirvi proprio un sacco di cose.

Ciò detto, Bernard afferra Giorgino per l'orecchio sinistro costringendolo ad alzarsi e a seguirlo verso l'uscita

– Ahi, mi fate male – strilla Giorgino portandosi le mani all'orecchio – ahi, vi prego, lasciatemi... mi staccherete l'orecchio...ahia...

Ma Bernard è implacabile e trascina quel miserabile per tutta la taverna fra gli sguardi stupiti e le risa di scherno degli avventori.

Una volta fuori, il Templare cerca un angolo buio e deserto.

– Dite un po', messer Giorgino – chiede Bernard appioppando il primo di una lunga serie di manrovesci al malcapitato cugino di Giannetto – com'è che vi è venuta l'idea di assoldare quello spennagalline per tendermi un agguato? – e giù altri due ceffoni.

– Ma no, – tenta vanamente di difendersi Giorgino – io non c'entro... non so nulla...

– Davvero? O poverino! Adesso vi rinfresco la memoria.

Bernard gli schiaffeggia pesantemente il viso altre tre volte. Poi:

– Avanti – dice – confessate di avere assoldato quello spennagalline e ditemi il perché.

222

Giorgino ormai non ne può più. Il viso gli si è ormai gonfiato per i ceffoni ricevuti, il troppo e cattivo vino bevuto gli fiaccano le gambe e la resistenza. Così confessa:

– Cavaliere, basta, vi prego, abbiate pietà, – prima implora, poi, a voce bassa soggiunge – sì, è vero... l'ho pagato io Florenzio...

– Nome veramente poetico per un assassino. E quanto gli avete dato, di grazia? – chiede il Templare scrollandolo e schiaffeggiandogli ancora con forza il viso.

– Trentacinque denari.

– Però, siete stato generoso: cinque di più di quelli di Giuda. E per qual motivo mi volete veder morto?

– Mi avete umiliato davanti a tutti. E io non sopporto che il mio onore venga ridicolizzato in tal modo.

– Stupido – gli urla Bernard – e per un presunto torto alla vostra presunzione, volevate uccidere un uomo. Ma non lo sapete che ogni uomo è unico a questo mondo e che alla morte non v'è rimedio? Quanto al vostro onore, ve lo mettete ogni sera sotto le scarpe quando vi abbrutite con l'alcol perdendo così la vostra dignità di uomo.

Infuriato, Bernard continua a scrollare violentemente Giorgino

– E siete anche fortunato che non voglio arrecare dolore e dispiacere a vostro cugino Giannetto, altrimenti avrei già chiamato gli armigeri della ronda per farvi rinchiudere in una delle più buie celle delle galere genovesi. Ringraziate il cielo di cavarvela con questa battuta e non fatevi più vedere, altrimenti non sarò più così clemente, messer Giorgino, e vi schiaccerò come un serpente.

## L'illuminazione

Serpente? Giorgino? Mentre pronuncia quelle parole, qualcosa sì illumina nella mente di Bernard.

Il nome Giorgino altro non è che il diminutivo di Giorgio. E San Giorgio aveva avuto a che fare con un drago, ovvero con un gran serpente, uccidendolo.

"Vuoi vedere – pensa fra sè e sè il Templare – che la chiesa di cui parla Al Ibrahim altro non è che la chiesa di San Giorgio?"

Bernard c'era passato davanti un sacco di volte, soprattutto quando nella piccola omonima piazzetta antistante era giorno di mercato, forse il mercato più importante e tradizionale di Genova. Mai però avrebbe pensato di essere tanto vicino al Graal.

Molla immediatamente Giorgino che si affloscia al suolo obnubilato e sfinito dagli schiaffi ricevuti e dalla grande quantità di alcol che gli scorre nelle vene. Poi, quasi correndo, si avvia verso la chiesa di San Giorgio. Il luogo di culto non è lontano, è proprio dietro la taverna del boia e, tempo due minuti, il giovane Templare è davanti alla chiesa.

La trova chiusa: ormai l'ora è tarda ed il buio pressochè totale, ma bussa con forza alla porta della canonica ed alla fine, da una finestrella vicino alla chiesa fa capolino la figura di un uomo:

– Chi è che bussa e fa fracasso a quest'ora?

È padre Lorenzo, il sacerdote guardiano di San Giorgio, uomo pacioccone e rubicondo dalle guance sempre arrossate come due mele, amante della buona tavola e del buon vino, con il quale Bernard aveva fatto amicizia in quei giorni.

– Scusate padre Lorenzo, sono io, Bernard. Potete aprire la chiesa? Lo so che è tardi, ma ho bisogno di pregare per un peccato di incontinenza che ho commesso poco fa.

– Ma figliolo, è veramente molto tardi, e la chiesa è chiusa… Non temere per la tua anima, il Signore ti può perdonare anche domani. Lui è misericordioso, lo sai

– Sì, padre, lo so. Ma vorrei dare ai vostri poveri questi dieci denari senza aver la tentazione di spenderli stasera in altri vizi.

Bernard sa bene che l'argomento soldi avrebbe sicuramente fatto breccia nel cuore di padre Lorenzo, e difatti è proprio così che avviene.

– Ah beh, se è così, scendo subito e vengo ad aprirti che per i poveri questo è ben piccolo sacrificio.

Ciò detto padre Lorenzo scende immediatamente le strette scale della canonica, apre con una grossa e lunga chiave la porta della chiesa e fa entrare il Templare.

– Grazie padre – dice Bernard una volta entrato – ed ora vi sarei grato se voleste lasciarmi solo a pregare per la mia anima – e dà i dieci denari al religioso.

– Certo, figliolo, certo… è un po' inusuale e poco ortodosso lasciare la chiesa aperta anche di notte, ma so che di te mi posso fidare. Stai pure tutto il tempo che vuoi. Chiamami quando hai finito le tue orazioni – acconsente padre Lorenzo tutto intento a contare e godersi quella manna di denari piovutagli inaspettatamente dal cielo.

Poi consegna la bugia con la candela accesa al giovane e, senza indugio, se ne esce dalla chiesa.

Rimasto solo, Bernard si guarda intorno: la chiesa è piccola, a pianta ottagonale e se, come lui sospetta, c'è una cripta o qualcosa del genere, trovarla sarà un gioco da ragazzi che impegnerà ben poco tempo.

Con la bugia ben alta nella mano destra che emana una luce fioca e proietta ombre evanescenti e cangianti sui muri, il giovane

Templare inizia ad esplorare le pareti per vedere se in esse vi sia una qualche apertura.

Paiono tutte compatte, sono ben edificate ed anche colpendole col pugno chiuso non rivelano varchi di sorta. Bernard freneticamente, sempre tastando le pietre delle pareti e, col piede, anche il pavimento, compie due volte il giro della chiesa senza però trovare nulla.

Affranto e stanco, si siede su una panca proprio davanti all'altare.

"Possibile che mi sia sbagliato? – si chiede fra sé e sé – Eppure mi pareva di avere interpretato bene gli oscuri scritti di Al Ibrahim. Dov'è l'errore?"

Ormai la candela è agli sgoccioli, bisogna uscire e chissà cosa sta pensando padre Lorenzo che sicuramente sta aspettando lì fuori, vicino alla porta.

Con fare stanco e deluso, il Templare si avvicina alla porta, la apre, esce e, come del resto si aspettava, vede padre Lorenzo seduto su una panchetta addossata al muro della chiesa, con la testa ciondolante per il sonno.

Grazie, padre Lorenzo, gli dice restituendogli la chiave, Iddio vi renderà merito per l'incomodo che vi ho procurato. –

- Non è niente, figliolo, non è niente, che per un'anima e i poveri si fa questo ed altro. Vieni pure quando vuoi. –

Meditabondo, frustrato e col cuore colmo di delusione e disinganno, Bernard se ne torna tristemente verso casa dove passa una notte fatta di un sonno inquieto e senza ristoro. I seguenti tre giorni vedono un Villeroi piuttosto irascibile, senza quiete e con l'animo a terra.

Ormai, infatti, la sua missione ufficiale a Genova è terminata e, tempo pochi giorni, dovrà riprendere il mare e tornare a Sidone senza aver trovato il sacro Graal e, cosa che brucia di più, senza neppure avere individuato la chiesa di cui parla Al Ibrahim.

Ed è con questo stato d'animo che lo trova Anjia, la sera del terzo giorno e a nulla servono le sue carezze e le sue moine per rimetterlo di buon umore.

– Che hai che sei così moscio, – gli chiede con un sorriso, – hai visto il basilisco?

– Il che?...

– Il basilisco, il re dei serpenti – risponde lei.

– Eeh? Cos'è questa storia del re dei serpenti? Spiegati meglio Anjia, per favore.

– Ma sì, – prosegue lei – fino all'altra sera ignoravo anch'io tutta la storia leggendaria di questo animale chiamato appunto basilisco.

– E poi – riprende Bernard tutto incuriosito e interessato, – cosa è successo?

– Sai, tre sere fa è venuto il priore dell'abbazia di San Siro, la vecchia sede vescovile e cattedrale di Genova, uomo pio e giusto, ma anche lui desideroso, come del resto tutti i maschi, delle carezze e della tenerezza femminile e, in vena di chiacchere, mi ha raccontato tutta la storia di quella chiesa.

"Accidenti – pensa Bernard – tre sere fa proprio mentre io ero in San Giorgio a cercare il Graal... non può essere solamente una combinazione.".

– E cosa ti ha detto? Dai, Anjia, non tenermi sulle spine, sù, dimmi.

– Non essere così impaziente, ora pare che ti abbia morso qualche ragno velenoso. – E qui Anjia ride – Comunque devi sapere che la chiesa di San Siro è forse fra le più antiche di Genova e prima non si chiamava così.

– E come si chiamava? – chiede il giovane.

– Era dedicata ai dodici apostoli.

– E come mai ora è invece consacrata a San Siro?

– Vedi, mio caro Bernard, nel quarto secolo, Siro era il vescovo di Genova e pare che fosse uomo energico, forte e capace di convertire tutti gli eretici al cristianesimo della Chiesa, che allora v'erano molte eresie legate soprattutto al fatto di considerare Cristo non Dio, ma solo uomo, un po' come i musulmani oggi.

– Già, – commenta il giovane Templare – conosco bene l'eresia di Ario che la  Chiesa ha più volte condannato. Ma continua… dimmi di Siro e del basilisco.

– Pare che nel pozzo vicino alla chiesa fosse rintanato un serpente strano, appunto il basilisco, che le antiche leggende considerano il re di tutti i serpenti pur essendo di dimensioni estremamente piccole. Secondo queste leggende, questa bestia dall'aspetto così insignificante aveva però il potere di uccidere un uomo solo con lo sguardo. Inoltre pare avesse un alito particolaremente fetente anch'esso mortale per gli esseri umani. –

– Si vede che aveva mangiato tanto aglio, – commenta ridacchiando Bernard – ma in effetti la puzza dell'alito sta a significare la menzogna dell'eresia ariana.

– Questi simbolismi li lascio tutti a te, – dichiara la ragazza – sta di fatto che Siro, che poi fu proclamato santo anche per questo miracolo, secondo il mio priore, andò tranquillo al pozzo munito solo di un secchio e di una lunga corda. Arrivato lì, buttò nel pozzo il secchio legato alla corda ingiungendo al basilisco, senza foga ma con parole ferme e decise,  di mettersi nel secchio e lasciarsi tirare su. E quella bestiaccia, resa più mansueta di un agnellino, così fece, andandosi poi a buttare decisamente in mare e lì affogando miseramente. Così la chiesa, ora trasformata in abbazia, venne consacrata a San Siro proprio in onore di quello che quel vescovo aveva fatto per Genova e per i genovesi.

Anjia finisce così di raccontare la leggenda del basilisco e Bernard resta inquieto a pensare. Certo, anche qui c'è un grand'uomo che sconfigge un serpente che,  sia pure di modeste dimensioni, era da considerarsi grande in quanto ritenuto re di tutti i serpenti. E altrettanto sicuramente i genovesi hanno eretto un tempio in onore del sant'uomo che li ha liberati da tale minaccia.

Per certo Al Ibrahim si è divertito a confondere le acque giocando sul fatto che a Genova vi sono due 'gran serpenti' da considerare e chissà quante grasse risate si sarebbe fatto vedendo un Cavaliere Templare decifrare malamente i suoi scritti. Basta, pensa ancora Villeroi, ora è impossibile andare all'abbazia di San Siro, ma domani, alle prime luci dell'alba, certamente una visita a quella chiesa è opportuno farla.

Anjia ora se n'è andata lasciando Bernard a dormire solo nel suo letto, ma il sonno ha abbandonato il Templare. Irrequieto e smanioso per la curiosità, il giovane si gira e rigira più volte nel giaciglio cercando di cogliere le primissime luci dell'alba.

Pensa al basilisco, Villeroi, e, in un crescendo di eccitazione, sente che la soluzione dell'enigma di Al Ibrahim è proprio lì, a San Siro. Non c'è quindi da meravigliarsi se la notte di Bernard è senza sonno ed è costellata di mille pensieri e mille congetture che impediscono al Templare di dormire.

Di fatto è con un senso di liberazione che giunge l'alba col cielo che ad est incomincia lentamente a schiarirsi.

Velocemente il giovane Templare si lava, si veste e, senza neppur toccare cibo, con passo lesto si reca alla vicina abbazia di San Siro.

La trova aperta, che i frati Benedettini hanno appena finito di recitare le loro orazioni mattutine e se ne sono tornati ai loro quotidiani lavori. Così l'interno, data l'ora decisamente mattiniera, è completamente deserto.

Bernard avanza nella navata centrale guardandosi intorno ed aguzzando la vista per rompere quella penombra appena rischiarata dall'incerto chiarore proveniente dalle candele. Pur con una punta di scetticismo in cuore, tuttavia il Templare, avvicinandosi all'altare, avverte come una sensazione di magia che proviene appunto dall'altare, un qualcosa di molto forte che sprigiona energia e infiacchisce ogni forza umana, annullandola in sé.

229

Il giovane intuisce così di essere vicino alla soluzione dell'enigma di Al Ibrahim e la ragione vorrebbe che, seguendo le istruzioni dello scienziato palestinese, il Templare cercasse una cripta, una botola, dove trovare infine il Sacro Graal, ma il cuore...

Il cuore non ne può più. Stanco per la notte insonne appena passata e reso fiacco da quella strana sensazione di energia che si sviluppa dall'altare, il cuore, come del resto tutto il corpo di Villeroi, pretende un attimo di sosta, un po' di riposo per riprendere le forze.

Così Bernard, con le membra che gli tremano per la stanchezza, riesce a malapena a sedersi sulla panca antistante l'altare.

Il Templare vorrebbe guardarsi intorno, soddisfare la propria curiosità, trovare la cripta che nasconde il Graal, ma il sonno e la stanchezza gli chiudono inesorabilmente gli occhi e, pur sentendo di essere vicino alla meta, Bernard si assopisce profondamente.

# Il mistero del Graal

Dorme il corpo di Bernard, ma non la mente. La mente invece sogna, ed è un sogno che incontra l'intima realtà delle cose, perché nel sogno l'inconscio è più libero di esprimere ciò che realmente siamo, i nostri desideri e le nostre più recondite paure.

Dorme il corpo di Bernard, e, nel sogno, sente una mano posarsi gentilmente sulla sua spalla sinistra. Il giovane alza lo sguardo e, nel buio, vede dapprima una figura indistinta ma a lui familiare. La figura si rende infine più chiara e, certo, con gran sorpresa il giovane riconosce il suo gran maestro: Claude Chantil.
— Maestro, voi qui? – chiede turbato il Templare.
— Sì Bernard. Io qui. Ma non temere, ti son sempre stato accanto in questo tuo viaggio verso la verità, e ne hai fatto di cammino per la tua giovane età – risponde l'ombra con il lieve accenno di un sorriso.
— Ma non eravate morto?
— Morto… che brutta parola. Indica qualcosa di definitivo ed irreparabile. Diciamo che il mio corpo è passato da una dimensione finita ad una infinita dove le regole del mondo terreno non valgono più.
— Ma maestro, soffrite, state bene, come mai qui? – chiede concitatamente Bernard.
— No figliolo mio, non soffro. Sai, il dolore esiste per ricordarci che abbiamo una fine, che l'involucro che ci racchiude inesorabilmente dovrà finire ma, nel non finito, il dolore non esiste.

Qui Chantil fa una pausa. Poi riprende:

– Ma invece parliamo di te, che non posso svelarti arcani misteri che non sei ancora in grado di comprendere appieno. Hai fatto veramente un gran viaggio, ragazzo mio, ed hai scoperto il mistero che Al Ibrahim ha tenuto celato per tanti anni. Qui, in questa chiesa, in questa città che è magica proprio per questo, c'è infatti un posto dove le dimensioni del finito e del non finito si toccano sia pure per un punto vacuo ed inconsistente. E, attraverso questo magico punto, io riesco a parlarti ancorché per un solo attimo di eternità e tu potrai infine vedere il Graal e scoprirne il mistero.

– Ma devo cercare la botola dove è nascosto il Santo Graal e io non ho ancora cercato, maestro. C'è qualcosa che mi toglie tutte le forze…

– L'energia che senti e che ti svuota di ogni volontà proviene appunto dall'incontro del finito con l'infinito ed Al Ibrahim volutamente ti ha ingannato sviando la tua attenzione a trovare una cripta che tu cercavi solamente nella tua dimensione, ragazzo mio. Invece il passaggio per giungere al Graal è da ricercarsi nell'intersezione fra le due dimensioni. Guarda.

Dicendo ciò l'ombra di Chantil indica l'altare col braccio teso. Ma l'altare non c'è più. Come per strano incantesimo o misteriosa magia ultraterrena, è scomparso ed al suo posto s'è aperto un varco luminoso. Oltre quel varco si intravedono scalini che si perdono nella luce.

– Va' figliolo mio e non temere – dice ancora Chantil – ora devo partirmi da te perché devi essere tu da solo, nella tua solitudine, a scoprire il tuo Graal. Il tuo cuore non vacilli perché in quel varco tu sentirai tutto il dolore del mondo che si raccoglie negli interstizi delle due dimensioni. Io ora ti lascerò, ma non ti abbandonerò perché, come tu stesso sai, finché c'è il ricordo, noi, anime del non finito, non abbandoniamo mai definitivamente il mondo finito. Se mi ricorderai sarò sempre al tuo fianco. Ma ora

232

basta. Vai dunque e lascia che si compia il tuo destino, che sei il primo a raggiungere il Graal avendo così pochi anni sulle spalle.

Ciò detto l'ombra svanisce lasciando Bernard solo davanti al varco luminoso.


Dorme il corpo di Bernard, ma non la mente. E nel sogno il giovane avanza titubante verso quella porta misteriosa. Ecco, la varca e la supera iniziando a salire quei gradini che portano chissà dove.

Ma non è una salita facile. Come un gelido vento che ti attanaglia il cuore, Bernard ode mille lamenti ed urla strazianti e vede intorno a sé tutto il sangue inutilmente versato in tutte le guerre e stragi passate e future. Sente ancora i gemiti di chi soffre la fame oppure sta morendo colpito da pestilenza o lebbra od altra atroce malattia. Si raggruma in quel punto tutto il dolore del mondo ed il cuore vacilla oppresso da tutto quel male. Più d'una volta Bernard vorrebbe scappare. Più di una volta è sul punto di tornare indietro ed abbandonare così la conoscenza del Graal. Ha ben ragione infatti Al Ibrahim quando nei suoi scritti avverte che il cuore tremerà di paura.

Ma in quei duri momenti di totale scoramento, per farsi coraggio, la mente del giovane ricorda le parole di Chantil e da esse ne trae nuovo ardimento. Così, sia pure col cuore oppresso da una tristezza infinita e con le lacrime agli occhi, il Templare continua la sua scalata.


Dorme il corpo di Bernard, ma non la mente. Ecco, i sordi lamenti e le visioni d'orrore pian piano si fanno sempre più fiochi e la luce diventa più intensa, nitida e chiara. Addirittura si inizia a scorgere la fine di quella lunga scalinata dove dovrebbe trovarsi il Graal. Una sorta di euforia prende il giovane: finalmente sarò famoso, per primo troverò il cimelio sacro a tutti i cristiani.

Con cuore baldanzoso sono superati d'un balzo gli ultimi gradini ed ora il Templare si trova in un'ampia radura. Si intravede una luce che la illumina tutta ed è proprio verso di essa che si incammina il giovane.

Dorme il corpo di Bernard, ma non la mente. Nel sogno Bernard si avvicina ad un tempietto ottagonale che ricorda su scala ridotta proprio la chiesa di San Giorgio a Genova. Dalla porta aperta fuoriesce una luce perfetta. Ora il Templare è sulla soglia, la varca e finalmente vede… il Graal.

Appoggiato ad un semplice altare ecco il simbolo di tutta la cristianità, ecco dove fu raccolto il sangue di Cristo prima dell'estremo supplizio.

Ma non è un calice, né una coppa, né tantomeno un semplice ed umile bicchiere di legno.

No. Ciò che nel sogno Villeroi vede, è un grosso libro. Da quel libro proviene tutta la luce che illumina l'interno del tempietto ottagonale.

Con mano tremante per l'emozione, febbrilmente Bernard lo sfoglia pagina per pagina esaminandone attentamente il contenuto.

Sono tutte pagine bianche, è un libro senza parole, è un libro tutto da scrivere, è un libro non scritto.

Cosa nasconde quel libro? Com'è possibile che un libro bianco, senza alcun segno, abbia raccolto il sangue di Cristo in quella prima Eucaristia? Che simboli si celano dietro di esso?

Perché quello è il Graal, non v'è dubbio.

Nel sogno Bernard riflette. Gli tornano in mente le parole del suo saggio maestro Claude Chantil. Deve cercare in sé, cercare la vera essenza del Graal, la verità più profonda da esso rappresentata.

Quel libro è sicuramente una immagine del Graal, ma quale arcana verità si nasconde dietro quel simbolo?

Dorme il corpo di Bernard, ma non la mente. D'improvviso, nel sogno che forse svela le pulsioni più profonde mettendo a nudo l'ultima vera realtà che tutti cerchiamo, la mente del Templare è infine rischiarata da una intuizione.

Come un laiompo che di notte, durante un temporale, rischiara tutto il paesaggio mostrandolo, sia pure per un breve istante, ben chiaro e nitido, così in quel momento Bernard ha piena comprensione di ciò che significa quel libro.

Ma certo: come il Graal originale, molto probabilmente un'umile coppa di legno, aveva raccolto il sangue di Cristo, quel libro bianco è pronto per raccogliere la conoscenza umana, ovvero il sangue dell'uomo, ciò che lo contraddistingue dalle altre specie animali, quella facoltà che gli permette di comprendere l'intrinseca razionalità dell'universo.

Altro infatti non è, il Graal, che la coppa della conoscenza a cui ogni uomo si abbevera e che ogni uomo arricchisce con le proprie esperienze e scoperte, anche dolorose e sofferte.

Bernard ristà, nella visione del suo sogno, a contemplare quel libro ed infine ben chiare gli sono anche le parole di Al Ibrahim riguardo il 'mistero dell'uomo'.

Non è un falso indizio come erroneamente riteneva il giovane Templare.

Ma il Graal contiene quella razionalità che permea di sé l'universo intero e come un enigma tutto lo compenetra, e che è infatti proprio il fondamento più profondo e nascosto di ciò che lo scienziato arabo per l'appunto definisce 'mistero dell'uomo'.

www.ingramcontent.com/pod-product-compliance
Lightning Source LLC
Chambersburg PA
CBHW051643260626
47170CB00004B/1316